TRANZLATY

Language is for everyone

Jazyk je pre každého

Folk Tales of Bengal

Ľudové rozprávky z Bengálska

Part One
Prvá časť

1 / 2

Lal Behari Day

English / Slovenčina

Life's Secret
Tajomstvo života

Once upon a time there was a king.

Kedysi dávno bol jeden kráľ.

This King had married two Queens.

Tento kráľ sa oženil s dvoma kráľovnami.

The two queens were called Duo and Suo.

Tieto dve kráľovné sa volali Duo a Suo.

Both of the queens were childless.

Obe kráľovné boli bezdetné.

One day a Faquir came to the palace gate.

Jedného dňa prišiel k bráne paláca fakír.

The Faquir had come to ask for alms.

Fakír prišiel požiadať o almužnu.

Queen Suo went to the door.

Kráľovná Suo išla k dverám.

And she gave him a handful of rice.

A dala mu hrsť ryže.

The mendicant asked her a question.

Žobrák jej položil otázku.

"Do you have any children?"

„Máte nejaké deti?"

The queen had no children.

Kráľovná nemala deti.

"I wish had children, but I have none"

„Chcel by som mať deti, ale žiadne nemám"

The holy man refused to take alms from her.

Svätý muž od nej odmietol prijať almužnu.

In these times there were different traditions.

V týchto časoch existovali rôzne tradície.

And the people believed many different things.

A ľudia verili mnohým rôznym veciam.

Don't take charity from the hands of a childless woman.

Neberte almužnu z rúk bezdetnej ženy.

Such hands were ceremonially unclean.

Takéto ruky boli obradne nečisté.

The mendicant offered her a medicine.

Žobrák jej ponúkol liek.

This medicine was to remove her barrenness.

Tento liek mal odstrániť jej neplodnosť.

She expressed her willingness to take the medicine.

Vyjadrila ochotu užiť liek.

The mendicant told her how to take the medicine.

Žobrák jej povedal, ako má liek užívať.

"This is the potion you must swallow"

„Toto je elixír, ktorý musíš prehltnúť.“

"Prepare the juice of a pomegranate flower"

„Pripravte si šťavu z kvetu granátového jablka“

"Swallow the medicine with the juice"

„Prehltnite liek so šťavou“

"If you do this, you will soon have a son"

„Ak to urobíš, čoskoro budeš mať syna.“

"Your son will be exceedingly handsome"

„Váš syn bude mimoriadne pekný“

"His complexion will be beautiful"

„Jeho pleť bude krásna“

"He will have the colour of pomegranate flowers"

„Bude mať farbu kvetov granátového jablka“.

"And you shall call him Dalim Kumar"

„A budeš ho volať Dalim Kumar“

"But he will also have enemies"

„Ale bude mať aj nepriateľov“

"They will try to take your son's life"

„Pokúsia sa vziať život vášmu synovi“

"But there is a secret to his life"

„Ale jeho život má tajomstvo“

"And I will tell you this secret"

„A ja ti poviem toto tajomstvo“

"In front of your palace is a pond"

„Pred tvojím palácom je rybník“

"In that pond there is a big Boal fish"

„V tom rybníku je veľká ryba Boal.“

"Your son's life is connected to that fish"

„Život vášho syna je spojený s tou rybou.“

"In the heart of the fish is a small box"

„V srdci ryby je malá krabička“

"This small box is made of wood"

„Táto malá krabička je vyrobená z dreva“

"In the box of wood is a necklace of gold"

„V drevenej skrinke je zlatý náhrdelník“

"That necklace is the life of your son"

„Ten náhrdelník je život tvojho syna“

The mendicant gave her the medicine.

Žobrák jej dal liek.

And they said their farewells.

A rozlúčili sa.

Soon all in the palace whispered of an heir.

Čoskoro sa v paláci zašepkalo o dedičovi.

Great was the joy of the King.

Kráľ mal veľkú radosť.

He had visions of an heir to the throne.

Mal vízie o dedičovi trónu.

A never-ending succession of powerful monarchs.

Nekonečná postupnosť mocných panovníkov.

He dreamt of how they perpetuated his dynasty.

Níval o tom, ako udržia jeho dynastiu.

These ideas floated before his mind.

Tieto myšlienky mu prebleskovali hlavou.

It made him the happiest he had ever been.

Vďaka tomu bol najšťastnejší, aký kedy bol.

Many ceremonies were performed for the occasion.

Pri tejto príležitosti sa konalo mnoho obradov.

The people of the kingdom played loud music.

Ľudia v kráľovstve hrali hlasnú hudbu.

The birth of a prince was a truly special event.

Narodenie princa bola skutočne výnimočná udalosť.

Soon queen Suo gave birth to a son.

Kráľovná Suo čoskoro porodila syna.

He was more beautiful than anyone had imagined.

Bol krajší, než si ktokoľvek predstavoval.
The King saw his son's face.
Kráľ uvidel tvár svojho syna.
And his heart leaped with joy.
A jeho srdce poskočilo radosťou.
Soon the child ate his first rice.
Dieťa čoskoro zjedlo svoju prvú ryžu.
Mukhe bhaat was celebrated with great joy.
Mukhe bhaat sa oslavoval s veľkou radosťou.
And the whole kingdom was filled with gladness.
A celé kráľovstvo sa naplnilo radosťou.

Dalim Kumar grew up to be a fine boy.
Z Dalima Kumara vyrástol dobrý chlapec.
There was one activity he particularly liked.
Bola jedna činnosť, ktorá sa mu obzvlášť páčila.
He loved playing with the pigeons.
Miloval hranie s holubmi.
However, the pigeons often flew to Queen Duo.
Holuby však často lietali ku kráľovnej Duo.
Nobody knows why they did this.
Nikto nevie, prečo to urobili.
And they flew into her apartment.
A vleteli do jej bytu.
So Dalim Kumar often met Queen Duo.
Dalim Kumar sa teda často stretával s Queen Duo.
At first, she happily gave the pigeons back.
Najprv s radosťou vrátila holuby.
But later she wasn't as willing to return the pigeons.
Ale neskôr už nebola taká ochotná holuby vrátiť.
She gave the pigeons up with some reluctance.
Holuby sa vzdala s určitou neochotou.
She felt she could use this to her advantage.
Cítila, že by to mohla využiť vo svoj prospech.
She naturally hated the child.
Prirodzene, to dieťa nenávidela.
Since Dalim's birth the king had neglected her.

Od Dalimovho narodenia ju kráľ zanedbával.
And the King idolized the mother of Dalim.
A kráľ zbožňoval Dalimovu matku.
Somehow, she had heard of the mendicant.
Nejako počula o tom žobrákovi.
She heard he had given queen Suo a medicine.
Počula, že dal kráľovnej Suo liek.
She had also heard about what he had said.
Aj ona počula o tom, čo povedal.
There was a secret to the prince's life.
Princov život mal tajomstvo.
She had heard his life was bound to something.
Počula, že jeho život je s niečím spojený.
But she did not know what his life was bound to.
Ale nevedela, s čím je spätý jeho život.
She was determined to get the secret.
Bola odhodlaná získať tajomstvo.

Of course, the pigeons came back to her.
Holuby sa k nej samozrejme vrátili.
And the pigeons flew into her room again.
A holuby jej opäť vleteli do izby.
This time she refused to give the pigeons back.
Tentoraz odmietla holuby vrátiť.
"I won't just give you your pigeon back"
„Nedám ti len tak tvojho holuba späť"
"First, you have to tell me something"
„Najprv mi musíš niečo povedať"
"What do you want, aunty?" the boy asked.
„Čo chceš, teta?" spýtal sa chlapec.
"Oh, my darling, do not worry"
„Ach, moja drahá, neboj sa"
"It's just a small thing I want"
„Je to len malá vec, ktorú chcem"
"I want to know where your life is hidden"
„Chcem vedieť, kde je skrytý tvoj život"
The boy was very confused by this.

Chlapca to veľmi zmätilo.

"What is that, aunty?"

„Čo to je, teta?"

"Where can my life be, except in me?"

„Kde môže byť môj život, ak nie vo mne?"

"No, child, that is not what I meant"

„Nie, dieťa, to som nemyslel/a."

"A holy mendicant told your mother a secret"

„Svätý žobrák povedal tvojej matke tajomstvo"

"Your life is bound up with something"

„Tvoj život je s niečím spojený"

"I wish to know what that thing is"

„Chcem vedieť, čo je to za vec "

The boy was confused by what she said.

Chlapca zmiatlo to, čo povedala.

"I never heard of any such thing"

„Nikdy som o ničom takom nepočul"

But Queen Duo insisted it was true.

Ale Queen Duo trvala na tom, že je to pravda.

"Promise to find out from your mother"

„Sľúb mi, že sa to dozvieš od svojej matky."

"Ask her where your life is hidden"

„Spýtaj sa jej, kde je skrytý tvoj život"

"Then I will let you have the pigeons"

„Tak ti dám holuby."

"Otherwise, I will keep the pigeons"

„Inak si holuby nechám."

The boy wanted his pigeons back.

Chlapec chcel svoje holuby späť.

So he agreed to get the information.

Súhlasil teda so získaním informácií.

But first she made him promise.

Ale najprv ho prinútila niečo sľúbiť.

"Promise me you won't tell your mother"

„Sľúb mi, že to nepovieš svojej mame"

And the boy promised not to tell her.

A chlapec sľúbil, že jej to nepovie.

"I promise I won't tell my mum"
„Sľubujem, že to mame nepoviem.“
Queen Duo freed the prince's pigeons.
Kráľovná Duo oslobodila princove holuby.
Dalim was overjoyed to have his birds again.
Dalim bol nesmierne šťastný, že má opäť svoje vtáky.
And he forgot the entire conversation.
A zabudol na celý rozhovor.

The next day Dalim was playing again.
Na druhý deň Dalim opäť hral.
You can imagine what happened again.
Viete si predstaviť, čo sa opäť stalo.
The pigeons flew to Queen Duo's apartment.
Holuby leteli do bytu kráľovnej Duo.
And they flew into her room again.
A opäť vleteli do jej izby.
Dalim went in to his stepmother's apartment.
Dalim vošiel do bytu svojej nevlastnej matky.
And he asked her for the pigeons.
A požiadal ju o holuby.
Of course she asked him for the information.
Samozrejme, že si od neho vypýtala informácie.
Dalim could not tell her where his life was hidden.
Dalim jej nevedel povedať, kde sa skrýva jeho život.
"I promise I will ask her today"
„Sľubujem, že sa jej dnes opýtam.“
"But please can I have my pigeons"
„Ale prosím, môžem si vziať svoje holuby?“
She didn't give the pigeons back so quickly.
Tak rýchlo holuby nevrátila.
But, in the end, he got his pigeons again.
Ale nakoniec si opäť chytil holuby.

After playing, Dalim went to his mother.
Po hraní Dalim išiel k svojej matke.
"Mamma, please tell me where my life is hidden"

„Mami, prosím, povedz mi, kde je skrytý môj život."
"What do you mean, child?" asked the mother.
„Čo tým myslíš, dieťa?" spýtala sa matka.
She was astonished at the question.
Bola ohromená otázkou.
Why would her child ask her this?
Prečo by sa jej na to jej dieťa pýtalo?
"Yes, mamma," replied the child.
„Áno, mami," odpovedalo dieťa.
"I have heard of a holy mendicant"
„Počul som o svätom žobrákovi"
"He told you something about my life"
„Povedal ti niečo o mojom živote"
"He said my life is hidden in something"
„Povedal, že môj život je v niečom skrytý."
"Tell me what that thing is"
„Povedz mi, čo je to za vec"
"My child, my darling, my treasure"
„Moje dieťa, môj miláčik, môj poklad"
"My golden moon," his mother pleaded.
„Môj zlatý mesiac," prosila ho matka.
"Do not ask such a question"
„Nepýtaj sa takú otázku"
"Cover my enemies' mouths with ashes"
„Posypte ústa mojich nepriateľov popolom"
"Let my Dalim live forever," she begged.
„Nech môj Dalim žije naveky," prosila.
But the child insisted on knowing the secret.
Ale dieťa trvalo na tom, aby poznalo tajomstvo.
He refused to eat or drink until he knew.
Odmietal jesť ani piť, kým to nevedel.
Queen Suo had no choice but to tell him.
Kráľovná Suo nemala inú možnosť, ako mu to povedať.
Eventually she told him the secret of his life.
Nakoniec mu prezradila tajomstvo jeho života.

The next day Dalim was playing again.

Na druhý deň Dalim opäť hral.
You can imagine where the pigeons flew.
Viete si predstaviť, kam tie holuby leteli.
Dalim chased after the birds into the apartment.
Dalim prenasledoval vtáky do bytu.
His stepmother told him many sweet words.
Jeho nevlastná matka mu povedala veľa milých slov.
And finally, she got his secret from him.
A nakoniec od neho získala jeho tajomstvo.
She wasted no time to start her wicked plan.
Nestrácala čas a začala so svojím zlomyseľným plánom.
And she gave orders to her servants.
A dala svojim sluhom rozkazy.
"Get some dried stalk from the hemp plant"
„Zoberte si sušenú stonku z rastliny konope.“
"Make sure the stalks are very brittle"
„Uistite sa, že stonky sú veľmi krehké“
Brittle hemp stalks make a cracking sound.
Krehké konopné stonky vydávajú praskavý zvuk.
The sound is similar to the cracking of joints.
Zvuk je podobný praskaniu kĺbov.
And it sounds like the bones of old people.
A znie to ako kosti starých ľudí.
She put the brittle hemp stalks under her bed.
Krehké konopné steblá dala pod posteľ.
And then she lied on her bed.
A potom si ľahla na posteľ.
She wanted to test the hemp stalks.
Chcela otestovať konopné stonky.
The stalks cracked just as much as she wanted.
Stonky praskali presne tak, ako chcela.
She was satisfied with how her plan was going.
Bola spokojná s tým, ako jej plán prebiehal.
She gave more orders to her servants.
Dala svojim sluhom ďalšie rozkazy.
"Tell the King I am very ill"
„Povedzte kráľovi, že som veľmi chorý“

"He must come to see me immediately"
„Musí ma okamžite prísť navštíviť."
The king did not love this queen.
Kráľ túto kráľovnú nemiloval.
But he still had a duty to care for her.
Ale stále mal povinnosť starať sa o ňu.
If she was ill, he had to look after her.
Ak bola chorá, musel sa o ňu starať.
The King came to her bedroom.
Kráľ prišiel do jej spálne.
She rolled on the bed in pain.
Od bolesti sa prevaľovala na posteli.
The King heard the cracking of her bones.
Kráľ počul praskanie jej kostí.
He ordered his best physician to attend her.
Nariadil svojmu najlepšiemu lekárovi, aby sa o ňu postaral.
But the queen had thought of this.
Ale kráľovná na to myslela.
She had already spoken with the physician.
Už sa rozprávala s lekárom.
"There is only one remedy," he told the king.
„Existuje len jeden liek," povedal kráľovi.
"There's a pond in front of the palace"
„Pred palácom je jazierko"
"In the pond there's a large Boal fish"
„V rybníku je veľká ryba Boal."
"The remedy is in that fish"
„Liek je v tej rybe"
So the king let the physician catch the fish.
Kráľ teda nechal lekára chytiť rybu.
Meanwhile Dalim was busy playing.
Medzitým Dalim hral.
He knew nothing of his aunt's illness.
O chorobe svojej tety nevedel nič.
The fish was taken out the water.
Rybu vytiahli z vody.
Dalim fell to the ground immediately.

okamžite spadol na zem .
He flopped around on the floor.
Prevaľoval sa po podlahe.
And he could not breathe.
A nemohol dýchať.
The guards immediately noticed.
Stráže si to okamžite všimli.
Dalim was taken to his mother's room.
Dalima odviedli do izby jeho matky.
And the King was informed of his son.
A kráľ bol informovaný o svojom synovi.
He couldn't believe his son's illness.
Nemohol uveriť synovej chorobe.
The fish was taken to Queen Duo.
Rybu odviezli do Queen Duo.
Queen Duo was being saved.
Kráľovské duo bolo zachránené.
At the same time Dalim was dying.
Zároveň Dalim umieral.
The fish was cut open.
Ryba bola rozrezaná.
And they found the wooden box.
A našli drevenú debnu.
In the box lay a necklace of gold.
V krabičke ležal zlatý náhrdelník.
Queen Duo put on the necklace.
Kráľovné duo si nasadilo náhrdelník.
And Dalim died at the very same moment.
A Dalim zomrel v tej istej chvíli.

News of the tragedy reached the king.
Správa o tragédii sa dostala až ku kráľovi.
He was plunged into an ocean of grief.
Bol ponorený do oceánu smútku.
News of Queen Duo's recovery did not help.
Správy o zotavení kráľovnej Duo nepomohli.
He wept painful and bitter tears.

Plakal bolestivé a horké slzy.
No one thought he would recover.
Nikto si nemyslel, že sa uzdraví.
He could not bear to bury his son.
Nedokázal zniesť pochovanie svojho syna.
Nor did he allow his body to be burned.
Ani nedovolil, aby jeho telo bolo spálené.
He could not accept that his son had died.
Nedokázal sa zmieriť s tým, že jeho syn zomrel.
His death was so sudden and senseless.
Jeho smrť bola taká náhla a nezmyselná.
He had the dead body moved to a garden-houses.
Dal mŕtve telo premiestniť do záhradného domčeka.
This garden-house was in the suburbs.
Tento záhradný domček sa nachádzal na predmestí.
Here his son was laid in state.
Tu bol jeho syn slávnostne pochovaný.
All sorts of provisions were put there.
Boli tam umiestnené všetky možné druhy zásob.
Although everyone knew it was unnecessary.
Aj keď všetci vedeli, že je to zbytočné.
The young boy did not need food anymore.
Mladý chlapec už nepotreboval jedlo.
The house was kept locked day and night.
Dom bol zamknutý vo dne v noci.
Dalim had had one very close friend.
Dalim mal jedného veľmi blízkeho priateľa.
Only this friend was allowed to visit.
Iba tento priateľ mal povolenú návštevu.
He was the son of the prime minister.
Bol synom premiéra.
He was entrusted with the key of the house.
Bol mu zverený kľúč od domu.
Once a day he could visit his dead friend.
Raz denne mohol navštíviť svojho mŕtveho priateľa.

Queen Suo retired after the loss of her son.

Kráľovná Suo po strate syna odišla do dôchodku.
Now the King spent the nights with Queen Duo.
Teraz kráľ trávil noci s kráľovnou Duo.
The Queen wanted to avoid suspicion.
Kráľovná sa chcela vylúčiť podozreniu.
So she took the necklace off at night.
Tak si v noci dala dole náhrdelník.
But Dalim's life was tied to the necklace.
Dalimov život bol však spätý s náhrdelníkom.
And his death was not so simple.
A jeho smrť nebola taká jednoduchá.
He was dead when the queen wore the necklace.
Bol mŕtvy, keď kráľovná nosila náhrdelník.
But when she took the necklace off, he returned to life.
Ale keď mu dala dole náhrdelník, vrátil sa k životu.
And so he returned to life every night.
A tak sa každú noc vracal k životu.
Every morning she put the necklace on again.
Každé ráno si znova nasadila náhrdelník.
And so, he died again every morning.
A tak každé ráno znova zomieral.
At night he ate whatever food he liked.
V noci jedol, čo mu chutilo.
Because there was plenty of food for him.
Pretože pre neho bolo dosť jedla.
He walked around in the premises.
Prechádzal sa po areáli.
And he meditated on the strangeness of his life.
A premýšľal o zvláštnosti svojho života.
Dalim's friend only visited him during the day.
Dalimov priateľ ho navštevoval iba cez deň.
So he always saw him as a lifeless corpse.
Preto ho vždy vnímal ako neživú mŕtvolu.
But his body never seemed to change.
Ale zdalo sa, že jeho telo sa nikdy nezmenilo.
There was no sign of putrefaction.
Neboli tam žiadne známky hniloby.

The body was lifeless and pale.
Telo bolo bez života a bledé.
But there were no symptoms of death.
Ale neboli žiadne príznaky smrti.
It all seemed too strange for him.
Všetko sa mu to zdalo príliš zvláštne.
So he decided to watch the corpse more closely.
Preto sa rozhodol pozorne sledovať mŕtvolu.
And he visited his friend at night.
A v noci navštívil svojho priateľa.
He was astonished at what he saw that night.
Bol ohromený tým, čo v tú noc videl.
His dead friend was walking about in the garden.
Jeho mŕtvy priateľ sa prechádzal po záhrade.
At first, he thought Dalim might be a ghost.
Najprv si myslel, že Dalim by mohol byť duch.
So he went to see if he could touch him.
Tak sa išiel pozrieť, či sa ho môže dotknúť.
And then he saw it was really his friend.
A potom videl, že je to naozaj jeho priateľ.
Dalim told his friend everything that had happened.
Dalim povedal svojmu priateľovi všetko, čo sa stalo.
He told him all the circumstances of his death.
Vyrozprával mu všetky okolnosti jeho smrti.
And soon they solved the mystery.
A čoskoro záhadu vyriešili.
They understood why he revived only at night.
Chápali, prečo sa prebúdzal až v noci.
Every night the king came to see Queen Duo.
Každú noc prichádzal kráľ navštíviť kráľovnú Duo.
When the King visited, she took off her necklace.
Keď ju navštívil kráľ, zložila si náhrdelník.
The life of the prince depended on the necklace.
Život princa závisel od náhrdelníka.
So the two friends worked on a plan.
Takže tí dvaja priatelia vymysleli plán.
Night after night they consulted together.

Noc čo noc sa spolu radili.
But they could not think of any feasible scheme.
Ale nevedeli vymyslieť žiadnu uskutočniteľnú schému.

Eventually the Gods must have taken pity.
Nakoniec sa bohovia museli zľutovať.
And they decided to free Dalim.
A rozhodli sa Dalima oslobodiť.
But we must understand how the Gods work.
Ale musíme pochopiť, ako Bohovia fungujú.
These things are planned long before.
Tieto veci sú plánované už dávno vopred.
The sister of Bidhata-Purusha had had a daughter.
Sestra Bidhata-Purusha mala dcéru.
Bidhata-Purusha was a great fortune teller.
Bidhata-Purusha bol skvelý veštec.
He had written something on the child's forehead.
Napísal niečo dieťaťu na čelo.
"This child will marry the dead bridegroom"
„Toto dieťa si vezme mŕtveho ženícha"
Her mother was very saddened by this.
Jej matka bola z toho veľmi smutná.
She did not want this destiny for her daughter.
Nechcela pre svoju dcéru takýto osud.
But she could not argue with him.
Ale nemohla sa s ním hádať.
He never changed what he had written.
Nikdy nezmenil to, čo napísal.
The child became exceedingly beautiful.
Dieťa sa stalo nesmierne krásnym.
But the mother could not take any pleasure in this.
Ale matka z toho nemohla mať žiadnu radosť.
Because she knew the destiny of her child.
Pretože poznala osud svojho dieťaťa.
Eventually the girl came to marriageable age.
Dievča nakoniec dosiahlo vek na vydávanie.
She had to find a way to avoid her fate.

Musela nájsť spôsob, ako sa vyhnúť svojmu osudu.
So the mother fled the country with her child.
Matka teda s dieťaťom utiekla z krajiny.
Perhaps she could avoid her dreadful destiny.
Možno by sa jej podarilo vyhnúť sa hroznému osudu.
But what was written was written.
Ale čo bolo napísané, bolo napísané.
And fate cannot be overruled like this.
A osud sa takto nedá ovplyvniť.
Together they journeyed through the land.
Spoločne putovali krajinou.
You can imagine how fate was working.
Viete si predstaviť, ako osud zapracoval.
They wandered past Dalim's resting place.
Prechádzali okolo Dalimovho miesta odpočinku.
The shade of the evening was approaching.
Blížil sa večerný tieň.
"Mother, I am thirsty," said her child.
„Mami, som smädný/á,“ povedalo jej dieťa.
"Sit at this gate," replied her mother.
„Sadni si k tejto bráne,“ odpovedala jej matka.
"I will search for water in the village"
„Budem hľadať vodu v dedine“
The girl was curious about the garden.
Dievča bolo zvedavé na záhradu.
And in the garden she saw strange house.
A v záhrade uvidela zvláštny dom.
She pushed the gate, which opened itself.
Zatlačila na bránu, ktorá sa sama otvorila.
When she went in, she saw a beautiful palace.
Keď vošla dnu, uvidela krásny palác.
But she had an uneasy feeling about the palace.
Ale mala z paláca nepríjemný pocit.
However, the door had shut itself.
Dvere sa však samy zatvorili.
So she had no way of getting out.
Takže nemala ako sa dostať von.

When night came the prince revived.
Keď prišla noc, princ ožil.
As usual, he walked around in the garden.
Ako zvyčajne, prechádzal sa po záhrade.
But this time he saw a female figure.
Ale tentoraz uvidel ženskú postavu.
The figure was standing near the gate.
Postava stála blízko brány.
Soon he saw that it was a girl.
Čoskoro uvidel, že je to dievča.
And he saw she was of unsurpassed beauty.
A videl, že je neprekonateľnej krásy.
"Who are you?" he asked her.
„Kto si?" spýtal sa jej.
She told Dalim everything that had happened.
Dalimovi povedala všetko, čo sa stalo.
All the details of her little history.
Všetky detaily jej krátkej histórie.
"My uncle is the divine Bidhata-Purusha"
"Môj strýko je božský Bidhata-Purusha"
"He wrote on my forehead at birth"
„Pri narodení mi napísal na čelo"
"This child will marry the dead bridegroom"
„Toto dieťa si vezme mŕtveho ženícha"
"My mother did not want that life for me"
„Moja mama nechcela pre mňa takýto život"
"So we left our house and city"
„Tak sme opustili náš dom a mesto"
"And we wandered through the country"
„A putovali sme krajinou"
"We had come to the gate of your palace"
„Prišli sme k bráne tvojho paláca"
"After our journey I was thirsty"
„Po našej ceste som bol smädný"
"So my mother went to look for water"
„Takže moja mama išla hľadať vodu."

"And now I am standing here before you"
„A teraz tu stojím pred vami"
Dalim Kumar knew the meaning of the story.
Dalim Kumar poznal význam príbehu.
"I am the dead bridegroom," he told the girl.
„Ja som mŕtvy ženích," povedal dievčaťu.
"It is me who you will marry"
„To ja som ten, koho si vezmeš"
"Come with me to the house," he asked of her.
„Poď so mnou do domu," požiadal ju.
But the girl wasn't so easily persuaded.
Ale dievča sa nedalo tak ľahko presvedčiť.
"You are standing and speaking to me"
„Stojíš tu a hovoríš so mnou"
"How can you be the dead bridegroom?"
„Ako môžeš byť mŕtvy ženích?"
The prince understood her objection.
Princ pochopil jej námietku.
"You will understand it afterwards"
„Pochopíš to potom"
The girl followed the prince into the house.
Dievča nasledovalo princa do domu.
She had been fasting the whole day.
Celý deň sa postila.
So the prince gave her wonderful food.
Princ jej teda dal vynikajúce jedlo.
Meanwhile, the girl's mother had come back.
Medzitým sa vrátila matka dievčaťa.
She was standing at the gates of the garden.
Stála pri bránach záhrady.
But her daughter was not there anymore.
Ale jej dcéra tam už nebola.
She cried out for her daughter.
Plakala za svojou dcérou.
But she got no reply from her daughter.
Ale od dcéry nedostala žiadnu odpoveď.
So she went looking for her in the village.

Tak ju išla hľadať do dediny.

As usual, Dalim's friend came that night.
Ako zvyčajne, v tú noc prišiel Dalimov priateľ.
Dalim was still entertaining his guest.
Dalim stále zabával svojho hosťa.
He was not expecting to see a stranger.
Nečakal, že uvidí cudzinca.
And the girl retold him her story.
A dievča mu prerozprávalo svoj príbeh.
You can imagine his surprise when she told him.
Vieš si predstaviť jeho prekvapenie, keď mu to povedala.
He was able to confirm Dalim's story.
Dalimov príbeh potvrdil.
Soon they had all accepted destiny.
Čoskoro všetci prijali osud.
That night they fulfilled their fates.
V tú noc naplnili svoj osud.
They decided to unite the couple in matrimony.
Rozhodli sa spojiť pár v manželstve.
It was going to be impossible to get a priest.
Získať kňaza bude nemožné.
So Dalim's friend performed the hymeneal rites.
Dalimov priateľ teda vykonal hymeneálne obrady.
The friend of the bridegroom left the palace.
Priateľ ženícha opustil palác.
The newly-weds had the palace to themselves.
Novomanželia mali palác len pre seba.
The happy couple did not sleep much that night.
Šťastný pár v tú noc veľa nespal.
So it was long after sunrise that they woke up.
Takže sa zobudili až dlho po východe slnka.
Of course it was only the young wife that woke up.
Samozrejme, zobudila sa iba mladá manželka.
The prince had become a cold corpse again.
Princ sa opäť premenil na studenú mŕtvolu.
The queen had put on her necklace.

Kráľovná si nasadila náhrdelník.
And life had departed from him again.
A život ho opäť opustil.
You can imagine how the young wife felt.
Viete si predstaviť, ako sa mladá manželka cítila.
She shook her husband to try and wake him.
Potriasla manželom, aby ho zobudila.
She kissed him on his cold lips.
Pobozkala ho na jeho studené pery.
But all her efforts were in vain.
Ale všetko jej úsilie bolo márne.
He was as lifeless as a marble statue.
Bol bez života ako mramorová socha.
The young wife was stricken with horror.
Mladú manželku premohol hrôza.
She smote her breast with her fists.
Udierala sa päsťami do pŕs.
She struck her forehead with her palms.
Udrela si dlaňami čelo.
And she tore her hair from her head.
A trhala si vlasy z hlavy.
She ran through the garden like a mad woman.
Bežala po záhrade ako šialená.
Dalim's friend did not come during the day.
Dalimov kamarát cez deň neprišiel.
He did not want to see his friend this way.
Nechcel svojho priateľa vidieť v takomto stave.
The poor girl did not know what to do.
Úbohé dievča nevedelo, čo má robiť.
Time could not pass quickly enough.
Čas nemohol ubehnúť dostatočne rýchlo.
The day seemed as long as a year.
Deň sa zdal dlhý ako rok.
But the even longest day has its end.
Ale aj ten najdlhší deň má svoj koniec.
The shades of evening were descending.
Tiene večera sa zniesli.

Her dead husband was awakened into consciousness.
Jej mŕtvy manžel sa prebudil k vedomiu.
He rose up from his bed again.
Znova vstal z postele.
And he embraced his new wife.
A objal svoju novú manželku.
Again they ate, drank, and became merry.
Znova jedli, pili a veselili sa.
His friend made his usual appearance.
Jeho priateľ sa objavil ako obvykle.
And the whole night was spent celebrating.
A celá noc sa oslavovala.

They spent the next seven years this way.
Takto strávili ďalších sedem rokov.
During the day Dalim was lifeless.
Cez deň bol Dalim bez života.
But at night he came to life.
Ale v noci ožil.
And their life was quite usual.
A ich život bol celkom obyčajný.
The princess gave her husband two lovely boys.
Princezná dala svojmu manželovi dvoch krásnych chlapcov.
They were the exact image of their father.
Boli presným obrazom svojho otca.
Of course the king and Queens did not know.
Kráľ a kráľovná to samozrejme nevedeli.
They did not know they were grandparents.
Nevedeli, že sú starí rodičia.
And they did not know Dalim was alive.
A nevedeli, že Dalim žije.
To be precise I should say he was alive at night.
Aby som bol presný, mal by som povedať, že v noci žil.
They all thought he had long been dead.
Všetci si mysleli, že je už dávno mŕtvy.
They assumed his corpse would now be gone.
Predpokladali, že jeho telo už nebude existovať.

But the heart of Dalim s wife was yearning.
Ale srdce Dalimovej manželky túžilo.
She wanted nothing more than her mother-in-law.
Nič nechcela viac ako svoju svokru.
Over the years she had come up with a plan.
V priebehu rokov prišla s plánom.
Perhaps she could see her mother-in-law.
Možno by mohla vidieť svoju svokru.
Maybe they could get hold of the necklace.
Možno by sa im podarilo získať ten náhrdelník.
She asked for the consent of her husband.
Požiadala o súhlas svojho manžela.
And he allowed her to disguise herself.
A dovolil jej, aby sa prezliekla.
She took on the appearance of a female barber.
Prevzala vzhľad holičky.
Like every female barber, she needed equipment.
Ako každá holička, aj ona potrebovala vybavenie.
She took the following tools;
Vzala si nasledujúce nástroje;
An iron instrument for preparing finger nails.
Železný nástroj na prípravu nechtov na rukách.
Another iron instrument for scraping the feet.
Ďalší železný nástroj na škrabanie nôh.
A piece of burnt jhama brick.
Kus pálenej tehly jhama.
For rubbing the soles of the feet.
Na trenie chodidiel.
And paint for the edges of the feet.
A namaľujte okraje chodidiel.
She took all her tools with her.
Vzala si so sebou všetko náradie.
And she stood at the gate of the King's palace.
A stála pri bráne kráľovského paláca.
I forgot something else she brought.
Zabudol som ešte na niečo, čo priniesla.
She had come with her two sons.

Prišla so svojimi dvoma synmi.
She spoke with the guards.
Hovorila so strážami.
"I work as a barber"
„Pracujem ako holič"
"I have come to offer my services"
„Prišiel som ponúknuť svoje služby"
"I desire to see Queen Suo"
„Túžim vidieť kráľovnú Suo"
Queen Suo quickly gave her an interview.
Kráľovná Suo jej rýchlo poskytla rozhovor.
The queen was quite fond of the two little boys.
Kráľovná mala tých dvoch malých chlapcov celkom rada.
They strangely reminded her of her own son.
Zvláštne jej pripomínali vlastného syna.
And she remembered her lost treasure.
A spomenula si na svoj stratený poklad.
Tears fell profusely from her eyes.
Z očí jej padali hojne slzy.
She had not the remotest idea who they were.
Nemala ani najmenšiu predstavu, kto sú.
Of course we know who they are.
Samozrejme, vieme, kto sú.
The two little boys are her grandsons.
Tí dvaja malí chlapci sú jej vnuci.
She spoke to the barber.
Hovorila s holičom.
"My son died when he was young"
„Môj syn zomrel, keď bol malý"
"I have given up these vanities"
„Vzdal som sa týchto márností"
"I stopped having my feet ceremoniously dyed"
„Prestala som si slávnostne farbiť nohy"
"But I would be glad to see your two fine boys"
„Ale rád by som videl vašich dvoch skvelých chlapcov."
The barber agreed to let Queen Suo see her boys.
Holič súhlasil, že kráľovnej Suo dovolí vidieť svojich chlapcov.

But she had one question before she went.
Ale predtým, ako odišla, mala jednu otázku.
"Are there other ladies in the palace?
„Sú v paláci aj iné dámy?"
"Someone else I could provide my service to"
„Niekto iný, komu by som mohol poskytnúť svoje služby"
She was told there was another queen.
Povedali jej, že existuje aj iná kráľovná.
And she was also allowed to go to that queen.
A tiež jej bolo dovolené ísť k tej kráľovnej.
Queen Duo allowed her to prepare her nails.
Kráľovná Duo jej dovolila pripraviť si nechty.
And she was allowed to scrape her feet.
A mohla si odriekať nohy.
She painted her feet with alakta.
Natierala si nohy alaktou.
And the queen was very pleased with her skill.
A kráľovná bola so svojou zručnosťou veľmi spokojná.
She also enjoyed the sweetness of her disposition.
Tiež si užívala sladkosť svojej povahy.
So she booked to have more of her services.
Tak si rezervovala viac jej služieb.
The female barber had come for something else.
Holička prišla kvôli niečomu inému.
And she quickly noticed the necklace.
A rýchlo si všimla náhrdelník.
The necklace was around the Queen's neck.
Náhrdelník visel okolo krku kráľovnej.

The day of her second visit had come.
Nastal deň jej druhej návštevy.
She gave her eldest son the instructions.
Dala svojmu najstaršiemu synovi pokyny.
"We are going into the palace again"
„Ideme znova do paláca"
"When in the palace you have to cry"
„Keď si v paláci, musíš plakať"

"Say you would like the queen's necklace"
„Povedz, že by si chcel kráľovnin náhrdelník.“
"Don't stop crying until you have her necklace"
„Neprestaň plakať, kým nebudeš mať jej náhrdelník“
The female barber went to queen Duo's apartment.
Holička išla do bytu kráľovnej Duo.
Soon the elder boy started to cry.
Čoskoro sa starší chlapec rozplakal.
The boy acted his role well.
Chlapec si svoju úlohu zahral dobre.
Nothing would console the boy.
Nič by chlapca neutešilo.
"What is wrong?" Queen Duo asked.
„Čo sa deje ?“ spýtala sa kráľovná Duo.
They boy could hardly speak.
Chlapci sotva vedeli hovoriť.
"Your necklace is so beautiful"
„Tvoj náhrdelník je taký krásny“
And he continued to sob.
A on ďalej vzlykal.
"Can I please hold the necklace?"
„Môžem si, prosím, podržať náhrdelník?“
Queen Duo did not want to let him.
Kráľovná Duo mu to nechcela dovoliť.
"I cannot part with my necklace"
„Nemôžem sa rozlúčiť so svojím náhrdelníkom“
"It is my most valuable jewel"
„Je to môj najcennejší klenot“
But the boy did not stop crying.
Ale chlapec neprestal plakať.
So she took the necklace off her neck.
Tak si stiahla náhrdelník z krku.
And she put the necklace into the boy's hand.
A vložila chlapcovi do ruky náhrdelník.
The boy quickly stopped crying.
Chlapec rýchlo prestal plakať.
And he held the necklace in his hand.

A v ruke držal náhrdelník.
The female barber had finished her work.
Holička dokončila svoju prácu.
She was packing up her tools.
Balila si náradie.
And she was about to leave the palace.
A chystala sa opustiť palác.
So the queen wanted the necklace back.
Kráľovná teda chcela náhrdelník späť.
But the boy would not let her have the necklace.
Ale chlapec jej náhrdelník nedovolil.
His mother attempted to snatch the necklace from him.
Jeho matka sa mu pokúsila vytrhnúť náhrdelník.
But he wept bitterly when she tried.
Ale horko plakal, keď sa o to pokúsila.
And he cried as if his heart would break.
A plakal, akoby mu malo zlomiť srdce.
The female barber politely asked the queen;
Holička sa zdvorilo spýtala kráľovnej;
"Please let the boy take the necklace home"
„Prosím, nechajte chlapca vziať si náhrdelník domov."
"He will fall asleep after drinking his milk"
„Zaspí po tom, čo vypije mlieko."
"And then I will bring your necklace back"
„A potom ti prinesiem späť tvoj náhrdelník."
She could see she had no choice.
Videla, že nemá na výber.
The boy would not allow her to take the necklace.
Chlapec jej nedovolil vziať si náhrdelník.
So she agreed to the proposal.
Takže s návrhom súhlasila.
"Dalim must now be long dead," she thought.
„Dalim už musí byť dávno mŕtvy," pomyslela si.
And she had nothing to worry about.
A nemala sa čoho obávať.

The princess had the prized necklace.

Princezná mala vzácny náhrdelník.
The treasure bound to her husband's life.
Poklad spojený so životom jej manžela.
She rushed back to the garden-house.
Ponáhľala sa späť k záhradnému domčeku.
And she gave the necklace to Dalim.
A náhrdelník dala Dalimovi.
Dalim had been alive all morning.
Dalim bol nažive celé dopoludnie.
It was the first time he saw the sun again.
Bolo to prvýkrát, čo znova uvidel slnko.
Their joy of his life knew no bounds.
Ich radosť z jeho života nepoznala hraníc.
Their friend advised them to go to the palace.
Ich priateľ im poradil, aby išli do paláca.
"Go to the palace tomorrow"
„Zajtra choď do paláca"
"Present yourselves to the King and Queen"
„Predstavte sa kráľovi a kráľovnej"
"Let them know you're alive and well"
„Dajte im vedieť, že ste nažive a v poriadku"
The couple accepted their friend's advice.
Pár prijal radu svojho priateľa.
And they prepared everything for their arrival.
A všetko si pripravili na ich príchod.
An elephant was brought for the prince.
Pre princa priniesli slona.
A pair of ponies were brought for the boys.
Pre chlapcov priniesli pár poníkov.
And there was a grand chaturdala.
A bola tam veľkolepá chaturdala.
It was furnished with curtains of gold lace.
Bola zariadená závesmi zo zlatej čipky.
Word was sent to the king and Queen Suo.
Správa bola poslaná kráľovi a kráľovnej Suo.
"Prince Dalim Kumar is alive and well"
„Princ Dalim Kumar žije a je zdravý"

"And he is coming to visit you"
„A príde ťa navštíviť."
"Now he has a wife and two sons"
„Teraz má manželku a dvoch synov "
The King and Queen Suo could hardly believe it.
Kráľ a kráľovná Suo tomu sotva mohli uveriť.
But they were assured that it was all true.
Ale boli uistení, že je to všetko pravda.
Queen Duo quickly realized her predicament.
Kráľovná Duo si rýchlo uvedomila svoju ťažkú situáciu.
And she became overwhelmed with grief.
A premohol ju žiaľ.
A band of musicians followed the prince.
Princa nasledovala skupina hudobníkov.
Prince Dalim Kumar approached the palace-gate.
Princ Dalim Kumar sa priblížil k bráne paláca.
The King and Queen Suo went to the gates.
Kráľ a kráľovná Suo išli k bránam.
And they welcomed their long-lost son.
A privítali svojho dávno strateného syna.
You can imagine how happy they were.
Viete si predstaviť, akí boli šťastní.
Dalim told his parents of his death.
Dalim oznámil svoju smrť rodičom.
He told them of the pond by the palace.
Povedal im o jazierku pri paláci.
And he told them of the fish in the pond.
A povedal im o rybách v jazierku.
He told them of the wooden box in the fish.
Povedal im o drevenej debničke v rybe.
He told them of the necklace in the wooden box.
Povedal im o náhrdelníku v drevenej krabičke.
And he told them the secret of his life.
A prezradil im tajomstvo svojho života.
He told them how he died each night.
Každú noc im rozprával, ako zomrel.
Of course he also mentioned his new wife.

Samozrejme, spomenul aj svoju novú manželku.

The king was inflamed with rage at the news.

Kráľa táto správa rozzúrila.

He ordered Queen Duo into his presence.

Prikázal kráľovnej Duo, aby predstúpila k nemu.

A large hole was dug in the ground.

V zemi bola vykopaná veľká diera.

The hole was as deep as the height of a man.

Diera bola hlboká ako mužská výška.

Queen Duo was made to stand in the hole.

Queen Duo muselo stáť v diere.

Prickly thorns were heaped around her.

Okolo nej sa nahromadili pichľavé tŕne.

The thorns went up to the crown of her head.

Tŕne jej siahali až po temeno hlavy.

And in this manner she was buried alive.

A týmto spôsobom bola pochovaná zaživa.

Phakir Chand
Pakir Čand

There was once a king, who had a son.
Bol raz jeden kráľ, ktorý mal syna.
The king's minister also had a son.
Kráľov minister mal tiež syna.
The two sons loved each other dearly.
Dvaja synovia sa navzájom veľmi milovali.
And they did everything together.
A všetko robili spolu.
The two sons sat and stood up together.
Obaja synovia si spolu sadli a vstali.
They walked together to the same places.
Chodili spolu na tie isté miesta.
They ate their meals together.
Jedli spolu.
They slept and got up together.
Spali a vstávali spolu.
They spent years in each other's company.
Strávili roky vo vzájomnej spoločnosti.
One day they both felt a new desire.
Jedného dňa obaja pocítili novú túžbu.
They wanted to see foreign lands.
Chceli vidieť cudzie krajiny.
And so they set out on their journey.
A tak sa vydali na svoju cestu.
One of them was the son of a king.
Jeden z nich bol synom kráľa.
One of them was the son of his chief minister.
Jeden z nich bol synom jeho hlavného ministra.
So of course they were both quite rich.
Takže samozrejme boli obaja dosť bohatí.
But they did not take any servants with them.
Ale nevzali si so sebou žiadnych sluhov.
They went by themselves, on horseback.
Išli sami, na koňoch.

The horses were beautiful to look at.
Kone boli nádherné na pohľad.
They were Pakshirajes horses.
Boli to kone kmeňa Pakshirajes.
Such horses are known as the kings of birds.
Takéto kone sú známe ako králi vtákov.
The two sons rode together for many days.
Dvaja synovia jazdili spolu mnoho dní.
They passed through extensive plains.
Prechádzali rozsiahlymi pláňami.
And the plains were covered with paddy.
A pláne boli pokryté ryžou.
And they passed through strange cities.
A prechádzali cez cudzie mestá.
And they passed through towns, and villages.
A prechádzali cez mestá a dediny.
They passed through treeless deserts.
Prechádzali cez bezlesé púšte.
And they passed through forests.
A prechádzali lesmi.
And the forests were dense with trees.
A lesy boli husto pokryté stromami.
These forests were the abode of the tiger.
Tieto lesy boli domovom tigrov.
And the bear also lived in these forests.
A v týchto lesoch žil aj medveď.
One evening they were overtaken by the night.
Jedného večera ich predbehla noc.
They had not seen any human habitations.
Nevideli žiadne ľudské obydlia.
But it was getting darker and darker.
Ale bolo čoraz tmavšie a tmavšie.
So they dismounted beneath a lofty tree.
Tak zosadli z koní pod vznešený strom.
They tied their horses to the tree.
Priviazali svoje kone k stromu.
And then they climbed up the tree.

A potom vyliezli na strom.
They covered the branches with thick foliage.
Pokryli konáre hustým lístím.
So that they could sit on the branches.
Aby si mohli sadnúť na konáre.
The tree had grown near a large body of water.
Strom rástol blízko veľkej vodnej plochy.
The water was as clear as the eye of a crow.
Voda bola číra ako oko vrany.
The two friends made themselves comfortable.
Dvaja priatelia sa pohodlne usadili.
Of course it wasn't very comfortable in a tree.
Samozrejme, na strome to nebolo veľmi pohodlné.
But it wasn't uncomfortable in the tree either.
Ale ani na strome to nebolo nepohodlné.
They had decided to spend the night there.
Rozhodli sa tam stráviť noc.
They sometimes chatted together in whispers.
Niekedy sa spolu šeptom rozprávali.
They felt whispering was better than talking.
Cítili, že šepkanie je lepšie ako rozprávanie.
Because the region seemed very strange to them.
Pretože sa im región zdal veľmi zvláštny.
And soon they were falling into a doze.
A čoskoro upadli do driemania.
But their attention was suddenly jolted.
Ale ich pozornosť bola zrazu strhnutá.
From the water they heard a noise.
Z vody počuli hluk.
It sounded like the rushing of water.
Znelo to ako šumenie vody.
In front of them was a terrible sight!
Pred nimi sa naskytol hrozný pohľad!
A huge serpent came from under the water.
Zpod vody vyšiel obrovský had.
The snake swam ashore and slithered around.
Had vyplával na breh a plazil sa okolo.

But something else attracted their attention.
Ale ich pozornosť upútalo niečo iné.
The crested hood of the serpent was shining.
Hadia kapucňa s chocholatým chvostom sa leskla.
The snake had a brilliant manikya embedded.
Had mal v sebe zapustenú brilantnú manikju.
The jewel shone like a thousand diamonds.
Drahokam sa leskol ako tisíc diamantov.
The crystal lit up the water in the tank.
Krištáľ osvetlil vodu v nádrži.
The embankments and trees were irradiated.
Nábrežia a stromy boli ožiarené.
The serpent doffed the jewel from its crest.
Had si z hrebeňa zložil drahokam.
And the serpent threw the jewel on the ground.
A had hodil drahokam na zem.
And then the serpent went in search of food.
A potom sa had vydal hľadať jedlo.
They could not believe what they had seen.
Nemohli uveriť tomu, čo videli.
They stayed in the safety of the tree.
Zostali v bezpečí stromu.
But they greatly admired the jewel.
Ale klenot veľmi obdivovali.
The ruby shed an ineffable luster.
Rubín vyžaroval neopísateľný lesk.
Everything had a magical glow around it.
Všetko okolo seba malo magickú žiaru.
They had never seen anything like it.
Nikdy nič podobné nevideli.
Although, they had heard of this treasure.
Hoci o tomto poklade počuli.
The jewel equaled the treasures of seven kings.
Klenot sa vyrovnal pokladom siedmich kráľov.
But their admiration soon changed to fear.
Ale ich obdiv sa čoskoro zmenil na strach.
The serpent came to the foot of their tree.

Had prišiel k úpätiu ich stromu.
The serpent had found their horses!
Had našiel ich kone!
The poor horses had been tied to the tree.
Úbohé kone boli priviazané k stromu.
The animals had no way of escaping.
Zvieratá nemali ako uniknúť.
One by one the serpent ate their horses.
Had im jedného po druhom zožral kone.
But the serpent's appetite did not seem satisfied.
Ale hadova chuť do jedla sa nezdala byť uspokojená.
They feared they would be the next victims.
Báli sa, že budú ďalšími obeťami.
But their fears were soon relieved.
Ale ich obavy sa čoskoro rozplynuli.
The gigantic cobra had not seen them.
Obrovská kobra ich nevidela.
And eventually the snake left again.
A nakoniec had opäť odišiel.
The minister's son saw an opportunity.
Syn ministra videl príležitosť.
This was his chance to take the gem.
Toto bola jeho šanca získať drahokam.
But there was one problem they had.
Ale mali jeden problém.
The jewel shone incredibly bright.
Drahokam žiaril neuveriteľne jasne.
The serpent would know what had happened.
Had by vedel, čo sa stalo.
But there was a way to overcome this problem.
Ale existoval spôsob, ako tento problém prekonať.
And the minister's son knew the solution.
A syn ministra poznal riešenie.
He had to cover the stone with horse-dung.
Musel kameň pokryť konským trusom.
And there was some horse-dung by the tree.
A pri strome bolo trochu konského trusu.

He quietly came down from the tree.
Ticho zišiel zo stromu.
He picked up the horse-dung off the floor.
Zdvihol konský trus zo zeme.
And he threw the dung upon the precious stone.
A hodil trus na drahý kameň.
And then he climbed up into the tree again.
A potom znova vyliezol na strom.
The serpent noticed something had happened.
Had si všimol, že sa niečo stalo.
The light of the jewel had vanished.
Svetlo drahokamu zmizlo.
The serpent rushed back with great fury.
Had sa s veľkou zúrivosťou rozbehol späť.
The serpent returned to where it had left the stone.
Had sa vrátil tam, kde nechal kameň.
The serpent let out a frightful hiss at the night.
Had v noci vydal strašné syčanie.
The snake's groans and convulsions were terrible.
Hadovo stonanie a kŕče boli hrozné.
The snake went round and round the jewel.
Had obiehal a obiehal drahokam.
But the stone was covered with horse-dung.
Ale kameň bol pokrytý konským trusom.
This way the serpent could not see its treasure.
Takto had nemohol vidieť svoj poklad.
Finally, the serpent breathed its last breath.
Nakoniec had vydýchol naposledy.

The two friends did not sleep much that night.
Dvaja priatelia v tú noc veľa nespali.
In the morning they came down from the tree.
Ráno zišli zo stromu.
They went to where the crest-jewel was.
Išli tam, kde sa nachádzal erbový klenot.
The mighty serpent was still laying there.
Mocný had tam stále ležal.

But now the snake's body was perfectly lifeless.
Ale teraz bolo hadie telo úplne bez života.
The friend of the prince stepped over the dead snake.
Priateľ princa prekročil mŕtveho hada.
And he picked up the dung covered jewel.
A zdvihol drahokam pokrytý hnojom.
Both of them went to the bank of the water.
Obaja išli k brehu vody.
And they washed the precious stone.
A drahý kameň umyli.
Finally, all the dung had been washed off.
Nakoniec bol všetok trus zmytý.
And the jewel shone as brilliantly as before.
A drahokam žiaril rovnako jasne ako predtým.
The jewel lit up the entire bed of the tank of water.
Drahokam osvetľoval celé dno nádrže s vodou.
Now they could see the innumerable fishes.
Teraz mohli vidieť nespočetné množstvo rýb.
But the light also revealed something else.
Svetlo však odhalilo aj niečo iné.
This astonished them more than all the fishes.
To ich ohromilo viac než všetky ryby.
In the bottom of the water there was something.
Na dne vody niečo bolo.
They could see there were lofty walls.
Videli tam vysoké múry.
The walls were from a magnificent palace.
Múry pochádzali z nádherného paláca.
The prince's friend was feeling venturesome.
Princov priateľ sa cítil odvážne.
He convinced the king's son to follow him.
Presvedčil kráľovho syna, aby ho nasledoval.
And then they wanted to swim to the palace below.
A potom chceli plávať k palácu pod nimi.
The prince's friend took the jewel in his hand.
Princov priateľ vzal klenot do ruky.
And they both dived into the waters.

A obaja sa ponorili do vody.
Soon they stood at the gate of the palace.
Čoskoro stáli pri bráne paláca.
To their surprise the gate was open.
Na ich prekvapenie bola brána otvorená.
They saw no being, human or superhuman.
Nevideli žiadnu bytosť, ľudskú ani nadľudskú.
So they decided to venture inside the gate.
Rozhodli sa teda vojsť dovnútra brány.
Inside the walls there was a beautiful garden.
Vnútri hradieb sa nachádzala krásna záhrada.
In the middle of the garden was a house.
Uprostred záhrady stál dom.
No one had ever seen so many flowers.
Nikto nikdy nevidel toľko kvetov.
There were roses of all imaginable varieties.
Boli tam ruže všetkých predstaviteľných odrôd.
There were endless numbers of yellow jessamine.
Žltého jazmínu bolo nekonečné množstvo.
And there were numerous white bell flowers.
A bolo tam veľa bielych zvončekových kvetov.
These flowers were the king of smells.
Tieto kvety boli kráľmi vôní.
The most scented lily of the valley.
Najvoňavejšia konvalinka.
There were the flowers from the champaka tree.
Boli tam kvety zo stromu champaka.
And a thousand other sweet-scented flowers.
A tisíc ďalších sladko voňajúcich kvetov.
Acres covered with the delicious jessamine.
Akre pokryté lahodným jazmínom.
All the plants were gemmed with flowers.
Všetky rastliny boli ozdobené kvetmi.
And all the flowers were in full bloom.
A všetky kvety boli v plnom kvete.
So the air was loaded with rich perfume.
Vzduch bol teda naplnený bohatou vôňou.

A wilderness of sweet scents everywhere.
Všade divočina sladkých vôní.
They went through this paradise of perfumery.
Prešli týmto rajom parfumérie.
And eventually they reached the house.
A nakoniec dorazili k domu.
The house was surrounded by lofty trees.
Dom bol obklopený vznešenými stromami.
Soon they stood at the door of the house.
Čoskoro stáli pri dverách domu.
Now they could see it was a fairy palace.
Teraz videli, že je to palác rozprávok.
The walls were of burnished gold.
Steny boli z lešteného zlata.
Here and there shone diamonds of dazzling hue.
Tu a tam sa leskli diamanty oslnivého odtieňa.
But they did not see any beings.
Ale nevideli žiadne bytosti.
So they went inside the palace.
Vošli teda do paláca.
The palace was richly furnished.
Palác bol bohato zariadený.
They went from room to room.
Chodili z miestnosti do miestnosti.
But they did not see anyone.
Ale nikoho nevideli.
It seemed to be a deserted house.
Zdal sa byť opustený dom.
At last, however, they found a special room.
Nakoniec však našli špeciálnu miestnosť.
In this room there was a young lady.
V tejto miestnosti bola mladá dáma.
She was sleeping on a golden bed.
Spala na zlatej posteli.
The young lady was of exquisite beauty.
Mladá dáma bola mimoriadne krásna.
Her complexion was a mixture of red and white.

Jej pleť bola zmesou červenej a bielej.
She seemed to be about sixteen years of age.
Vyzerala, že má asi šestnásť rokov.
The two friends gazed upon her.
Dvaja priatelia na ňu uprene hľadeli.
They were enchanted by her beauty.
Boli očarení jej krásou.
But they could not admire her for long.
Ale dlho ju obdivovať nemohli.
Because the young lady opened her eyes.
Pretože mladá dáma otvorila oči.
Her eyes seemed like the eyes of a gazelle.
Jej oči vyzerali ako oči gazely.
On seeing the strangers she said;
Keď uvidela cudzincov, povedala;
"How have you come here, ye unfortunate men?"
„Ako ste sa sem dostali, vy nešťastníci?"
"Be gone, be gone! I beg of you two"
„Zmiznite, zmiznite! Prosím vás dvoch."
"This is the abode of a mighty serpent"
„Toto je príbytok mocného hada "
"The serpent which has devoured my parents"
„Had, ktorý zožral mojich rodičov"
"And my brothers, and all my relatives"
„A moji bratia a všetci moji príbuzní"
"I am the only one that he has spared"
„Som jediný, koho ušetril"
"Flee for your lives while you still can"
„Utečte, kým ešte môžete, aby ste si zachránili život"
"Or else the serpent will eat you both"
„Inak vás had oboch zje."
The prince's friend told her what had happened.
Princov priateľ jej povedal, čo sa stalo.
"The serpent has breathed his last breath"
„Had vydýchol naposledy"
"The snake's body lies lifeless on the floor"
„Hadie telo leží bezvládne na podlahe"

"We took the head-jewel of the serpent"
„Vzali sme si klenot z hlavy hada"
"The jewel's light showed us to the palace.
„Svetlo drahokamu nás zaviedlo do paláca."
She thanked the strangers for their bravery.
Poďakovala cudzincom za ich odvahu.
"You have freed me from the infernal serpent"
„Oslobodil si ma od pekelného hada"
"Please live with me in my palace"
„Prosím, bývaj so mnou v mojom paláci"
"But please promise never to desert me"
„Ale prosím, sľúb, že ma nikdy neopustíš."
They gladly accepted the invitation.
S radosťou prijali pozvanie.
The king's son was smitten with the princess.
Kráľov syn bol do princeznej zamilovaný.
He adored the charms of the peerless princess.
Zbožňoval pôvab neporovnateľnej princeznej.
And he married her after a short time.
A po krátkom čase sa s ňou oženil.
There was no priest at the palace.
V paláci nebol žiadny kňaz.
So the hymeneal knot was tied by other means.
Takže hymeneálny uzol bol uviazaný inými prostriedkami.
A simple exchange of garlands of flowers.
Jednoduchá výmena kvetinových girland.
The king's son became inexpressibly happy.
Kráľov syn sa nevýslovne zašťastnil.
He delighted in the company of the princess.
Tešil sa zo spoločnosti princeznej.
The prince's friend also had a wife.
Princov priateľ mal tiež manželku.
Of course she was living in the upper world.
Samozrejme, žila vo vyššej spoločenskej sfére.
But he participated in his friend's happiness.
Ale podieľal sa na šťastí svojho priateľa.
The time they spent together passed merrily.

Čas, ktorý spolu strávili, ubiehal veselo.
But they could not live here forever.
Ale nemohli tu žiť večne.
The prince had to return to his kingdom.
Princ sa musel vrátiť do svojho kráľovstva.
But he knew the return would require some planning.
Vedel však, že návrat si bude vyžadovať určité plánovanie.
The occasion would come with a lot of pomp.
Táto príležitosť by prišla s veľkou pompou.
There were going to be many ceremonies.
Malo sa konať veľa obradov.
Because there was a lot to be celebrated.
Pretože bolo čo oslavovať.
First the prince's friend was going to go.
Najprv mal ísť princov priateľ.
And then he was going to return with the attendants.
A potom sa chystal vrátiť so sprievodcom.
Horses, and elephants for the happy pair.
Kone a slony pre šťastný pár.
The prince accompanied his friend.
Princ sprevádzal svojho priateľa.
Together they went back to the surface.
Spoločne sa vrátili na povrch.
And they saw the upper world again.
A opäť uvideli horný svet.
The two friends bid each other adieu.
Dvaja priatelia sa navzájom rozlúčili.
The prince returned to his lovely wife.
Princ sa vrátil k svojej milovanej manželke.
Before leaving everything had been organized.
Pred odchodom bolo všetko zorganizované.
The prince's friend arranged his return.
Princov priateľ zariadil jeho návrat.
He said when he was going to go to the embankment.
Povedal, kedy pôjde na nábrežie.
He was going to have the horses that they needed.
Mal by mať kone, ktoré potrebovali.

Elephants were going to be there too, and attendants.
Mali tam byť aj slony a ich sprievodcovia.
They were going to wait upon the prince and princess.
Mali čakať na princa a princeznú.
The snake-jewel gave them the rights to this.
Hadí klenot im na to dal právo.
The prince's friend went back to his country.
Princov priateľ sa vrátil do svojej krajiny.
To prepare for the return of his friend.
Aby sa pripravil na návrat svojho priateľa.

One day the prince was sleeping.
Jedného dňa princ spal.
He had just had his midday meal.
Práve mal obedňajšie jedlo.
The princess had never seen the upper regions.
Princezná nikdy predtým nevidela horné oblasti.
She felt the desire to see the upper world.
Cítila túžbu vidieť horný svet.
For this she needed the snake-jewel.
Na to potrebovala hadí drahokam.
Only this could help her through the water.
Len toto jej mohlo pomôcť prekonať vodu.
The jewel was shining its bright light in the room.
Drahokam žiaril v miestnosti jasným svetlom.
She took the snake-jewel into her hand.
Vzala do ruky hadí drahokam.
And then she left the palace and the garden.
A potom opustila palác a záhradu.
She successfully swam to the upper world.
Úspešne doplávala do horného sveta.
No mortal had caught sight of her.
Žiaden smrteľník ju nezazrel.
At the edge of the water were some steps.
Na okraji vody bolo niekoľko schodov.
The steps were for the convenience of bathers.
Schody slúžili pre pohodlie kúpajúcich sa.

And this is also where she sat.
A toto je tiež miesto, kde sedela.
She scrubbed her body with the sand.
Utierala si telo pieskom.
She washed her hair with the fresh water.
Umyla si vlasy čerstvou vodou.
And she played with the water for fun.
A hrala sa s vodou pre zábavu.
She walked about on the water's edge.
Prechádzala sa po okraji vody.
And she admired all the scenery around.
A obdivovala všetku okolitú scenériu.
But finally she returned back to her palace.
Nakoniec sa však vrátila do svojho paláca.
Her husband was still deep in sleep.
Jej manžel stále tvrdo spal.
But eventually he had slept enough.
Ale nakoniec sa vyspal dosť.
She did not tell him about her adventures.
Nepovedala mu o svojich dobrodružstvách.
The next day her husband fell asleep again.
Na druhý deň jej manžel opäť zaspal.
And again she paid a visit to the upper world.
A opäť navštívila vyšší svet.
And she remained unnoticed by mortal man.
A zostala nepovšimnutá smrteľníkom.
Her success was starting to give her courage.
Jej úspech jej začal dodávať odvahu.
So she repeated her adventure a third time.
Tak zopakovala svoje dobrodružstvo tretíkrát.
The rajah's son was out hunting that day.
Radžov syn bol v ten deň na poľovačke.
He had his tent not far from the water.
Mal stan neďaleko od vody.
His attendants were cooking his meal.
Jeho sluhovia mu varili jedlo.
So, he wandered about along the water.

Tak sa túlal popri vode.
Nearby an old woman was gathering sticks.
Neďaleko zbierala stará žena konáre.
She was collecting dried branches of trees.
Zbierala suché konáre stromov.
She needed the sticks for kindling wood.
Potrebovala palice na podpaľovanie.
This was when the princess came out the water.
Vtedy princezná vyšla z vody.
She gazed around and she saw a man.
Rozhliadla sa okolo seba a uvidela muža.
And then she saw there was also a woman.
A potom uvidela, že tam bola aj žena.
The princess knew she didn't want to be seen.
Princezná vedela, že nechce byť videná.
So she went back down to her palace.
Tak sa vrátila do svojho paláca.
But the rajah's son had caught a glimpse of her.
Ale radžov syn ju zazrel.
And the old woman gathering sticks saw her too.
A starenka, ktorá zbierala konáre, ju tiež videla.
The rajah's son stood gazing on the waters.
Radžov syn stál a hľadel na vodu.
He had never seen such a beautiful woman.
Nikdy predtým nevidel takú krásnu ženu.
She seemed to him to be a deva-kanyas Goddess.
Zdala sa mu byť bohyňou deva-kanyas.
Heavenly goddesses he had read of in old books.
Nebeské bohyne, o ktorých čítal v starých knihách.
They are said to visit the upper world.
Hovorí sa, že navštevujú horný svet.
And the upper world is honored to have them.
A vyšší svet má česť ich mať.
But it is said to happen only rarely.
Ale vraj sa to stáva len zriedka.
The way that angels only visit rarely.
Spôsob, akým anjeli navštevujú len zriedka.

He had seen the princess' unearthly beauty.
Videl princezninu nadpozemskú krásu.
She had made a deep impression on his heart.
Zanechala hlboký dojem v jeho srdci.
Although he had seen her only for a moment.
Hoci ju videl len na chvíľu.
But her beauty distracted his mind.
Ale jej krása mu rozptýlila myseľ.
He stood there like a statue, for hours.
Stál tam ako socha, celé hodiny.
All he could do was gaze into the waters.
Jediné, čo mohol urobiť, bolo pozerať sa do vody.
In the hope of seeing the lovely figure again.
V nádeji, že tú krásnu postavu znova uvidím.
But all his time was spent in vain.
Ale všetok svoj čas strávil márne.
The princess did not appear again.
Princezná sa už viac neobjavila.
The rajah's son became mad with love.
Radžov syn sa od lásky zbláznil.
He kept muttering, "now here, now gone!"
Stále mrmlal: „Teraz tu, teraz preč!“
He refused to leave the water's edge.
Odmietol opustiť okraj vody.
His attendants had to forcibly remove him.
Jeho sprievodcovia ho museli násilím odstrániť.
They took him to his father's palace.
Odviedli ho do otcovho paláca.
But he was in a state of hopeless insanity.
Ale bol v stave beznádejného šialenstva.
He couldn't be made to speak to anyone.
Nedalo sa ho prinútiť, aby sa s nikým rozprával.
And he spent his days sobbing heavily.
A trávil dni silným vzlykaním.
No others words came out of his mouth.
Z jeho úst nevyšli žiadne iné slová.
"Now here, now gone!"

„Teraz tu, teraz preč!"
"Now here, now gone!"
„Teraz tu, teraz preč!"
You can imagine the rajah's grief.
Viete si predstaviť radžuho smútok.
"What could have deranged my son's mind?"
„Čo mohlo pomätiť myseľ môjho syna?"
"'Now here, now gone,' what does it mean?"
„Čo to znamená, že ‚Teraz tu, teraz preč'?"
He could not unravel the words' meaning.
Nedokázal rozlúštiť význam slov.
His attendants couldn't decipher the words either.
Ani jeho sprievodcovia nedokázali slová rozlúštiť.
The land's best physicians were consulted.
Konzultovali sa s najlepšími lekármi v krajine.
But their consultation had no effect.
Ale ich konzultácia nemala žiadny účinok.
The sons of æsculapius were not able to help.
Synovia Aeskulapa nemohli pomôcť.
No one could ascertain the cause of the madness.
Nikto nedokázal zistiť príčinu šialenstva.
Without knowing the cause there was no cure.
Bez poznania príčiny neexistoval liek.
The physicians tried to ask the prince.
Lekári sa pokúsili opýtať princa.
But all he said was, "now here, now gone!"
Ale všetko, čo povedal, bolo: „Teraz tu, teraz preč!"
The rajah was distracted with grief.
Radža bol rozrušený žiaľom.
Day and night he worried for his son.
Dňom i nocou sa bál o svojho syna.
He wished for his son's intellects to return.
Prial si, aby sa jeho synovi vrátil rozum.
A proclamation was made in the capital.
V hlavnom meste bolo vydané vyhlásenie.
Town criers were sent into the city.
Do mesta boli vyslaní mestskí hlásatelia.

And they beat their drums for attention.
A bubnovali, aby upútali pozornosť.
"The rajah's son has lost his mental faculties"
„Rajahov syn stratil svoje duševné schopnosti“
"The rajah seeks a cure for his son"
„Rajah hľadá liek pre svojho syna“
"A reward is offered for the cure"
„Za vyliečenie je vypísaná odmena“
"The hand of the rajah's daughter"
„Ruka rádžovej dcéry“
"Her hand comes with half his kingdom"
„Jej ruka prichádza s polovicou jeho kráľovstva“
The drum was beaten around the city.
Bubny sa bili po celom meste.
But no one felt they could touch the drum.
Ale nikto nemal pocit, že sa môže bubna dotknúť.
No one knew the cause of his madness.
Nikto nepoznal príčinu jeho šialenstva.
At last an old woman came forward.
Nakoniec prišla stará žena.
And she stepped up to touch the drum.
A pristúpila, aby sa dotkla bubna.
"I will discover the cause of his madness"
„Zistím príčinu jeho šialenstva“
"And I will cure him from his disease"
„A ja ho vyliečim z jeho choroby“
She had seen what happened to the boy.
Videla, čo sa chlapcovi stalo.
She was at the water's edge that day.
V ten deň bola na okraji vody.
It was her who was gathering up sticks.
Bola to ona, ktorá zbierala konáre.
This woman had a crack-brained son.
Táto žena mala syna s pomäteným mozgom.
Her son was named of Phakir-Chand.
Jej syn sa volal Phakir-Chand.
So she was called Phakir's mother.

Tak ju volali Phakirova matka.
The woman was brought before the rajah.
Ženu predviedli pred radžu.
And the following conversation took place.
A prebehol nasledujúci rozhovor.
"You are the woman that touched the drum"
„Ty si žena, ktorá sa dotkla bubna"
"You know the cause of my son's madness?"
„Poznáš príčinu šialenstva môjho syna?"
"Yes, oh incarnation of justice!"
„Áno, ó, stelesnenie spravodlivosti!"
"I know the cause of your son's madness"
„Poznám príčinu šialenstva vášho syna."
"But I will not say the cause of his madness"
„Ale nepoviem príčinu jeho šialenstva."
"First I will cure your son of his madness"
„Najprv vyliečim tvojho syna z jeho šialenstva."
"How can I believe you are able to?"
„Ako ti môžem veriť, že to dokážeš?"
"The best physicians of the land have failed"
„Najlepší lekári v krajine zlyhali"
"You need not now believe, my king"
„Teraz už nemusíš veriť, môj kráľ"
"Wait till I have performed the cure"
„Počkajte, kým vykonám liečbu."
"Many an old woman knows many secrets"
„Mnoho starých žien pozná veľa tajomstiev"
"Secrets wise men are unacquainted with"
„Tajomstvá, ktoré múdri ľudia nepoznajú"
"Very well, let me see what you can do"
„Dobre, ukážem, čo dokážeš."
"In what time will you perform the cure?"
„Za aký čas vykonáte liečbu?"
"It is impossible to fix the time"
„Je nemožné opraviť čas"
"Ff course I will begin work immediately"
„Samozrejme, že začnem pracovať hneď."

"But I need your lordship's assistance"
„Ale potrebujem pomoc Vašej Milosti."
"What help do you require from me?"
„Akú pomoc odo mňa potrebuješ?"
"Your lordship will please order a hut"
„Vaša Milosť by si, prosím, objednala chatrč."
"Have the hut raised on the embankment of the water"
„Nechajte postaviť chatrč na nábreží vody"
"Where your son first caught the disease"
„Kde sa váš syn prvýkrát nakazil"
"I mean to live in that hut for a few days"
„Mám v úmysle bývať v tej chatrči niekoľko dní."
"And please order some of your servants"
„A prosím, prikážte niektorým zo svojich sluhov."
"They have to be in attendance at a distance"
„Musia byť prítomní na diaľku"
"Tell them to be about a hundred yards away"
„Povedzte im, aby boli asi sto metrov odtiaľto."
"That way I can call them over when we need them"
„Takto ich môžem zavolať, keď ich budeme potrebovať."
The king had listened attentively.
Kráľ pozorne počúval.
"I will order that to be immediately done"
„Nariadim, aby sa to okamžite urobilo"
"Do you want anything else?"
„Chceš ešte niečo?"
"Those are all the preparations I need"
„To sú všetky prípravy, ktoré potrebujem"
"But let me remind you of the agreement"
„Ale dovoľte mi pripomenúť vám dohodu."
"You promised the hand of your daughter"
„Sľúbil si ruku svojej dcéry"
"And you promised half your kingdom"
„A sľúbil si polovicu svojho kráľovstva"
"But I can't marry your daughter"
„Ale ja si nemôžem vziať tvoju dcéru."
"Because your daughter has to marry a man"

„Pretože tvoja dcéra sa musí vydať za muža.“
"But I also have a son of marriageable age"
„Ale mám aj syna v veku na vydávanie“
"Allow my son to marry your daughter"
„Dovoľ môjmu synovi, aby si vzal tvoju dcéru.“
"Allow him to have half of your kingdom"
„Daj mu polovicu tvojho kráľovstva“
The king was agreed with the terms.
Kráľ s podmienkami súhlasil.
"If you find a cure, he marries my daughter"
„Ak nájdeš liek, vezme si moju dcéru.“
"And half of my kingdom shall be his"
„A polovica môjho kráľovstva bude jeho“
A temporary hut was quickly erected.
Dočasná chatrč bola rýchlo postavená.
The hut was built on the embankment of the water.
Chata bola postavená na nábreží vody.
And Phakir's mother took up her abode.
A Phakirova matka sa usadila.
An outpost was also erected at some distance.
V určitej vzdialenosti bola postavená aj základňa.
Because the woman might require some attendance.
Pretože žena môže potrebovať určitú starostlivosť.
Strict orders were given by Phakir's mother.
Phakirova matka vydala prísne rozkazy.
No one was allowed to go near the water.
Nikto sa nesmel priblížiť k vode.
Only she was allowed to stay by the water.
Iba ona mala dovolené zostať pri vode.

But let us leave Phakir's mother at the water.
Ale nechajme Phakírovu matku pri vode.
Let us hasten down the subterranean palace.
Poponáhľajme sa do podzemného paláca.
To see what the prince and the princess are doing.
Aby videli, čo robia princ a princezná.
The princess did want to go up again.

Princezná sa chcela znova vydať hore.
But she now knew that it would be dangerous.
Ale teraz vedela, že to bude nebezpečné.
And she had given up the idea of a fourth visit.
A vzdala sa myšlienky na štvrtú návštevu.
But women generally have greater curiosity.
Ale ženy majú vo všeobecnosti väčšiu zvedavosť.
And the princess was no exception to the rule.
A princezná nebola výnimkou z pravidla.
One day her husband was asleep.
Jedného dňa jej manžel spal.
He always slept after his noonday meal.
Vždy spal po obedňajšom jedle.
She took the snake-jewel in her hand.
Vzala do ruky hadí drahokam.
And she rushed out of the palace.
A vybehla z paláca.
And she came up to the upper world.
A vystúpila do horného sveta.
There was an upheaval in the waters.
Vo vodách došlo k rozbúreniu.
And Phakir's mother was on high alert.
A Phakirova matka bola v pohotovosti.
She was hiding in the hut.
Skrývala sa v chatrči.
And she was looking through the chinks.
A pozerala sa cez štrbiny.
The princess saw no human being nearby.
Princezná nevidela v blízkosti žiadneho človeka.
So she came to the bank of the water.
Tak prišla k brehu vody.
Phakir's mother showed herself outside the hut.
Phakirova matka sa ukázala vonku pred chatrčou.
And she addressed the princess politely.
A zdvorilo oslovila princeznú.
"Come, my child, thou queen of beauty"
„Poď, dieťa moje, kráľovná krásy"

"Come to me, and I will help you to bathe"
„Poď ku mne a ja ti pomôžem okúpať sa"
So saying, she approached the princess.
S tými slovami pristúpila k princeznej.
The princess saw she was just an old woman.
Princezná videla, že je to len stará žena.
So she made no resistance to her offer.
Preto sa jej ponuke nebránila.
The old woman was washing the princess' hair.
Stará žena umývala princeznej vlasy.
And she noticed the bright jewel in her hand.
A všimla si žiarivý drahokam v jej ruke.
"Out the jewel here till you are bathed"
„Vytiahni klenot, kým sa neokúpeš"
Now the jewel was in the hands of Phakir's mother.
Teraz bol klenot v rukách Phakirovej matky.
She wrapped the jewel up in a cloth.
Zabalila šperk do látky.
And she wrapped the cloth around her waist.
A omotala si látku okolo pása.
Now the princess was unable to escape.
Teraz princezná nemohla utiecť.
And Phakir's mother gave the signal.
A Phakirova matka dala signál.
The attendants rushed to the water.
Zborníci sa ponáhľali k vode.
And they took the princess captive.
A princeznú vzali do zajatia.
The news soon reached the city.
Správa sa čoskoro dostala do mesta.
"Phakir's mother had captured a water-nymph"
„Fakírova matka zajala vodnú nymfu"
And the people rejoiced at the news.
A ľudia sa z tejto správy radovali.
All came to see the "daughter of the immortals"
Všetci prišli pozrieť sa na „dcéru nesmrteľných"
She was brought to the palace.

Priviedli ju do paláca.
And she was brought to the rajah's son.
A priviedli ju k radžovmu synovi.
The rajah's son was still of impaired intellect.
Radžov syn mal stále intelektuálne poruchy.
But that cloud on his brain soon dissipated.
Ale ten mrak v jeho mysli sa čoskoro rozplynul.
"I have found you! I have found you!"
„Našiel som ťa! Našiel som ťa!"
His eyes had been vacant and lusterless.
Jeho oči boli prázdne a bez lesku.
But now his eyes had the fire of intelligence.
Ale teraz mal v očiach oheň inteligencie.
He had almost lost the use of his tongue.
Takmer stratil jazyk.
"Now here, now gone!" was all he had been able to say.
„Teraz tu, teraz preč!" bolo všetko, čo dokázal povedať.
But this sense too was restored.
Ale aj tento zmysel sa obnovil.
The joy of the rajah knew no bounds.
Radosť radžu nepoznala hraníc.
There was great festivity in the city.
V meste bola veľká slávnosť.
The people praised Phakir-Chand's mother.
Ľudia chválili Phakir-Chandovu matku.
And everyone soon expected the marriage.
A všetci čoskoro očakávali svadbu.
The rajah's son was to wed the water-nymph.
Radžov syn sa mal oženiť s vodnou nymfou.
The princess, however, had made a promise.
Princezná však dala sľub.
She told Phakir's mother of her promise.
Povedala Phakirovej matke o svojom sľube.
"I won't as much as look at another man"
„Na iného muža sa ani len nepozriem"
"For one year my vows shall last"
„Jeden rok budú moje sľuby platiť"

"The marriage cannot happen in that time"
„Svadba sa v tom čase nemôže uskutočniť“
The rajah's son was somewhat disappointed.
Radžov syn bol trochu sklamaný.
But he readily agreed to the delay.
Ale s odkladom ochotne súhlasil.
"Delay enhances the sweetness of the pleasure"
„Oneskorenie umocňuje sladkosť potešenia“
Of course the princess spent her time in sorrow.
Princezná samozrejme trávila čas v smútku.
She spent her days and nights sighing.
Trávila dni a noci vzdychom.
And she lamented her idle curiosity.
A nariekala nad svojou nečinnou zvedavosťou.
The curiosity that led her to the upper world.
Zvedavosť, ktorá ju priviedla do vyššieho sveta.
The curiosity that separated her from her husband.
Zvedavosť, ktorá ju oddeľovala od manžela.
She thought of her unfortunate husband.
Myslela na svojho nešťastného manžela.
She had left him all alone below the waters.
Nechala ho úplne samého pod vodou.
And she wept bitter tears each day.
A každý deň ronila horké slzy.
She wished that she could run away.
Priala si, aby mohla utiecť.
But that would have been impossible.
Ale to by bolo nemožné.
Because she was immured within walls.
Pretože bola zamurovaná v múroch.
And there were walls within the walls.
A v múroch boli múry.
And what use was getting out the palace?
A načo bolo vyjsť z paláca?
She couldn't get to her husband anyway.
Aj tak sa k manželovi nedokázala dostať.
She didn't have the serpent jewel.

Nemala hadí drahokam.
The ladies of the palace tried to comfort her.
Dámy z paláca sa ju snažili utešiť.
And Phakir's mother tried to divert her mind.
A Phakirova matka sa snažila rozptýliť jej myšlienky.
But their efforts were in vain.
Ale ich úsilie bolo márne.
She took pleasure in nothing.
Z ničoho sa netešila.
She hardly spoke to anyone.
Takmer s nikým nehovorila.
She wept throughout the day.
Plakala celý deň.
And she wept through the night.
A plakala celú noc.

The year of her vow was drawing to a close.
Rok jej sľubu sa blížil ku koncu.
But she was still disconsolate.
Ale stále bola neútešná.
The marriage, however, had to be celebrated.
Svadba sa však musela osláviť.
The rajah consulted the astrologers.
Radža sa poradil s astrológmi.
The day and the hour had been decided.
Deň a hodina boli určené.
The nuptial knot was to be tied.
Svadobný uzol mal byť uviazaný.
Great preparations were made.
Urobili sa veľké prípravy.
The confectioners were busy day and night.
Cukrári mali plné ruky práce vo dne v noci.
They prepared all sorts of sweetmeats.
Pripravovali všetky možné sladkosti.
Milkmen supplied the palace with tanks of curds.
Mliekari zásobovali palác cisternami tvarohu.
Great quantities of gunpowder were manufactured.

Vyrábalo sa veľké množstvo pušného prachu.
There were going to be grand fireworks.
Mal byť veľkolepý ohňostroj.
Stages were erected everywhere.
Všade boli postavené pódiá.
And musicians were selected to play music.
A hudobníci boli vybraní, aby hrali hudbu.
All the city assumed an air of mirth.
Celé mesto nadobudlo veselú atmosféru.
All looked forward to the festivities.
Všetci sa tešili na slávnosti.

We must return our attention to the minister's son.
Musíme opäť zamerať našu pozornosť na syna ministra.
He had left his friend in the subterranean palace.
Nechal svojho priateľa v podzemnom paláci.
And he had gone to his country.
A odišiel do svojej krajiny.
He was bringing horses and elephants.
Priniesol kone a slony.
And he had with him many attendants.
A mal so sebou mnoho služobníkov.
For the return of the king's son.
Za návrat kráľovho syna.
And for the return of his lovely princess.
A za návrat jeho milovanej princeznej.
So that the ceremony had due pomp.
Aby obrad mal patričnú pompéznosť.
The preparations took him many months.
Prípravy mu trvali mnoho mesiacov.
But eventually all was prepared.
Ale nakoniec bolo všetko pripravené.
And the minister's son started on his journey.
A syn ministra sa vydal na svoju cestu.
He was accompanied by a long train of elephants.
Sprevádzal ho dlhý zástup slonov.
And behind the elephants were horses.

A za slonmi boli kone.
And all the horses had their own attendants.
A všetky kone mali svojich vlastných sprievodcov.
He reached the water ahead of schedule.
K vode dorazil skôr, ako bolo plánované.
So he had two or three days to spare.
Takže mal dva alebo tri dni nazvyš.
Tents were pitched in the mango slopes.
Stany boli postavené na svahoch porastených mangom.
So the men and cattle had accommodation.
Takže muži a dobytok mali ubytovanie.
The minister's son kept his eyes on the water.
Syn ministra nehýbal zrakom z vody.
The sun of the appointed day sank below the horizon.
Slnko určeného dňa kleslo za obzor.
But there was no sign of the prince.
Ale po princovi nebolo ani stopy.
Nor did the princess come to the surface.
Ani princezná nevyšla na povrch.
He waited two or three days longer.
Čakal ešte dva alebo tri dni.
Still the prince did not make his appearance.
Princ sa stále neukázal.
What could have happened to his friend?
Čo sa mohlo stať jeho priateľovi?
And where was his beautiful wife?
A kde bola jeho krásna manželka?
Had another serpent beaten them to death?
Ubil ich na smrť iný had?
Possibly the mate of the one that had died.
Možno kamarát toho, ktorý zomrel.
Had they somehow lost the serpent-jewel?
Stratili nejako hadí drahokam?
Or had they perhaps visited the upper world?
Alebo možno navštívili horný svet?
And had they been captured in the upper world?
A boli zajatí v hornom svete?

Such were the reflections of the prince's friend.
Také boli úvahy princovho priateľa.
The prince's friend was overwhelmed with grief.
Princovho priateľa premohol žiaľ.
The waters were quite close to the city.
Vody boli dosť blízko mesta.
And often the sound of music could be heard.
A často bolo počuť zvuk hudby.
He asked passers-by what that music meant.
Pýtal sa okoloidúcich, čo tá hudba znamená.
He was told about the rajah's son.
Povedali mu o radžovom synovi.
And he was told of a wonderful young lady.
A bolo mu povedané o úžasnej mladej dáme.
And he was told they were going to marry.
A povedali mu, že sa idú vziať.
And he was told more about the wonderful lady.
A dozvedel sa viac o tej úžasnej dáme.
She had come out of the waters he was waiting by.
Vyšla z vôd, pri ktorých čakal.
The marriage ceremony was in two days.
Svadobný obrad sa konal o dva dni.
The minister's son made the connection.
Syn ministra si to uvedomil.
The wonderful young lady was the wife of his friend.
Tá úžasná mladá dáma bola manželkou jeho priateľa.
He resolved, therefore, to go into the city.
Preto sa rozhodol ísť do mesta.
And he was going to find out all he could.
A chcel zistiť všetko, čo sa dalo.
If he could, he would rescue the princess.
Keby mohol, zachránil by princeznú.
He told the attendants to go home.
Povedal služobníkom, aby išli domov.
And he told them to take the elephants.
A povedal im, aby vzali slony.
And he told them to take the horses.

A povedal im, aby vzali kone.
And he himself went to the city.
A sám išiel do mesta.
And he took up his abode in the house of a Brahman.
A usadil sa v dome Brahmana.
First, he rested from his journey.
Najprv si oddýchol od cesty.
Then the prince's friend had his dinner.
Potom princov priateľ večeral.
And then he spoke to the Brahman.
A potom prehovoril k Brahmanovi.
"Throughout the city there are musicians and bands"
„Po celom meste sú hudobníci a kapely"
"What is the cause of all the celebrations?
„Aký je dôvod všetkých tých osláv?"
The Brahman was rather surprised.
Brahman bol dosť prekvapený.
"From what part of the world have you come?"
„Z ktorej časti sveta prichádzaš?"
"What rock have you been living under?"
„Pod akou skalou si býval?"
"Have you not heard the wonderful news?"
„Nepočul si tú úžasnú správu?"
"A young lady of heavenly beauty"
„Mladá dáma nebeskej krásy"
"She rose out of the waters"
„Vyšla z vôd"
"And she is going to the son of our rajah"
„A ona ide k synovi nášho radžu."
The prince's friend wanted to know more.
Princov priateľ chcel vedieť viac.
The information could be useful.
Informácie by mohli byť užitočné.
"I have not heard of this news"
„O tejto správe som nepočul/a"
"I have come from a distant country"
„Prišiel som z ďalekej krajiny"

"The story has not reached us yet"
„Príbeh sa k nám ešte nedostal"
"Will you kindly tell me the particulars?"
„Mohli by ste mi prosím povedať podrobnosti?"
The Brahman was happy to relay the story.
Brahman s radosťou vyrozprával príbeh.
"The rajah's son went out hunting"
„Rajahov syn išiel na poľovačku"
"It must have been about this time last year"
„Muselo to byť približne v tomto čase minulý rok"
"They pitched their tents by the waters in the suburbs"
„Postavili si stany pri vode na predmestiach"
"One day, the rajah's son was walking near the water"
„Jedného dňa sa radžov syn prechádzal pri vode."
"On this day, he saw a young woman"
„V tento deň uvidel mladú ženu"
"I have to mention she was of uncommon beauty"
„Musím spomenúť, že bola neobyčajnej krásy."
"She had risen from the depth of the waters"
„Vyšla z hlbín vôd"
"She gazed about for a minute or two"
„Minútu alebo dve sa rozhliadla okolo seba"
"And then the beautiful lady disappeared"
„A potom tá krásna dáma zmizla"
"The rajah's son, however, had seen her"
„Rajahov syn ju však videl"
"He had been struck by her heavenly beauty"
„Bol ohromený jej nebeskou krásou"
"And so he became desperately enamored by her"
„A tak sa do nej zúfalo zamiloval"
"Indeed, she had affected him greatly"
„Naozaj ho veľmi ovplyvnila"
"And his mental faculties gave way to passion"
„A jeho duševné schopnosti ustúpili vášni"
"He was carried home as a mad man"
„Odniesli ho domov ako šialeného muža"
"He spoke no words except a few"

„Nepovedal ani slovo, okrem niekoľkých"
"'now here, now gone!' was all he said"
„'Teraz tu, teraz preč!' bolo všetko, čo povedal."
"The rajah sent for all the best physicians"
„Rajah poslal po všetkých najlepších lekárov"
"They tried to restore his son to reason"
„Snažili sa jeho syna priviesť k rozumu"
"But the physicians were powerless"
„Ale lekári boli bezmocní"
"At last the rajah made a proclamation"
„Nakoniec radža vydal vyhlásenie"
"And he had the drum beat around the kingdom"
„A nechal bubnovať po celom kráľovstve"
"There was a reward for anyone who cured his son"
„Pre každého, kto vyliečil jeho syna, bola vyhlásená odmena"
"They would become the rajah's son-in-law"
„Stali by sa radžovými zaťmi"
"And they would get half the kingdom"
„ A dostali by polovicu kráľovstva"
"An old woman answered the call of the drum"
„Stará žena odpovedala na volanie bubna"
"All knew her as Phakir's mother"
„Všetci ju poznali ako Phakirovu matku"
"She said she could cure the rajah's son"
„Povedala, že dokáže vyliečiť radžovho syna."
"She had a hut built outside the town"
„Dala si postaviť chatrč za mestom"
"In the suburbs, next to the waters"
„Na predmestí, pri vode"
"An in the hut she took her abode"
„A v chatrči sa usadila"
"She also had some huts erected close by"
„Tiež dala neďaleko postaviť niekoľko chatrčí"
"And in those huts attendants waited"
„A v tých chatrčiach čakali sluhovia"
"In case she might need their help"
„Pre prípad, že by potrebovala ich pomoc"

"It seems the goddess rose from the waters"
„Zdá sa, že bohyňa vyšla z vôd"
"Phakir's mother and the attendants seized her"
„Fakírova matka a služobníci ju chytili"
"And they carried her in a palki to the palace"
„A odniesli ju v paličke do paláca."
"The rajah's son saw the water-nymph"
„Rajahov syn uvidel vodnú nymfu"
"And he was soon restored to his senses"
„A čoskoro sa prebral k rozumu"
"They would have married there and then"
„Vzali by sa hneď na mieste"
"But the water goddess had made a vow"
„Ale bohyňa vody zložila sľub"
"She wouldn't look at a man for one year"
„Rok sa na muža nepozrela"
"The year of the vow is now over"
„Rok sľubu sa skončil"
"The music is from the rajah's palace"
„Hudba je z rádžovho paláca"
"This, in brief, is the story"
„Toto je v skratke príbeh"
The prince's friend could put the story together.
Princov priateľ by vedel dať ten príbeh dokopy.
"a truly wonderful story!"
„Naozaj úžasný príbeh!"
"So where is Phakir's mother?"
„Tak kde je Phakirova matka?"
"And where is Phakir-Chand himself?"
„A kde je sám Phakir-Chand?"
"Has he received the hand of the rajah's daughter?"
„Dostal ruku radžovej dcéry?"
"And has he received half the kingdom?"
„A dostal polovicu kráľovstva?"
The Brahman could also answer these questions.
Brahman by tiež mohol odpovedať na tieto otázky.
"No, they have not married yet"

„Nie, ešte sa nezosobášili“

"And he doesn't yet have half the kingdom"

„A ešte nemá polovicu kráľovstva“

"And, I should say, he is a dimwitted lad"

„A mal by som povedať, že je to hlúpy chlapec.“

"In fact, no one knows where the lad is"

„V skutočnosti nikto nevie, kde je ten chlapec“

"He has been away from home for more than a year"

„Už viac ako rok je mimo domova“

"That is his manner," he explained.

„To je jeho spôsob,“ vysvetlil.

"He stays away for a long time"

„Zostáva dlho preč“

"And then suddenly he comes home"

„A potom zrazu príde domov“

"And then suddenly he leaves again"

„A potom zrazu znova odíde“

"I believe his mother expects him to come soon"

„Myslím, že jeho matka očakáva, že čoskoro príde.“

This was very useful information.

Toto bola veľmi užitočná informácia.

"What is he like?" he asked.

„Aký je?“ spýtal sa.

"And what does he do when he returns home?"

„A čo robí, keď sa vráti domov?“

These questions the Brahman could also answer.

Na tieto otázky vedel odpovedať aj Brahman.

"Well, he is about your height"

„No, je asi tvojej výšky.“

"Though he is somewhat younger than you"

„Aj keď je o niečo mladší ako ty“

"He wears a small piece of cloth round his waist"

„Okolo pása nosí malý kúsok látky.“

"And he rubs his body with ashes"

„A potrie si telo popolom“

"He carries the branch of a tree in his hand"

„V ruke nosí konár stromu“

"And there is a tune to which he dances"
„A je tam melódia, na ktorú tancuje"
"He comes to the door of the hut of his mother"
„Prichádza k dverám chatrče svojej matky"
"And he sings 'dhoop! dhoop! dhoop!'"
"A spieva 'hup! dhoop! dhoop!"
"His articulation is very indistinct"
„Jeho artikulácia je veľmi nejasná"
"'Come, stay with your mother,' she says"
„, Poď, zostaň s matkou,' hovorí."
"And he always gives the same answer"
„A vždy dáva tú istú odpoveď"
"'No, I won't remain,' he says unintelligibly"
„,Nie, nezostanem,' hovorí nezrozumiteľne."
"You should hear him when he wants to say yes"
„Mala by si ho počuť, keď chce povedať áno"
"To answer in the affirmative he says 'hoom'"
„Na kladnú odpoveď povie ‚húm'"
A flood of light entered the prince's friend.
Princovho priateľa zalial prúd svetla.
He now saw very well how matters stood.
Teraz veľmi dobre videl, ako sa veci majú.
The princess must have taken the snake-jewel.
Princezná si musela vziať hadí klenot.
And she must have left the palace alone.
A palác musela opustiť sama.
And she was captured without the king's son.
A bola zajatá bez kráľovho syna.
Phakir's mother must have the snake-jewel.
Phakirova matka musí mať hadí klenot.
His friend was still below the water.
Jeho priateľ bol stále pod vodou.
The prince had no means of escape.
Princ nemal žiadnu možnosť uniknúť.
He could imagine his friends desolate state.
Vedel si predstaviť zúfalý stav svojich priateľov.
And he could imagine how hopeless he must be.

A vedel si predstaviť, aký beznádejný musí byť.
The prince's friend was filled with grief.
Princovho priateľa naplnil zármutok.
But that was not cause to give up hope.
Ale to nebol dôvod na stratu nádeje.
Perhaps he could rescue his friend.
Možno by mohol zachrániť svojho priateľa.
"I must get the jewel from the old woman"
„Musím získať ten drahokam od starej ženy."
"Can I not do it by personating Phakir-Chand?"
„Nemôžem to urobiť tak, že budem napodobňovať Phakira-
Chanda?"
"His mother is expecting him soon"
„Jeho mama ho čoskoro očakáva"
"Maybe I can rescue the princess the same way"
„Možno sa mi podarí zachrániť princeznú rovnakým
spôsobom."

He resolved to act the role of Phakir-Chand.
Rozhodol sa hrať úlohu Phakir-Chanda.
In the morning he left the Brahman's house.
Ráno odišiel z domu Brahmana.
And he went to the outskirts of the city.
A odišiel na okraj mesta.
He divested himself of his usual clothing.
Zbavil sa svojho bežného oblečenia.
Around his waist he put a narrow piece of cloth.
Okolo pása si dal úzky kus látky.
The cloth scarcely reached his knees.
Látka mu sotva siahala po kolená.
And he rubbed his body well with ashes.
A telo si dobre potrel popolom.
And finally he broke some twigs off a tree.
A nakoniec odlomil niekoľko vetvičiek zo stromu.
And thus he was ready to play his role.
A tak bol pripravený hrať svoju úlohu.
He went to the door of the hut of Phakir's mother.

Išiel k dverám chatrče Fakirovej matky.
And he commenced the operation by dancing.
A operáciu začal tancom.
He danced in a most violent manner.
Tancoval tým najprudším spôsobom.
And he sung to the tune of "dhoop! dhoop! dhoop!"
A spieval na melódiu "dhoop! dhoop! dhoop!"
The dancing attracted the notice of the old woman.
Tanec upútal pozornosť starej ženy.
The critical moment had come.
Nastal kritický moment.
The old woman looked to her door.
Stará žena sa pozrela k dverám.
"Phakir-Chand, my son, have you come?"
„Phakir-Čand, syn môj, prišiel si?"
"My darling; the gods have become propitious to us"
„Môj drahý, bohovia sú k nám priazniví."
Her supposed son uttered the monosyllable, "hoom"
Jej údajný syn vyslovil jednoslabičné „húm"
And he danced more violently than before.
A tancoval prudšie ako predtým.
And he waved the twig in his hand.
A zamával vetvičkou v ruke.
"This time you must not go away"
„Tentoraz nesmieš odísť"
"You must remain with me"
„Musíš zostať so mnou"
"No, I won't remain," said the prince's friend.
„Nie, nezostanem," povedal princov priateľ.
"Remain with me," the mother tried again.
„Zostaň so mnou," skúsila matka znova.
"I'll get you married to the rajah's daughter"
„Dám ťa za ženu s dcérou radžu."
"Will you marry, Phakir-Chand?"
„Vydáš sa, Phakir-Chand?"
The minister's son replied—"hoom, hoom"
Syn ministra odpovedal: „Hum, hum"

And he danced even more like a madman.
A tancoval ešte viac ako šialenec.
"Will you come with me to the rajah's house?"
„Pôjdeš so mnou do domu radžu?"
"I'll show you a princess of uncommon beauty"
„Ukážem ti princeznú nevšednej krásy"
"She rose from the waters"
„Vyšla z vôd"
"Hoom, hoom," was the answer from his lips.
„Hum, hum," znela odpoveď z jeho pier.
And his feet stomped violently to "dhoop! dhoop!"
A jeho nohy prudko dupali „dúp! dúp!".
"Do you wish to see a jewel, Phakir?"
„Chceš vidieť drahokam, Phakir?"
"The crest jewel of the serpent"
„Herbový klenot hada"
"The treasure of seven kings"
„Poklad siedmich kráľov"
"Hoom, hoom," was the reply.
„Hum, hum," znela odpoveď.
The old woman went back into the hut.
Stará žena sa vrátila do chatrče.
And she brought out the snake-jewel.
A vytiahla hadí drahokam.
She put the jewel into the hand of her supposed son.
Vložila drahokam do ruky svojho údajného syna.
The minister's son took the snake-jewel.
Syn ministra si vzal hadí drahokam.
He wrapped the jewel up in the piece of cloth.
Zabalil drahokam do kusu látky.
And he wrapped the cloth around his waist.
A látku si omotala okolo pása.
Phakir's mother was delighted beyond measure.
Phakirova matka bola nesmierne nadšená.
Her son had come at just the right time.
Jej syn prišiel v pravý čas.
She went to the rajah's house.

Išla do domu radžu.
She announced the news of Phakir's appearance.
Oznámila správu o Phakirovom vystúpení.
And also in order to show Phakir the princess.
A tiež aby ukázal Phakirovi princeznú.
They were given access to the rajah's palace.
Dostali prístup do rádžovho paláca.
And all parts of the palace were open to them.
A všetky časti paláca boli pre nich otvorené.
The old woman had saved the rajah's son.
Stará žena zachránila radžovho syna.
So she was the most important person in the kingdom.
Takže bola najdôležitejšou osobou v kráľovstve.
She took her supposed son around the palace.
Previedla svojho údajného syna po paláci.
And she took him to the princess' room.
A vzala ho do princeznej izby.
Phakir's mother introduced her son to the princess.
Phakirova matka predstavila svojho syna princeznej.
You can imagine the princess was not best impressed.
Viete si predstaviť, že princezná nebola práve najväčšie
nadšená.
She did not appreciate the company of a madman.
Nepáčila sa jej spoločnosť šialenca.
A madman, half naked, and covered in ash.
Šialenec, polonahý a pokrytý popolom.
And he kept dancing in a wild manner.
A on ďalej divoko tancoval.

The three had spent the day together.
Tí traja strávili deň spolu.
It was soon going to be sunset.
Čoskoro malo zapadať slnko.
The woman asked her son to come with her.
Žena požiadala syna, aby išiel s ňou.
But the supposed Phakir-Chand refused to comply.
Ale údajný Phakir-Chand odmietol vyhovieť.

He said he would stay there that night.

Povedal, že tam tú noc zostane.

His mother tried to persuade him to come with her.

Jeho matka sa ho snažila presvedčiť, aby išiel s ňou.

But he persisted in his determination.

Ale on vytrval vo svojom odhodlaní.

He said he would remain with the princess.

Povedal, že zostane s princeznou.

Phakir's mother went home without him.

Phakirova matka odišla domov bez neho.

And she told the guards to look after her son.

A povedala strážcom, aby sa starali o jej syna.

Eventually all the palace retired to rest.

Nakoniec sa celý palác utiahol k odpočinku.

The supposed Phakir spoke to the princess again.

Údajný Phakir znova prehovoril s princeznou.

But this time he spoke in his own voice.

Ale tentoraz hovoril vlastným hlasom.

"Princess! do you not recognize me?"

„Princezná! Nespoznávaš ma?"

"I am the prince's friend"

„Som princov priateľ"

"I am the friend of your princely husband"

„Som priateľ tvojho kniežacieho manžela"

The princess was astonished for a moment.

Princezná na chvíľu ohromila.

"Who? the prince's friend?"

„Kto? Princov priateľ?"

"Oh, my husband's best friend"

„ Ó, najlepší priateľ môjho manžela"

"Please rescue me from this terrible captivity"

„Prosím, zachráňte ma z tohto hrozného zajatia"

"This is worse than death"

„Toto je horšie ako smrť"

"All of this is my own fault"

„Toto všetko je moja vlastná chyba"

"Rescue me, oh please, thou best of friends!"

„Zachráň ma, prosím ťa, ty najlepší priatelia!"
She then burst into tears.
Potom sa rozplakala.
The prince's friend spoke again.
Princov priateľ znova prehovoril.
"Do not be disconsolate"
„Nebuď skľúčený"
"I will try my best to rescue you"
„Urobím všetko pre to, aby som ťa zachránil"
"I will try to have you out of here tonight"
„Pokúsim sa ťa dnes večer odtiaľto dostať."
"But you must do whatever I tell you"
„Ale musíš urobiť všetko, čo ti poviem."
The princess trusted the prince's friend.
Princezná dôverovala princovmu priateľovi.
"I will do anything you tell me"
„Urobím čokoľvek, čo mi povieš"
After this the supposed Phakir left the room.
Potom údajný Phakir opustil miestnosť.
He passed through the courtyard of the palace.
Prešiel cez nádvorie paláca.
Some of the guards challenged him.
Niektorí strážcovia ho vyzvali.
"Hoom hoom!" he replied.
„Hum hum!" odpovedal.
"I'm just going out for a minute"
„Idem len na chvíľu von"
"And then I will come back again"
„A potom sa znova vrátim"
They understood that it was the madcap Phakir.
Pochopili, že to bol ten bláznivý Phakir.
True to his word he did come back shortly.
Verný svojmu slovu sa čoskoro vrátil.
And again he went to the princess.
A znova išiel k princeznej.
An hour afterwards he again went out.
O hodinu neskôr opäť vyšiel von.

And again he was challenged by the guards.

A opäť ho stráže vyzvali.

He made the same reply as at the first time.

Odpovedal rovnako ako prvýkrát.

The guards began to talk among themselves.

Stráže sa začali medzi sebou rozprávať.

"This Phakir surely has no sense"

„Tento Phakir určite nemá rozum."

"He will go out and come in all night"

„Bude celú noc chodiť a chodiť."

"Let us leave him to do what he likes"

„Nechajme ho, nech si robí, čo chce."

"There's no use guarding him all night"

„Nemá zmysel strážiť ho celú noc"

The minister's son had worn down the guards.

Syn ministra unavil stráže.

And he was looking for a way to escape.

A hľadal spôsob, ako uniknúť.

He kept going in and out until three at night.

Stále chodil dnu a von až do tretej hodiny v noci.

This time there were no guards there.

Tentoraz tam neboli žiadni strážcovia.

Because all the guards had fallen asleep.

Pretože všetci strážcovia zaspali.

He was overjoyed at the auspicious circumstance.

Bol nesmierne šťastný z tejto priaznivej okolnosti.

Then he went back to the princess.

Potom sa vrátil k princeznej.

"Now, princess, is the time for escape"

„Teraz, princezná, je čas na útek."

"The guards are all asleep"

„Všetky stráže spia"

"You must mount on my back"

„Musíš mi vyliezť na chrbát"

"Tie the locks of your hair round my neck"

„Uviaž mi pramene vlasov okolo krku"

"And keep tight hold of me"

„A pevne sa ma drž"
The princess did what she was asked of.
Princezná urobila, čo sa od nej žiadalo.
He passed unchallenged through the courtyard.
Prešiel bez prekážok cez nádvorie.
And he had a lovely burden on his back.
A na chrbte mal krásne bremeno.
Eventually he got to the gate of the palace.
Nakoniec sa dostal k bráne paláca.
And he went through without being challenged.
A prešiel bez akýchkoľvek výziev.
Then they went to the outskirts of the city.
Potom išli na okraj mesta.
Eventually he reached the outer suburbs.
Nakoniec dorazil na okrajové predmestia.
They reached the water from which the princess had risen.
Dostali sa k vode, z ktorej vyšla princezná.
The princess rejoiced at her escape.
Princezná sa radovala zo svojho úteku.
But she was still trembling with fear.
Ale stále sa triasla od strachu.
The prince's friend untied the snake-jewel.
Princov priateľ rozviazal hadí klenot.
And together they ascended into the water.
A spolu vystúpili do vody.
And soon they found back to the subterranean palace.
A čoskoro sa vrátili do podzemného paláca.
You can imagine how happy the prince was.
Viete si predstaviť, aký bol princ šťastný.
He had nearly died of grief.
Skoro zomrel od žiaľu.
And you can imagine the princess' happiness too.
A viete si predstaviť aj princeznino šťastie.
All the three of them were mad with joy.
Všetci traja šaleli od radosti.
For three days they remained in the palace.
Tri dni zostali v paláci.

And they retold the prince the whole story.
A prerozprávali princovi celý príbeh.
They told of how the princess was seized.
Rozprávali o tom, ako bola princezná unesená.
They told him of her captivity in the palace.
Povedali mu o jej zajatí v paláci.
They described the marriage that was planned.
Opísali plánované manželstvo.
They told him of the old woman.
Povedali mu o starej žene.
And they told him all about her Phakir-Chand.
A povedali mu všetko o jej Phakir-Chandovi.
They told him how he had impersonated him.
Povedali mu, ako sa za neho vydával.
And they told him how he freed the princess.
A povedali mu, ako oslobodil princeznú.
I don't need to tell you how grateful they were.
Nemusím vám hovoriť, akí boli vďační.
The prince's friend truly was a good friend.
Princov priateľ bol naozaj dobrý priateľ.
They thanked him in the warmest terms.
Poďakovali mu čo najvrúcnejšie.
And they vowed to always follow his counsel.
A prisahali, že sa budú vždy riadiť jeho radami.

They were all resolved to return home.
Všetci boli odhodlaní vrátiť sa domov.
They wanted to return to their native country.
Chceli sa vrátiť do svojej rodnej krajiny.
The king's son, the minister's son, and the princess.
Kráľov syn, ministrov syn a princezná.
They left the subterranean palace together.
Spoločne opustili podzemný palác.
They lighted the passage with the snake-jewel.
Osvetlili chodbu hadím drahokamom.
And they made their way to the upper world.
A oni sa dostali do horného sveta.

They had neither elephants nor horses waiting for them.
Nečakali na nich ani slony, ani kone.
So they had no choice but to travel on foot.
Takže nemali inú možnosť, ako cestovať pešo.
The two friends had been bred in the lap of luxury.
Tí dvaja priatelia vyrastali v lone luxusu.
Both of them found walking troublesome.
Obom robila chôdza problémy.
But the princess found it infinitely more troublesome.
Ale princezná to považovala za nekonečne ťažšie.
She was used to even finer treatment.
Bola zvyknutá na ešte jemnejšie zaobchádzanie.
The stones of the road were too rough for her.
Kamene na ceste boli pre ňu príliš drsné.
And the rough stones wounded her tender feet.
A drsné kamene zranili jej krehké nohy.
Eventually her feet became very sore.
Nakoniec ju začali veľmi bolieť nohy.
At times the king's son carried her on his shoulders.
Kráľov syn ju občas niesol na pleciach.
The load he was carrying was of course lovely.
Náklad, ktorý niesol, bol samozrejme krásny.
But although lovely, she was heavy to carry.
Ale hoci bola krásna, bola ťažká na nosenie.
And she could not be carried a great distance.
A nedalo sa ju niesť na veľkú vzdialenosť.
And therefore she too had to walk often.
A preto aj ona musela často chodiť pešo.
One evening they arrived beneath a tree.
Jedného večera dorazili pod strom.
There were no visible signs of human habitations.
Neboli tam žiadne viditeľné známky ľudských obydlí.
So they decided to make the tree their sleeping place.
Tak sa rozhodli, že si zo stromu urobia miesto na spanie.
The prince's friend offered to keep guard.
Princov priateľ sa ponúkol, že bude strážiť.
"Both of you can go to sleep"

„Obaja môžete ísť spať"
"I will keep watch over you both tonight"
„Dnes večer na vás oboch budem dávať pozor"
"In order to prevent any danger"
„Aby sa predišlo akémukoľvek nebezpečenstvu"
The royal couple soon dozed off.
Kráľovský pár čoskoro zaspal.
And they were locked in the arms of sleep.
A boli uväznení v náručí spánku.
The faithful friend of the prince did not sleep.
Verný priateľ princa nespal.
He stayed awake and watched for danger.
Zostal bdelý a dával pozor na nebezpečenstvo.
It so happened they camped under a special tree.
Náhodou sa utáborili pod špeciálnym stromom.
In the tree swung the nest of two birds.
Na strome sa hojdalo hniezdo dvoch vtákov.
The immortal birds Bihangama and Bihangami.
Nesmrteľné vtáky Bihangama a Bihangami.
These birds were endowed with human speech.
Tieto vtáky boli obdarené ľudskou rečou.
And they could also see into the future.
A mohli tiež vidieť do budúcnosti.
The minister's son listened to the bird's conversation.
Syn ministra počúval vtáčí rozhovor.
He was more than a little astonished at what he heard!
Bol viac než trochu ohromený tým, čo počul!
Bihangama: "The prince's friend risked his own life"
Bihangama: „Princov priateľ riskoval svoj vlastný život"
"He did everything for the safety of his friend"
„Urobil všetko pre bezpečnosť svojho priateľa"
"But more dangers will befall the king's son"
„Ale kráľovho syna postihnú ďalšie nebezpečenstvá"
"And he will find it difficult to save the prince"
„A bude pre neho ťažké zachrániť princa."
Bihangami: "Why is that?"
Bihangami: „Prečo je to tak?"

Bihangama: "Many dangers await the king's son"
Bihangama: „Kráľovho syna čaká veľa nebezpečenstiev"
"The prince's father will hear of his son's approach"
„Princov otec sa dozvie o príchode svojho syna."
"He will send for him an elephant and some horses"
„Pošle mu slona a niekoľko koní."
"And he will arrange attendants to meet him"
„A zariadi, aby sa s ním stretli služobníci."
"The king's son will ride the elephant"
„Kráľov syn bude jazdiť na slonovi"
"But he will fall from the back of the elephant"
„Ale spadne zo chrbta slona."
"And he will die from his fall from the elephant"
„A zomrie pri páde zo slona"
Bihangami: "But suppose someone prevented this?"
Bihangami: „Ale čo keby tomu niekto zabránil?"
"Suppose the king's son is not going to ride on the elephant"
„Predpokladajme, že kráľov syn nebude jazdiť na slonovi."
"What might happen if he rides on a horse instead?"
„Čo by sa mohlo stať, keby radšej jazdil na koni?"
"Will he not in that case be saved?"
„Nebude v tom prípade spasený?"
Bihangama: "Yes, in that case he would escape that fate"
Bihangama: „Áno, v tom prípade by sa tomuto osudu vyhol."
"But then a fresh danger would await him"
„Ale potom by ho čakalo nové nebezpečenstvo"
"When the king's son is in sight of his father's palace"
„Keď kráľov syn zbadá palác svojho otca"
"When he is in the act of passing through the lion-gate"
„Keď práve prechádza levou bránou"
"In that moment the lion-gate will fall upon him"
„V tej chvíli na neho spadne levia brána"
"And the stones will crush him to death"
„A kamene ho rozdrvia na smrť"
Bihangami: "But suppose someone gets there first"

Bihangami: „Ale predpokladajme, že sa tam niekto dostane prvý"

"Suppose someone destroys the lion-gate"

„Predpokladajme, že niekto zničí leviu bránu"

"If that happens the king's son couldn't go through the lion-gate"

„Ak sa to stane, kráľov syn nemohol prejsť cez leviu bránu."

"Will not the king's son in that case be saved?"

„Nebude v tom prípade kráľov syn zachránený?"

Bihangama: "Yes, in that case he would escape his fate"

Bihangama: „Áno, v tom prípade by unikol svojmu osudu."

"But then a fresh danger would await him"

„Ale potom by ho čakalo nové nebezpečenstvo"

"When the king's son reaches the palace"

„Keď kráľov syn príde do paláca"

"When he sits at a feast prepared for him"

„Keď sedí na hostine, ktorá je pre neho pripravená"

"The head of a fish will be cooked for him"

„Uvaria mu hlavu ryby"

"He will put into his mouth the head of the fish"

„Vloží si do úst hlavu ryby"

"But the head of the fish will stick in his throat"

„Ale hlava ryby mu zostane v hrdle."

"And he will choke to death on the head of the fish"

„A udusí sa na hlave ryby."

Bihangami: "But suppose someone snatches the fish"

Bihangami: „Ale predpokladajme, že niekto ukradne rybu"

"Suppose someone takes the head of the fish from his plate"

„Predpokladajme, že niekto vezme hlavu ryby z taniera."

"Suppose he can't put the fish's head in his mouth"

„Predpokladajme, že si nemôže dať rybiu hlavu do úst."

"Will not the king's son in that case be saved?"

„Nebude v tom prípade kráľov syn zachránený?"

Bihangama: "Yes, in that case he will escape his fate"

Bihangama: „Áno, v tom prípade unikne svojmu osudu."

"But a fresh danger would await him"

„Ale čakalo by ho nové nebezpečenstvo"

"When the prince and princess retire after dinner"
„Keď princ a princezná po večeri odídu do dôchodku"
"When they go into their sleeping apartment"
„Keď idú do svojho spálneho bytu"
"They will lie together in bed"
„Budú spolu ležať v posteli "
"A terrible cobra will come into the room"
„Do miestnosti vletí hrozná kobra"
"And the cobra will bite the king's son to death"
„A kobra uhryzne kráľovho syna na smrť"
Bihangami: "But suppose someone was in the room"
Bihangami: „Ale predpokladajme, že niekto bol v miestnosti"
"Suppose this person was waiting for the snake"
„Predpokladajme, že táto osoba čakala na hada."
"And suppose that this person cuts the snake into pieces"
„A predpokladajme, že táto osoba rozseká hada na kusy"
"Will not the king's son in that case be saved?"
„Nebude v tom prípade kráľov syn zachránený?"
Bihangama: "Yes, in that case he will escape his fate"
Bihangama: „Áno, v tom prípade unikne svojmu osudu."
"In that case the life of the king's son will be saved"
„V tom prípade bude život kráľovho syna zachránený."
"But he who saves him can't repeat these words"
„Ale ten, kto ho zachráni, nemôže tieto slová zopakovať."
"If he tells his secret he will be turned into marble"
„Ak prezradí svoje tajomstvo, premení sa na mramor."
Bihangami: "Can the statue be returned to life?"
Bihangami: „Dá sa socha vrátiť k životu?"
Bihangama: "Yes, the marble statue can be restored to life"
Bihangama: „Áno, mramorová socha sa dá priviesť k životu"
"The princess will give birth to a child"
„Princezná porodí dieťa"
"They must wash the statue with the blood of the infant"
„Sochu musia umyť krvou dieťaťa."
The prophetical birds had spoken until that point.
Prorocké vtáky hovorili až do tohto bodu.
But then they were interrupted by the craw of crows.

Ale potom ich prerušilo krákanie vrán.
The eastern sky tinted in a reddish hue.
Východná obloha sa sfarbila do červena.
And the travelers beneath the tree bestirred themselves.
A cestovatelia pod stromom sa pohli.
The prophetic conversation came to an end.
Prorocký rozhovor sa skončil.
But the prince's friend had heard everything.
Ale princov priateľ počul všetko.

The next morning they continued their journey.
Nasledujúce ráno pokračovali v ceste.
The prince, the princess, and the prince's friend.
Princ, princezná a princov priateľ.
Soon they met the king's procession.
Čoskoro stretli kráľov sprievod.
There was an elephant, a horse, and a palki.
Bol tam slon, kôň a palki.
And there was a large number of attendants.
A bolo tam veľké množstvo sprievodcov.
These animals and men had been sent by the king.
Tieto zvieratá a ľudí poslal kráľ.
The king heard his son was with his friend.
Kráľ počul, že jeho syn je s jeho priateľom.
And he had heard that his son had married.
A počul, že sa jeho syn oženil.
And he heard they were not far from the capital.
A počul, že nie sú ďaleko od hlavného mesta.
The elephant had been richly caparisoned.
Slon bol bohato vyzdobený.
The elephant was intended for the prince.
Slon bol určený pre princa.
The framework of the palki was of silver.
Rám palki bol zo striebra.
The palki was meant for the princess.
Palki bola určená pre princeznú.
And the horse was for the prince's friend.

A kôň bol pre princovho priateľa .
The prince was about to mount on the elephant.
Princ sa práve chystal vysadnúť na slona.
But then his friend spoke to him.
Ale potom sa s ním prehovoril jeho priateľ.
"Allow me to ride on the elephant, please"
„Dovoľte mi, prosím, povoziť sa na slonovi"
"And you can ride back on horseback"
„A môžete sa vrátiť na koni."
The prince was not a little surprised.
Princ bol nemalo prekvapený.
The proposal had been made in a very cold manner.
Návrh bol podaný veľmi chladne.
Maybe his friend felt a little too entitled.
Možno sa jeho priateľ cítil trochu príliš oprávnený.
And the king's son was slightly annoyed.
A kráľov syn bol mierne nahnevaný.
But he remembered what his friend had done for him.
Ale pamätal si, čo pre neho jeho priateľ urobil.
And he remembered how he saved the princess.
A spomenul si, ako zachránil princeznú.
So he mounted the horse without objecting.
Tak bez námietok nasadol na koňa.
But his mind became somewhat alienated from him.
Ale jeho myseľ sa od neho akosi odcudzila.
The procession towards the capital started again.
Sprievod smerom k hlavnému mestu sa opäť začal.
After some time they came in sight of the palace.
Po nejakom čase sa im objavil palác.
The lion-gate had been gaily adorned.
Levia brána bola veselo vyzdobená.
There was a grand reception for the prince.
Pre princa sa konala veľkolepá recepcia.
And the princess was equally anticipated.
A princezná bola rovnako očakávaná.
But the prince's friend seemed to have an objection.
Ale princov priateľ akoby mal námietku.

"I want the lion-gate to be broken down"
„Chcem, aby bola levia brána zlomená“
The prince was astounded at the proposal.
Princ bol návrhom ohromený.
The request was very out of the ordinary.
Žiadosť bola veľmi nezvyčajná.
And he had given no reason for his demand.
A neuviedol žiadny dôvod svojej požiadavky.
But he remembered all his friend had done for him.
Ale pamätal si všetko, čo pre neho jeho priateľ urobil.
And he remembered how he saved the princess.
A spomenul si, ako zachránil princeznú.
So he complied with the wish of his friend.
Tak splnil želanie svojho priateľa.
And the beautiful lion-gate was torn down.
A krásna levia brána bola zbúraná.
But his mind became even more estranged from him.
Ale jeho myseľ sa od neho ešte viac odcudzila.
The procession now went into the palace.
Sprievod teraz vošiel do paláca.
The king gave a warm reception to his son.
Kráľ svojho syna vrúcne privítal.
He welcomed his daughter-in-law equally warmly.
Rovnako vrúcne privítal aj svoju nevestu.
And he was very pleased to see the prince's friend.
A veľmi sa potešil, že vidí princovho priateľa.
The story of their adventures was related.
Príbeh o ich dobrodružstvách bol súvisiaci.
The king expressed great astonishment at the tale.
Kráľ vyjadril nad príbehom veľké úžas.
And his courtiers were equally impressed.
A jeho dvorania boli rovnako ohromení.
All praised the minister's son's devotion.
Všetci chválili oddanosť syna ministra.
And the ladies of the palace praised the princess.
A dámy z paláca princeznú chválili.
The connoisseurs of beauty praised the princess.

Znalci krásy princeznú chválili.
Her complexion was a mixture of milk and vermilion.
Jej pleť bola zmesou mlieka a rumelky.
Her neck was like that of a swan.
Jej krk bol ako krk labute.
Her eyes were like those of a gazelle.
Jej oči boli ako oči gazely.
Her lips were as red as the berry bimba.
Jej pery boli červené ako bobuľová bimba.
Her cheeks were as lovely as they could be.
Jej líca boli také krásne, ako len mohli byť.
And her nose was straight and high.
A nos mala rovný a vysoký.
Her hair reached down to her ankles.
Vlasy jej siahali až po členky.
Her walk was as graceful as that of a young elephant.
Jej chôdza bola ladná ako chôdza mladého slona.
The princess whom destiny had brought to them.
Princezná, ktorú im priniesol osud.
They sat around her wanting to know everything.
Sedeli okolo nej a chceli vedieť všetko.
And they put to her a thousand questions.
A položili jej tisíc otázok.
They asked her about her parents.
Pýtali sa jej na rodičov.
They asked her about the subterranean palace.
Pýtali sa jej na podzemný palác.
And they asked her all about the serpent.
A pýtali sa jej na všetko o hadovi.
The serpent which had killed all her relatives.
Had, ktorý zabil všetkých jej príbuzných.
Soon it was time for the new arrivals to dine.
Čoskoro nastal čas, aby sa noví prichádzajúci najedli.
The dinner was served up in dishes of gold.
Večera sa podávala na zlatých miskách.
All sorts of delicacies were on the table.
Na stole boli všelijaké pochúťky.

The most conspicuous dish was the head of a rohita fish.
Najnápadnejším jedlom bola hlava ryby rohita.
The large fish's head was placed in a golden cup.
Hlava veľkej ryby bola umiestnená do zlatého pohára.
And the cup was placed near the prince's plate.
A pohár bol umiestnený blízko princovho taniera.
All were eating and retelling the adventure.
Všetci jedli a prerozprávali si dobrodružstvo.
And suddenly the prince's friend snatched the head.
A zrazu princov priateľ schmatol hlavu.
He took the fish's head from the prince's plate.
Vzal rybiu hlavu z princovho taniera.
"Let me, prince, eat this rohita's head"
„Dovoľ mi, princ, zjesť hlavu tohto rohitu."
The king's son was quite indignant.
Kráľov syn bol dosť rozhorčený.
But he remembered all his friend had done for him.
Ale pamätal si všetko, čo pre neho jeho priateľ urobil.
And he remembered how he saved the princess.
A spomenul si, ako zachránil princeznú.
And so he made no objection to the request.
A tak voči žiadosti nenamietal.
But he could not hide his terrible rage.
Ale nemohol skryť svoj hrozný hnev.
Of course the prince's friend noticed this.
Princov priateľ si to samozrejme všimol.
But there was nothing else he could have done.
Ale nemohol urobiť nič iné.
His conduct, however strange, was necessary.
Jeho správanie, nech bolo akokoľvek zvláštne, bolo
nevyhnutné.
It was for the safety of his friend's life.
Bolo to pre bezpečnosť života jeho priateľa.
Nor could he tell his friend the reason.
Ani nemohol povedať svojmu priateľovi dôvod.
Else he would be transformed into a marble statue.
Inak by sa premenil na mramorovú sochu.

Soon the dinner was going to be over.
Večera mala čoskoro skončiť.
The prince's friend had one more request.
Princov priateľ mal ešte jednu žiadosť.
The two friends had spent every night together.
Dvaja priatelia trávili spolu každú noc.
But tonight he wanted to go to his own house.
Ale dnes večer chcel ísť domov.
The prince was also shocked at his strange conduct.
Princ bol tiež šokovaný jeho zvláštnym správaním.
But he remembered all his friend had done for him.
Ale pamätal si všetko, čo pre neho jeho priateľ urobil.
And he remembered how he saved the princess.
A spomenul si, ako zachránil princeznú.
And he also agreed to this request of his friend.
A aj s touto žiadosťou svojho priateľa súhlasil.
The prince's friend, however, had other plans.
Princov priateľ však mal iné plány.
He had no intentions of going to his own house.
Nemal v úmysle ísť do vlastného domu.
He was resolved to avert the last peril.
Bol odhodlaný odvrátiť posledné nebezpečenstvo.
The last thing to threaten the life of his friend.
Posledná vec, ktorá by ohrozila život jeho priateľa.
Accordingly, he took a sword into his hand.
Preto vzal do ruky meč.
And he stealthily entered the royal room.
A nenápadne vošiel do kráľovskej izby.
The room of the prince and the princess.
Izba princa a princeznej.
He ensconced himself under the bedstead.
Schoval sa pod posteľ.
The bed was furnished with mattresses of down.
Posteľ bola vybavená páperovými matracmi.
The mosquito curtains were of the richest silk.
Závesy proti komárom boli z najbohatšieho hodvábu.
And all the bedding was laced with gold.

A všetka posteľná bielizeň bola posiata zlatom.
Soon the prince and princess came into the bedroom.
Čoskoro princ a princezná vošli do spálne.
They undressed themselves and went to bed.
Vyzliekli sa a išli spať.
And soon the royal couple were asleep.
A čoskoro kráľovský pár zaspal.
At midnight he heard the slithering of a snake.
O polnoci začul plazenie hada.
The sound was coming from a water passage.
Zvuk vychádzal z vodného kanála.
A snake of gigantic size entered the room.
Do miestnosti vošiel had obrovskej veľkosti.
The serpent climbed up the frame of the bed.
Had vyliezol po ráme postele.
The minister's son rushed out with the sword.
Syn ministra sa vyrútil s mečom.
And he killed the serpent with one blow.
A hada zabil jednou ranou.
And then he cut the snake into smaller pieces.
A potom hada nakrájal na menšie kúsky.
He put the pieces in the dish for holding betel-leaves.
Kúsky vložil do misky na odkladanie betelových listov.
But as he did this, he spilled a drop of blood.
Ale keď to urobil, vylial kvapku krvi.
The drop of blood fell on the breast of the princess.
Kvapka krvi padla na hruď princeznej.
Because the mosquito curtains had not been let down.
Pretože závesy proti hmyzu neboli spustené.
He worried for the health of the princess.
Bál sa o zdravie princeznej.
The blood might be of some sort of poison.
Krv môže byť z nejakého druhu jedu.
So he resolved to lick up the blood.
Tak sa rozhodol, že krv zlíže.
But he could not look at the naked princess.
Ale nemohol sa pozrieť na nahú princeznú.

It would have been a great sin.

Bol by to veľký hriech.

So he blindfolded himself with seven-fold cloth.

Tak si zaviazal oči sedemnásobnou látkou.

And he licked off the drop of blood.

A zlízal kvapku krvi.

But just at this time the princess awoke.

Ale práve v tejto chvíli sa princezná zobudila.

Her scream roused her husband from his sleep.

Jej výkrik prebudil jej manžela zo spánku.

And he could not believe what he was seeing.

A nemohol uveriť vlastným očiam.

The prince fell into a great rage.

Princ sa veľmi rozzúril.

And he was prepared to kill his friend.

A bol pripravený zabiť svojho priateľa.

But he gave his friend a chance to speak.

Dal však svojmu priateľovi šancu prehovoriť.

"Please, my friend, restrain your anger"

„Prosím, priateľ môj, ovládni svoj hnev"

"I have done this only to save your life"

„Urobil som to len preto, aby som ti zachránil život"

The prince was more confused than before.

Princ bol zmätenejší ako predtým.

"I do not understand what you mean"

„Nerozumiem, čo tým myslíš"

"From the time we came out of the subterranean palace"

„Od chvíle, keď sme vyšli z podzemného paláca"

"You have been behaving in a most extraordinary way"

„Správaš sa veľmi zvláštnym spôsobom"

"First, you insisted on riding my elephant"

„Najprv si trval na tom, že sa budeš voziť na mojom slonovi."

"The elephant my father had sent for me"

„Slon, ktorého mi poslal môj otec"

"I thought it was vain of you to ask"

„Myslel som si, že je márne od teba sa pýtať."

"But I remembered what you had done for me"

„Ale spomenul som si, čo si pre mňa urobil."

"And I decided to let the matter pass"

„A rozhodol som sa nechať túto vec tak."

"And instead I rode back on horseback"

„A namiesto toho som sa vrátil na koni"

"Secondly, you insisted on destroying the lion-gate"

„Po druhé, trval si na zničení levej brány"

"The lion-gate my father had adorned for me"

„Leví bránu, ktorú mi dal ozdobiť môj otec"

"I thought it was strange of you to ask"

„Myslel som si, že je od teba zvláštne sa na to pýtať."

"But I remembered what you had done for me"

„Ale spomenul som si, čo si pre mňa urobil."

"And I decided to let the matter pass"

„A rozhodol som sa nechať túto vec tak."

"And I had the lion-gate destroyed"

„A dal som zničiť leviu bránu"

"Thirdly, at dinner you behaved most shamefully"

„Po tretie, pri večeri si sa správal veľmi hanebne."

"You snatched the rohita's head from my plate"

„Uchmatol si mi rohitu hlavu z taniera."

"And you insisted on eating the fish head"

„A trval si na tom, že zješ rybiu hlavu."

"I thought you felt too entitled"

„Myslel som si, že sa cítiš príliš oprávnene."

"But I remembered what you had done for me"

„Ale spomenul som si, čo si pre mňa urobil."

"So I decided to let the matter pass"

„Tak som sa rozhodol nechať túto vec tak"

"You then pretended that you were going home"

„Potom si predstieral, že ideš domov"

"And I was very glad you were going home"

„A bol som veľmi rád, že ideš domov."

"Because you had made yourself very disagreeable"

„Pretože si sa správal veľmi nepríjemne"

"And now you are actually in my bedroom"

„A teraz si vlastne v mojej spálni."

"You are bending over the naked bosom of my wife"
„Skláňaš sa nad nahé lono mojej ženy"
"You must have had some evil plan"
„Musel si mať nejaký zlý plán"
"And now you pretend you are saving my life"
„A teraz predstieraš, že mi zachraňuješ život"
"But I don't believe you want to save my life"
„Ale neverím, že mi chceš zachrániť život."
"I believe you want to destroy my wife's chastity"
„Myslím, že chceš zničiť cudnosť mojej ženy."
The prince's friend knew how things looked.
Princov priateľ vedel, ako to vyzerá.
"Oh, do not harbor such thoughts in your mind"
„Ó, neprechovávaj si také myšlienky v mysli"
"Please do not think badly against me"
„Prosím, nemysli si o mne niečo zlé"
"The gods know what I have done"
„Bohovia vedia, čo som urobil"
"They know I did it to save your life"
„Vedia, že som to urobil, aby som ti zachránil život."
"You would see the reasonableness of my conduct"
„Videli by ste rozumnosť môjho konania"
"But I don't have liberty to state my reasons"
„Ale nemám právo uviesť svoje dôvody."
The prince asked him to explain himself.
Princ ho požiadal, aby sa vysvetlil.
"And why are you not at liberty?"
„A prečo nie ste na slobode?"
"Who has put a seal upon your mouth?"
„Kto ti zapečatil ústa?"
And the prince's friend answered.
A princov priateľ odpovedal.
"Destiny has put a seal upon my mouth"
„Osud mi zapečatil ústa"
"If I told you, I would be transformed into marble"
„Keby som ti to povedal, premenil by som sa na mramor."
The prince grew angrier with his friend.

Princ sa na svojho priateľa čoraz viac hneval.

"You should be transformed into a marble statue!"

„Mal by si sa premeniť na mramorovú sochu!"

"You must take me to be a simpleton"

„Musíš si o mne myslieť, že som hlupák."

"You can't expect me to believe this nonsense"

„Nemôžeš očakávať, že uverím týmto nezmyslom ."

The minister's son made one last request.

Syn ministra mal poslednú žiadosť.

"Do you wish me then, friend, for me to tell you?

„Chceš teda, priateľu, aby som ti to povedal?"

"You would make your friend turn into stone?"

„Premenil by si svojho priateľa na kameň?"

The prince wanted to hear the reason.

Princ chcel počuť dôvod.

He did not care about the consequences.

Nestaral sa o následky.

"Tell me, or else you are a dead man"

„Povedz mi to, inak si mŕtvy muž."

The prince's friend wanted to clear his name.

Princov priateľ chcel očistiť svoje meno.

He wanted no foul accusations brought against him.

Nechcel, aby proti nemu boli vznesené žiadne hanebné obvinenia.

And he deemed it his duty to reveal the secret.

A považoval za svoju povinnosť odhaliť tajomstvo.

Even if this would put his life at risk.

Aj keby tým ohrozil svoj život.

He again warned the prince not to ask him.

Znovu varoval princa, aby sa ho nepýtal.

But the prince remained inexorable.

Ale princ zostal neúprosný.

The prince's friend then told him his secret.

Princov priateľ mu potom prezradil jeho tajomstvo.

"While sleeping under a lofty tree one night"

„Keď som raz v noci spal pod vznešeným stromom"

"I overheard a conversation between two birds.

„Začul som rozhovor medzi dvoma vtákmi."

"The prophesizing birds Bihangama and Bihangami"

„Veštecké vtáky Bihangama a Bihangami"

"Bihangama predicted all the dangers in your life"

„Bihangama predpovedal všetky nebezpečenstvá v tvojom živote"

"First the bird predicted your father would send an elephant"

„Najprv vták predpovedal, že ti otec pošle slona."

"The bird said you would fall from the elephant"

„Vták povedal, že spadneš zo slona"

"And the bird said you would die from the fall"

„A vták povedal, že zomrieš pri páde."

At this point the minister's son's legs turned to stone.

V tomto momente sa nohy syna ministra premenili na kameň.

"See? my legs have already turned to stone"

„Vidíš? Moje nohy sa už premenili na kameň."

"Go on with your story," said the prince.

„Pokračuj vo svojom príbehu," povedal princ.

And the prince's friend continued the story.

A princov priateľ pokračoval v príbehu.

"The bird said the lion-gate would be gaily decorated"

„Vták povedal, že levia brána bude veselo vyzdobená."

"And the bird said the lion-gate would collapse on you"

„A vták povedal, že sa na teba zrúti levia brána."

"If the lion-gate had fallen on you, you would have died"

„Keby na teba spadla levia brána, zomrel by si"

At this point the minister's son's torso turned to stone.

V tomto okamihu sa trup ministrovho syna premenil na kameň.

But the prince insisted the minister's son continues.

Princ však trval na tom, aby ministrov syn pokračoval.

"Go on with your story," said the prince.

„Pokračuj vo svojom príbehu," povedal princ.

"The bird said there would be the head of a fish"

„Vták povedal, že tam bude hlava ryby."

"And the bird predicted you would choke on the fish"

„A vták predpovedal, že sa rybou zadusíš."
Now his head was the only thing not of stone.
Teraz bola jeho hlava jediná vec, ktorá nebola z kameňa.
"See? my whole body has turned to stone"
„Vidíš? Celé moje telo sa premenilo na kameň."
"If I continue, I will become a man of stone"
„Ak budem pokračovať, stanem sa mužom z kameňa"
"Do you wish me to tell the rest"
„Chceš, aby som ti povedal zvyšok?"
"Go on with your story," said the prince.
„Pokračuj vo svojom príbehu," povedal princ.
"Very well, I will go on to the end"
„Dobre, pôjdem až do konca."
"But you may repent after I tell you"
„Ale po tom, čo ti to poviem, môžeš sa kajať."
"And you may wish to restore me to life"
„A možno ma budete chcieť priviesť k životu"
"I will tell you how to reverse the spell"
„Poviem ti, ako zvrátiť kúzlo."
"In a few months the princess will bear a child"
„O pár mesiacov princezná porodí dieťa"
"Wait for the birth of the child"
„Počkajte na narodenie dieťaťa"
"Besmear my statue with the infant's blood"
„Poškvrň moju sochu krvou dieťaťa"
"Only then will I be restored back to life"
„Až potom budem vrátený späť k životu"
The last word left his lips, and he turned to stone.
Posledné slovo mu opustilo ústa a on skamenel.
The princess jumped out of bed.
Princezná vyskočila z postele.
She opened the vessel for betel-leaves and spices.
Otvorila nádobu pre betelové listy a korenie.
And she saw the pieces of a serpent.
A uvidela kusy hada.
The prince and the princess were now convinced.
Princ a princezná boli teraz presvedčení.

They saw the good faith of their departed friend.
Videli dobrú vieru svojho zosnulého priateľa.
They saw the benevolence of his actions.
Videli benevolenciu jeho činov.
They went to the marble statue.
Išli k mramorovej soche.
But the statue of their friend was lifeless.
Ale socha ich priateľa bola bez života.
They let out a loud cry of lamentation.
Vydali hlasný nárek.
But their cries were to no purpose.
Ale ich krik bol márny.
Because the statue was not moved by tears.
Pretože sochu slzy nedojali.
The prince and princess knew what they had to do.
Princ a princezná vedeli, čo musia urobiť.
They concealed the marble figure in a safe place.
Mramorovú postavu ukryli na bezpečnom mieste.
And they waited for the birth of their child.
A čakali na narodenie svojho dieťaťa.
In process of time the hour came.
Postupom času prišla hodina.
The princess's travail had arrived.
Princeznú čakali pôrodné bolesti.
The princess bore a beautiful boy.
Princezná porodila krásneho chlapca.
The child was the perfect image of his mother.
Dieťa bolo dokonalým obrazom svojej matky.
The beauty of their child was striking.
Krása ich dieťaťa bola ohromujúca.
And they were in awe of him.
A boli z neho v úžase.
They would have spared his life.
Ušetrili by mu život.
But they remembered their best friend.
Ale spomenuli si na svojho najlepšieho priateľa.
They remembered all he had done for them.

Pamätali si všetko, čo pre nich urobil.
But now he was a lifeless stone.
Ale teraz bol len bezvládnym kameňom.
And they remembered the vows they had made.
A spomenuli si na sľuby, ktoré dali.
And they cut the child into two.
A dieťa rozrezali na dve časti.
They besmeared the statue with the child's blood.
Sochu poškvrnili krvou dieťaťa.
And their friend became animated back to life.
A ich priateľ sa opäť oživil.
They were glad to see him alive again.
Boli radi, že ho opäť vidia živého.
But the prince's friend was overwhelmed with grief.
Ale princovho priateľa premohol žiaľ.
Because he saw the new-born in a pool of blood.
Pretože uvidel novorodenca v kaluži krvi.
So he picked up the dead infant.
Tak zdvihol mŕtve dieťa.
He carefully wrapped the child in a towel.
Opatrne zabalil dieťa do uteráka.
And he resolved to get the child restored to life.
A rozhodol sa, že dieťaťu vráti život.
He consulted all the physicians of the country.
Konzultoval so všetkými lekármi v krajine.
They all told him the same thing.
Všetci mu povedali to isté.
A cure can be found for any illness.
Na akúkoľvek chorobu sa dá nájsť liek.
But life requires the spark of life.
Ale život si vyžaduje iskru života.
When the spark is gone, it is beyond their jurisdiction.
Keď iskra zmizne, je to mimo ich právomoci.
And so they had to go on with their lives.
A tak museli pokračovať vo svojich životoch.

Eventually the prince's friend returned to his wife.

Nakoniec sa princov priateľ vrátil k svojej žene.
She was a devoted worshipper of the goddess kali.
Bola oddanou uctievačkou bohyne Kali.
She was the only one who could return life.
Bola jediná, ktorá dokázala vrátiť život.
His wife was living in a distant town.
Jeho manželka bývala vo vzdialenom meste.
So he set out on a journey to the town.
Vydal sa teda na cestu do mesta.
His wife still lived in her father's house.
Jeho manželka stále bývala v dome svojho otca.
Adjoining the house there was a garden.
Vedľa domu sa nachádzala záhrada.
And in the garden there was a tree.
A v záhrade bol strom.
The child had been stored in that tree.
Dieťa bolo uložené v tom strome.
His wife was overjoyed to see her husband.
Jeho manželka sa nesmierne tešila, že vidí svojho manžela.
She had not seen him for a long time.
Dlho ho nevidela.
But she was surprised when she saw him.
Ale bola prekvapená, keď ho uvidela.
Her husband was very melancholy that day.
Jej manžel bol v ten deň veľmi melancholický.
He spoke very little to his wife.
So svojou manželkou hovoril veľmi málo.
And his wife knew that he was not himself.
A jeho žena vedela, že nie je sám sebou.
He was brooding over something in his mind.
V duchu nad niečím premýšľal.
She asked the reason for his melancholy.
Spýtala sa na dôvod jeho melanchólie.
But he kept quiet, and wouldn't tell her.
Ale on mlčal a nepovedal jej to.
One night they were lying together in bed.
Jednej noci ležali spolu v posteli.

The wife got up and left the marital bed.
Manželka vstala a opustila manželskú posteľ.
She opened the door and went into the garden.
Otvorila dvere a vošla do záhrady.
Her husband had not been able to sleep well.
Jej manžel nemohol dobre spať.
Therefore he awoke from the movement of his wife.
Preto sa prebudil z pohybu svojej ženy.
He heard her leave in the dead of the night.
Počul ju odchádzať uprostred noci.
And he was determined to follow her.
A bol odhodlaný ju nasledovať.
But he was also determined not to be noticed.
Ale bol tiež odhodlaný, aby si ho nikto nevšimol.
She went to a temple of the goddess kali.
Išla do chrámu bohyne Kali.
The temple was at no great distance from her house.
Chrám nebol ďaleko od jej domu.
She worshipped the goddess with flowers.
Uctievala bohyňu kvetmi.
And she worshiped the goddess with sandal-wood perfume.
A uctievala bohyňu s vôňou santalového dreva.
"Oh mother kali! have mercy upon me"
„Ó, matka Kali! zmiluj sa nado mnou"
"Deliver me out of all my troubles"
„Vysloboď ma zo všetkých mojich ťažkostí"
The goddess replied to the woman.
Bohyňa odpovedala žene.
"Why, what further grievance have you?
„A čo ešte sťažuješ?"
"You long prayed for the return of your husband"
„Dlho si sa modlila za návrat svojho manžela"
"And your prayers have been answered"
„A vaše modlitby boli vypočuté"
"Your husband has returned to you"
„Váš manžel sa k vám vrátil"
"So then, what ails thee now?"

„Tak čo ťa teraz trápi?"
The woman answered the goddess.
Žena odpovedala bohyni.
"True, oh mother, my husband has come to me"
„Je to pravda, ó, matka, môj manžel prišiel ku mne."
"But he has come to me in a melancholy mood"
„Ale prišiel ku mne v melancholickej nálade."
"He hardly speaks to me when I speak to him"
„Skoro so mnou nehovorí, keď ja hovorím s ním"
"He takes no delight in me when he is with me"
„Nemá zo mňa radosť, keď je so mnou"
"All he does is sit melancholy in a corner"
„Všetko, čo robí, je melancholicky sedieť v kúte."
The goddess replied to her devotee.
Bohyňa odpovedala svojmu oddanému.
"Ask your husband why he feels melancholy"
„Spýtaj sa svojho manžela, prečo sa cíti melancholicky."
"When he tells you, let me know the reason"
„Keď ti to povie, daj mi vedieť dôvod."
The minister's son overheard the conversation.
Rozhovor začul syn ministra.
But he stayed unnoticed by the goddess.
Bohyňa si ho však nevšimla.
And his wife did not notice him either.
A jeho žena si ho tiež nevšimla.
He quietly slunk away before his wife.
Ticho sa odplazil pred svojou ženou.
And he returned back to bed before her.
A vrátil sa do postele pred ňou.
The following day the wife asked her husband.
Na druhý deň sa manželka spýtala svojho manžela.
"My dear husband, why are you in a melancholy mood?"
„Môj drahý manžel, prečo máš melancholickú náladu?"
Her husband retold the whole story.
Jej manžel prerozprával celý príbeh.
He told her about the jewel serpent.
Povedal jej o drahokamovom hadovi.

He told her about the subterranean palace.

Povedal jej o podzemnom paláci.

He told her about the princess being captured.

Povedal jej o zajatí princeznej.

He told her how he freed the princess.

Povedal jej, ako oslobodil princeznú.

And he told her about Bihangama and Bihangami.

A povedal jej o Bihangame a Bihangami.

He told her how he had turned to stone.

Povedal jej, ako sa premenil na kameň.

And he told her how he was returned back to life.

A povedal jej, ako sa vrátil k životu.

So he told her also about the killing of the child.

Tak jej povedal aj o zabití dieťaťa.

That night his wife left the bed again.

V tú noc jeho žena opäť vstala z postele.

And she returned to the goddess kali's temple.

A vrátila sa do chrámu bohyne Kali.

And she told the goddess of her husband's melancholy.

A povedala bohyni o melanchólii svojho manžela.

The goddess listened intently to what was said.

Bohyňa pozorne počúvala, čo sa hovorilo.

"Bring the child here and I will restore it to life"

„Priveďte sem dieťa a ja ho privediem k životu"

The next night she left the marital bed again.

Nasledujúcu noc opäť opustila manželskú posteľ.

She went to the tree in the garden.

Išla k stromu v záhrade.

And she took the child from the tree.

A vzala dieťa zo stromu.

And she took the child to the goddess kali.

A vzala dieťa k bohyni Kali.

And the goddess kali returned the child back to life.

A bohyňa Kali vrátila dieťa späť k životu.

The prince's friend was entranced with joy.

Princov priateľ bol očarený radosťou.

He picked up the reanimated child.

Zdvihol oživené dieťa.

And he ran as fast as he could to his friend.

A bežal tak rýchlo, ako len vládal, k svojmu priateľovi.

And he gave him his child, alive and well.

A dal mu svoje dieťa živé a zdravé.

They all rejoiced with exceedingly great joy.

Všetci sa radovali nesmierne veľkou radosťou.

And they lived together happily till the day of their death.

A žili spolu šťastne až do dňa svojej smrti.

The Indignant Brahman
Rozhorčený Brahman

There was once a poor Brahman.
Kedysi bol jeden chudobný Brahman.
This poor Brahman had a wife.
Tento úbohý Brahman mal manželku.
And he also had four children.
A mal aj štyri deti.
He was a very poor man.
Bol to veľmi chudobný človek.
And he had no resources in the world.
A nemal žiadne zdroje na svete.
He lived from the charity of others.
Žil z charity iných.
During marriages he earned well.
Počas manželstiev si dobre zarábal.
And he earned well during funerals.
A počas pohrebov si dobre zarobil.
But his parishioners did not marry daily.
Ale jeho farníci sa neženiali denne.
And they did not die every day either.
A tiež neumierali každý deň.
It was difficult to make the two ends meet.
Bolo ťažké vyjsť s dvoma koncami.
His wife often rebuked him.
Jeho žena ho často karhala.
"Why can you not support me?"
„Prečo ma nemôžeš podporiť?"
"Our children run around naked"
„Naše deti behajú nahé"
"And they suffer from hunger"
„A trpia hladom"
Though poor, he was a good man.
Hoci bol chudobný, bol to dobrý človek.
And he was diligent in his devotions.
A bol usilovný vo svojich pobožnostiach.

Every day he said his prayers.
Každý deň sa modlil.
He prayed at the same time each day.
Modlil sa každý deň v rovnakom čase.
His tutelary deity was the Goddess Durga.
Jeho ochrannou božskou bohyňou bola bohyňa Durga.
She is the consort of Shiva.
Je manželkou Šivu.
She is the creative energy of the universe.
Ona je tvorivou energiou vesmíru.
Every day he wrote the name of Durga.
Každý deň písal meno Durga.
He wrote the name in red ink.
Meno napísal červeným atramentom.
At least one hundred and eight times.
Najmenej stoosemkrát.
He did not drink or eat till he did this.
Nepil ani nejedol, kým to neurobil.
throughout the day he uttered prayers.
počas celého dňa sa modlil.
"O Durga! have mercy upon me"
„Ó, Durga, zmiluj sa nado mnou"
He prayed whenever he felt anxious.
Modlil sa vždy, keď cítil úzkosť.
And he often felt anxious.
A často cítil úzkosť.
Because he lived in poverty.
Pretože žil v chudobe.
He prayed when his worries were too much.
Modlil sa, keď boli jeho starosti priveľké.
And there were many things he worried about.
A bolo veľa vecí, ktoré ho znepokojovali.
He worried about his wife and children.
Bál sa o svoju manželku a deti.
And he worried about supporting them.
A bál sa, ako ich uživiť.

One day he was very sad.
Jedného dňa bol veľmi smutný.
On this day he went to a forest.
V tento deň išiel do lesa.
The forest was far outside the village.
Les bol ďaleko za dedinou.
He let out all his grief.
Vypustil zo seba všetok svoj smútok.
And he wept bitter tears.
A plakal horké slzy.
"O Durga! O Mother Bhagavati!"
"Ó Durga! Ó Matka Bhagavati!"
"Please put an end to my misery?"
„Prosím, ukonč moje trápenie?"
"I wish I were alone in the world"
„Kiežby som bol na svete sám"
"Then my poverty wouldn't worry me"
„Tak by ma moja chudoba netrápila"
"But thou hast given me a wife"
„Ale ty si mi dal ženu"
"And my wife has given me children"
„A moja žena mi dala deti"
"O Mother, I beg of you"
„Ó, Matka, prosím ťa"
"Give me the means to support them"
„Dajte mi prostriedky, aby som ich mohol podporiť"
Shiva and his wife Durga happened to be there.
Šiva a jeho manželka Durga sa tam náhodou ocitli.
They were taking their morning walk.
Vydávali sa na rannú prechádzku.
The Goddess Durga saw the Brahman at a distance.
Bohyňa Durga uvidela Brahmana z diaľky.
"O Lord of Kailas, do you see that Brahman?"
„Ó, Pane Kailasu, vidíš toho Brahmana?"
"He is always taking my name on his lips"
„Stále si berie moje meno na pery"
"He prays I deliver him from his troubles"

„Modlí sa, aby som ho vyslobodil z jeho problémov“

"Can we not do something for the poor Brahman?"

„Nemôžeme niečo urobiť pre úbohého Brahmana?“

"He is oppressed with many cares"

„Je utláčaný mnohými starosťami“

"And he deeply cares for his growing family"

„A hlboko sa stará o svoju rozrastajúcu sa rodinu“

"We should make his life more comfortable"

„Mali by sme mu spríjemniť život“

"Because the poor man never has enough to eat"

„Pretože chudobný človek nikdy nemá čo jesť“

"And his family doesn't have enough to eat either"

„A ani jeho rodina nemá dosť jedla“

"Let us give him a pot"

„Dáme mu hrniec“

"A pot with an infinite supply of murukku"

„Hrnček s nekonečnou zásobou murukku“

The divine consort was right.

Božská manželka mala pravdu.

The Lord of Kailas agreed to the proposal.

Pán Kailasu s návrhom súhlasil.

On the spot he created a magical pot.

Na mieste vytvoril magický hrniec.

Durga went to the poor Brahman.

Durga išla k chudobnému Brahmanovi.

"O Brahman! My loyal devotee"

„Ó, Brahman! Môj verný oddaný“

"I have often thought of your pitiable case"

„Často som premýšľal o tvojom úbohom prípade“

"Your repeated prayers have moved my compassion"

„Vaše opakované modlitby ma pohnuli súcitom“

"Here is a pot for you"

„Tu je hrniec pre teba“

"You must turn the pot upside down"

„Musíš otočiť hrniec hore dnom“

"And then you must shake the pot"

„A potom musíš potriasť hrncom“

"The finest murukku will pour out"
„Vyleje sa tá najjemnejšia murukku"
"The murukku will keep pouring out forever"
„Murukku bude prúdiť navždy"
"Until you put the pot upright again"
„Kým hrniec znova postavíš"
"You can eat as much murukku as you like"
„Môžeš zjesť toľko murukku, koľko chceš"
"Your wife and children will hunger no more"
„Tvoja žena a deti už nebudú hladovať"
"And you can sell the murukku if you like"
„A môžeš predať murukku, ak chceš."
The Brahman was delighted beyond measure.
Brahman bol nesmierne potešený.
He had received a truly valuable treasure.
Dostal skutočne cenný poklad.
He made his deepest obeisance to the goddess.
Vzdal bohyni najhlbšiu úctu.
And he expressed his eternal gratefulness.
A vyjadril svoju večnú vďačnosť.

The Brahman had started walking home.
Brahman sa vydal na cestu domov.
But first he had to test his magical pot.
Ale najprv musel otestovať svoj magický hrniec.
He wanted to see if the pot really worked.
Chcel zistiť, či hrniec naozaj funguje.
He turned the pot upside down.
Otočil hrniec hore dnom.
And he shook the pot, as instructed.
A potriasol hrncom, ako mu bolo nariadené.
Lo and behold! The pot really did work.
Hľa! Hrniec naozaj fungoval.
The finest murukku fell to the ground.
Najkrajšie murukku spadlo na zem.
He tied the sweetmeat in his sheet.
Zaviazal cukrík do plachty.

And he walked on, towards his village.
A kráčal ďalej, smerom k svojej dedine.
By noon the Brahman had gotten hungry.
Napoludnie už Brahman vyhladoval.
But he could not eat without his ablutions.
Ale nemohol jesť bez svojho omývania.
First, he had to say his prayers.
Najprv sa musel pomodliť.
There was an inn on his way.
Cestou mu stál hostinec.
Close to the inn there was a water tank.
Blízko hostinca bola vodná nádrž.
So, he intended to halt there.
Takže mal v úmysle zastaviť sa tam.
In order to bathe and say his prayers.
Aby sa mohol okúpať a pomodliť sa.
After this he could eat all the murukku.
Potom mohol zjesť všetky murukku.
The Brahman sat at the innkeeper's shop.
Brahman sedel v krčme hostinca.
The shopkeeper was smoking tobacco.
Predavač fajčil tabak.
He put the pot near the shopkeeper.
Položil hrniec blízko obchodníka.
And he asked him to look after the pot.
A požiadal ho, aby sa staral o hrniec.
"Please take special care of this pot"
„Prosím, dávajte si na tento hrniec obzvlášť pozor."
"I must bathe and say my prayers"
„Musím sa okúpať a pomodliť sa"
"Please look after this pot for me"
„Prosím, postaraj sa mi na tento hrniec"
"Make sure nothing happens to this pot"
„Uistite sa, že sa s týmto hrncom nič nestane"
He thought it was a strange request.
Považoval to za zvláštnu žiadosť.
But he agreed to look after the pot.

Ale súhlasil, že sa o hrniec postará.
And the Brahman gave him the pot.
A Brahman mu dal hrniec.
He besmeared his body with mustard oil.
Potrel si telo horčičným olejom.
And he went to do his ablutions.
A išiel sa umyť.
The innkeeper grew curious about the pot.
Hostinský sa začal zaujímať o hrniec.
"This pot must have something valuable in it"
„V tomto hrnci musí byť niečo cenné"
"Why else would he be so careful?"
„Prečo by inak bol taký opatrný?"
His curiosity had been excited.
Jeho zvedavosť bola vzrušená.
So, he opened the pot.
Tak otvoril hrniec.
To his surprise the pot was empty.
Na jeho prekvapenie bol hrniec prázdny.
"What can be the meaning of this?"
„Čo by to mohlo znamenať?"
"Why does he care so much for an empty pot?"
„Prečo mu tak záleží na prázdnom hrnci?"
He began to examine the pot more carefully.
Začal hrniec skúmať pozornejšie.
During his inspection he turned the pot upside down.
Počas prehliadky otočil hrniec hore dnom.
And then the finest murukku fell out from the pot.
A potom z hrnca vypadla tá najjemnejšia murukku.
And the murukku didn't stop falling out.
A murukku neprestávali padať.
The innkeeper called his wife and children.
Hostinský zavolal svoju ženu a deti.
He wanted them to witness what had happened.
Chcel, aby boli svedkami toho, čo sa stalo.
An unexpected stroke of good fortune!
Nečakaná úder šťastia!

The pot gave copious showers of sugared paddy.
Z hrnca sa vysypala výdatná spŕška sladenej ryže.
He filled all his pots and jars.
Naplnil všetky svoje hrnce a džbány.
He knew he had to have this pot.
Vedel, že tento hrniec musí mať.
So, he replaced the pot with another one.
Takže hrniec vymenil za iný.
He had a pot of the same size and color.
Mal hrniec rovnakej veľkosti a farby.

The Brahman had finished his ablutions.
Brahman dokončil svoje omývanie.
He had performed all of his devotions.
Vykonal všetky svoje pobožnosti.
He came back to the shop in wet clothes.
Vrátil sa do obchodu v mokrom oblečení.
He was still reciting holy texts of the Vedas.
Stále recitoval sväté texty Véd.
He put back on his dry clothes.
Obliekol si späť suché oblečenie.
In red ink he wrote the name of Durga.
Červeným atramentom napísal meno Durga.
He wrote her name one hundred and eight times.
Napísal jej meno stoosemkrát.
After doing this he broke his fast.
Potom, čo to urobil, prerušil pôst.
And he ate the murukku he had in his sheet.
A zjedol murukku, ktorú mal vo svojej plachte.
He was refreshed from the meal.
Jedlo ho osviežilo.
Now he could resume his journey home.
Teraz mohol pokračovať v ceste domov.
So he called to the innkeeper.
Zavolal teda na hostinského.
"Please could I get my pot back"
„Prosím, mohol by som dostať späť svoj hrniec?"

The innkeeper gave him back his pot.
Hostinský mu vrátil hrniec.
"There, sir, here is your pot"
„Pane, tu je váš hrniec."
"The pot is exactly where you had put it"
„Hrnček je presne tam, kde si ho dal."
"Your pot is just as you left it"
„Váš hrniec je presne taký, aký ste ho nechali"
"I made sure no one has touched your pot"
„Uistil som sa, že sa nikto nedotkol tvojho hrnca"
The Brahman didn't suspect a thing.
Brahman nič netušil.
He picked up the pot.
Zdvihol hrniec.
And he proceeded on his journey home.
A pokračoval v ceste domov.

On his journey he had to think.
Na svojej ceste musel premýšľať.
He congratulated his good fortune.
Zablahoželal mu k šťastiu.
"My wife will be most pleasantly surprised!"
„Moja žena bude veľmi milo prekvapená!"
"The children will devour the murukku!"
„Deti zhltnú murukku!"
"I shall soon become rich"
„Čoskoro zbohatnem"
"I will be able to lift my head up high"
„Budem môcť zdvihnúť hlavu vysoko"
The pains of travelling had been reduced.
Bolesti z cestovania sa zmiernili.
Now his problems were much more pleasant.
Teraz boli jeho problémy oveľa príjemnejšie.
Only anticipation made the journey difficult.
Cestu sťažovalo len očakávanie.
He finally reached his home again.
Konečne sa opäť dostal domov.

He called to his wife and children.
Zavolal svoju ženu a deti.
"Look at what I have brought"
„Pozri sa, čo som priniesol"
"This pot is an unfailing source of wealth".
„Tento hrniec je nevyčerpateľným zdrojom bohatstva."
"We will never have to struggle again"
„Už nikdy nebudeme musieť bojovať"
"I will turn the pot upside down"
„Otočím hrniec hore nohami"
"And then you will see something.
„A potom niečo uvidíš."
"Something you've never seen before"
„Niečo, čo ste ešte nikdy nevideli"
"A stream of the finest murukku will flow"
„Potečie prúd najjemnejšej murukku"
You can imagine what his wife was thinking.
Viete si predstaviť, čo si jeho žena myslela.
"My husband has gone mad," she thought.
„Môj manžel sa zbláznil," pomyslela si.
She was soon confirmed in her opinion.
Čoskoro sa jej názor potvrdil.
Nothing fell from the pot, as promised.
Ako som sľúbil, z hrnca nič nespadlo.
He turned the pot upside down again and again.
Znova a znova obracal hrniec hore dnom.
The Brahman was overwhelmed with grief.
Brahmana premohol žiaľ.
He realized that he had been tricked.
Uvedomil si, že bol oklamaný.
The innkeeper must have swapped the pot.
Hostinský musel vymeniť hrniec.
He must have stolen Durga's pot.
Musel ukradnúť Durgov hrniec.
And he must have replaced the pot with a normal one.
A hrniec musel vymeniť za normálny.
He went back to the innkeeper the next day.

Na druhý deň sa vrátil k hostinskému.
And he accused him of having changed his pot.
A obvinil ho, že mu zmenil hrniec.
At first the innkeeper acted surprised.
Hostinský sa najprv tváril prekvapene.
Then he pretended to be angry at the accusation.
Potom predstieral, že ho obvinenie hnevá.
Finally, he chased him out of his shop.
Nakoniec ho vyhnal z obchodu.

He had no way of getting the pot back.
Nemal ako získať hrniec späť.
The Brahman knew what he had to do.
Brahman vedel, čo musí urobiť.
He went to see the goddess Durga again.
Znova išiel navštíviť bohyňu Durgu.
Siva and Durga honored him with their presence.
Šiva a Durga ho poctili svojou prítomnosťou.
Durga spoke to the poor Brahman.
Durga prehovorila k chudobnému Brahmanovi.
"So, you have lost the pot I gave you"
„Takže si stratil hrniec, čo som ti dal."
"I take pity on your situation"
„Je mi ľúto tvojej situácie"
"Here is another magical pot"
„Tu je ďalší magický hrniec"
"Take this pot, and make good use of it"
„Vezmi si tento hrniec a dobre ho využi."
The Brahman was elated with joy.
Brahman bol nadšený radosťou.
He made obeisance to the divine couple.
Poklonil sa božskému páru.
And he took the pot with him.
A hrniec si vzal so sebou.
Again he had to see if the pot worked.
Znova musel skontrolovať, či hrniec funguje.
He turned the pot upside down.

Otočil hrniec hore dnom.
And he shook the pot as before.
A potriasol hrncom ako predtým.
And he waited for the murukku to fall out.
A čakal, kým murukku vypadne.
But no, horror of horrors!
Ale nie, hrôza z hrôz!
Murukku did not fall from the pot.
Murukku nespadol z hrnca.
Instead of murukku, demons jumped out.
Namiesto murukku vyskočili démoni.
They began to beat the astonished Brahman.
Začali biť ohromeného Brahmana.
The Brahman received punches and kicks.
Brahman dostával údery a kopance.
But he kept his presence of mind.
Ale zachoval si duchaprítomnosť.
He turned the pot the right way up.
Otočil hrniec správnou stranou hore.
And he covered the pot up again.
A hrniec znova prikryl.
Fortunately his quick thinking worked.
Našťastie jeho rýchle myslenie fungovalo.
The demons disappeared as soon as he did this.
Démoni zmizli hneď ako to urobil.
The Brahman tried to understand what this meant.
Brahman sa snažil pochopiť, čo to znamená.
It must be to punish the innkeeper!
To musí byť na potrestanie krčmára!
So he went to the innkeeper again.
Išiel teda znova k hostinskému.
He gave him the new pot.
Dal mu nový hrniec.
He begged of him to look after the pot.
Prosil ho, aby sa staral o hrniec.
Just like he had done before.
Presne ako to robil predtým.

He went for his ablutions and prayers.
Išiel sa umyť a pomodliť.
The innkeeper was delighted.
Hostinský bol nadšený.
He had been given a second godsend.
Dostal druhý dar z nebies.
He agreed to take the greatest care of the pot.
Súhlasil, že sa o hrniec bude čo najviac starať.
He waited for the Brahman to go.
Čakal, kým Brahman odíde.
And he called his wife and children.
A zavolal svojej žene a deťom.
"This is another pot from the Brahman"
„Toto je ďalší hrniec od Brahmana"
"This time I hope it is not murukku"
„Tentoraz dúfam, že to nie je murukku."
"I hope this pot is full of sandesa"
„Dúfam, že tento hrniec je plný sandesy."
"Come, be ready with the baskets"
„Poď, priprav si košíky."
"I will turn the pot upside down"
„Otočím hrniec hore nohami"
"And then I will shake the pot"
„A potom zatrasiem hrncom"
And he did what he said he would do.
A urobil, čo sľúbil, že urobí.
But the room did not fill with food.
Ale miestnosť sa nenaplnila jedlom.
This time the room filled with demons.
Tentoraz sa miestnosť naplnila démonmi.
The demons caught hold of the innkeeper.
Démoni chytili hostinca.
And the demons also caught his family.
A démoni chytili aj jeho rodinu.
And the demons beat them mercilessly.
A démoni ich nemilosrdne bili.
They would have completely destroyed the shop.

Úplne by zničili obchod.
But the victims ran to the Brahman.
Ale obete bežali k Brahmanovi.
The Brahman had returned from his ablutions.
Brahman sa vrátil zo svojho omývania.
The Brahman showed mercy to them.
Brahman im prejavil milosrdenstvo.
And he accepted their request.
A on ich žiadosť prijal.
But there was one condition to his help.
Jeho pomoc však mala jednu podmienku.
"I will only help if I get my pot back"
„Pomôžem, len ak dostanem späť svoj hrniec"
The innkeeper didn't have much choice.
Hostinský nemal veľa na výber.
He had to accept the Brahman's conditions.
Musel prijať Brahmanove podmienky.
The Brahman put the pot upright again.
Brahman postavil hrniec späť do zvislej polohy.
And he put the lid on the pot.
A prikryl hrniec pokrievkou.
He took his pot back from the innkeeper.
Vzal si od krčmára späť hrniec.
And he returned back to his village.
A vrátil sa späť do svojej dediny.
Now the Brahman had two magical pots.
Brahman mal teraz dva magické hrnce.
The Brahman shut the door of his house.
Brahman zavrel dvere svojho domu.
And he called his family again.
A znova zavolal svojej rodine.
He turned the murukku-pot upside down.
Otočil hrniec s murukku hore dnom.
And he shook the murukku-pot as before.
A potriasol hrncom murukku ako predtým.
This time the magic pot worked.
Tentoraz čarovný hrniec fungoval.

An endless stream of the finest murukku.
Nekonečný prúd najkvalitnejších murukku.
The family devoured the sweetmeat.
Rodina zhltla sladkosť.
They ate to their hearts' content.
Najedli sa do sýta.
All the pots and pans were filled.
Všetky hrnce a panvice boli naplnené.

The next day the Brahman became confectioner.
Na druhý deň sa Brahman stal cukrárom.
He opened a shop in his house.
Otvoril si obchod vo svojom dome.
And he sold the best murukku.
A predal najlepšie murukku.
The whole village came to the Brahman's house.
Celá dedina prišla do domu Brahmana.
They all wanted to buy the wonderful murukku.
Všetci si chceli kúpiť tú nádhernú murukku.
They had never seen such murukku in their life.
V živote nikdy nevideli takého murukku.
It was the most delicious murukku they ever had.
Bolo to najchutnejšie murukku, aké kedy jedli.
No one had ever made anything like this dessert.
Nikto ešte nikdy neurobil nič podobné tomuto dezertu.
The reputation of the Brahman's murukku spread.
Povesť o bráhmanovom murukku sa rozšírila.
Soon people from outside the city came.
Čoskoro prišli ľudia spoza mesta.
Cartloads of the sweetmeat were sold every day.
Každý deň sa predávali plné vozy sladkého mäsa.
The Brahman quickly became very rich.
Brahman rýchlo veľmi zbohatol.
He built a large brick house.
Postavil veľký tehlový dom.
And he lived like a nobleman of the land.
A žil ako šľachtic v krajine.

Once, however, his luck almost changed.
Raz sa mu však šťastie takmer obrátilo naruby.
His children had taken the wrong pot.
Jeho deti si vzali nesprávny hrniec.
A large number of demons came out.
Vyšlo veľké množstvo démonov.
And they caught hold of the Brahman's wife.
A chytili Brahmanovu manželku.
And they also caught his children.
A chytili aj jeho deti.
They were striking them mercilessly.
Nemilosrdne ich bičovali.
Fortunately the Brahman came back into the house.
Našťastie sa Brahman vrátil do domu.
He turned the pot back to its proper position.
Otočil hrniec späť do správnej polohy.
He wanted to prevent a similar catastrophe.
Chcel zabrániť podobnej katastrofe.
So the Brahman had a private room built.
Brahman si teda dal postaviť súkromnú izbu.
And he put the pot in a secret place.
A hrniec odložil na tajné miesto.
Mortals, however, do not have the luck of Gods.
Smrteľníci však nemajú šťastie ako bohovia.
Uninterrupted prosperity is not their fortune.
Nepretržitá prosperita nie je ich šťastím.
The demon-pot had been put out of the way.
Démonický hrniec bol odstránený z cesty.
But why might accident not befall the murukku pot?
Ale prečo by sa s hrncom murukku nemohla stať nehoda?
One day the Brahman and his wife were absent.
Jedného dňa Brahman a jeho manželka chýbali.
The children decided to shake the pot.
Deti sa rozhodli potriasť hrncom.
Each of them wanted to do the honors.
Každý z nich chcel preukázať tú poctu.
So there was a fight to get the pot.

Takže došlo k boju o získanie hrnca.
In the struggle the pot fell to the ground.
V boji hrniec spadol na zem.
Like any other earthen pot, it broke.
Ako každý iný hlinený hrniec, aj tento sa rozbil.
Eventually the Braham came back home again.
Nakoniec sa Braham vrátil domov.
You can imagine how the news grieved him.
Viete si predstaviť, ako ho tá správa zarmútila.
Of course the children were well cudgeled.
Deti boli samozrejme poriadne pomaznané.
But anger could not replace the pot.
Ale hnev nemohol nahradiť hrniec.
After some days he went to the forest again.
Po niekoľkých dňoch sa opäť vrátil do lesa.
He offered many a prayer for Durga's favor.
Mnohokrát sa modlil za Durgovu priazeň.
At last Siva and Durga appeared to him.
Nakoniec sa mu zjavili Šiva a Durga.
They listened to how the pot had been broken.
Počúvali, ako sa hrniec rozbil.
Durga decided to give him another pot.
Durga sa rozhodla dať mu ďalší hrniec.
But this pot was accompanied with a caution.
Ale tento hrniec sprevádzala opatrnosť.
"Brahman, take care of this pot"
„Brahman, postaraj sa o tento hrniec"
"Do not break or lose this pot again"
„Už tento hrniec nerozbi ani nestrať"
"Next time I will not give you another pot"
„Nabudúce ti už nedám ďalší hrniec"
The Brahman made obeisance to the Gods.
Brahman sa poklonil bohom.
And he went straight back to his house.
A išiel rovno späť do svojho domu.
This time he did not halt at the innkeeper's.
Tentoraz sa nezastavil pri hostinskom.

He shut the door of his house.
Zavrel dvere svojho domu.
He called his family to him.
Zavolal k sebe svoju rodinu.
And he turned the pot upside down.
A obrátil hrniec hore dnom.
And then he began to shake the pot.
A potom začal triasť hrncom.
They were only expecting murukku.
Očakávali len murukku.
But this time it was not murukku.
Ale tentoraz to nebola murukku.
A stream of beautiful sandesa poured out.
Vylial sa prúd krásnej sandesy.
It was the finest sandesa you can imagine.
Bola to najlepšia sandesa, akú si len viete predstaviť.
It truly was the food of Gods.
Bolo to skutočne jedlo bohov.
The Brahman set up another shop.
Brahman si otvoril ďalší obchod.
Now he was selling sandesa.
Teraz predával sandesu.
The fame of his shop soon drew large crowds.
Sláva jeho obchodu čoskoro prilákala veľké davy.
People came from all over the country.
Ľudia prichádzali z celej krajiny.
At all festivals and marriage feasts.
Na všetkých sviatkoch a svadobných hostinách.
And at all funeral celebrations in the area.
A na všetkých pohrebných oslavách v okolí.
No one bought any other sandesa.
Nikto si nekúpil žiadnu inú sandesu.
All day long the pot produced sandesa.
Hrniec celý deň produkoval sandesu.
Gigantic jars were filled with sweet.
Obrovské poháre boli naplnené sladkosťami.
And the jars were sent all over the country.

A poháre boli rozoslané po celej krajine.

The Brahman's wealth made the Zemindar jealous.
Brahmanovo bohatstvo vzbudilo v Zemindaroch žiarlivosť.
In these days all villages had a Zemindar.
V tých časoch mala každá dedina svojho zemindara.
He had heard strange things about the sandesa.
Počul zvláštne veci o sandese.
He heard the dessert came from a magic pot.
Počul, že dezert pochádza z čarovného hrnca.
So he devised a plan to get this pot.
Tak vymyslel plán, ako získať tento hrniec.
His son was going to get married.
Jeho syn sa chystal ženiť.
To celebrate there was a great feast.
Na oslavu sa konala veľká hostina.
Many hundreds of people were invited.
Pozvaných bolo mnoho stoviek ľudí.
Mountain-loads of sandesa were required.
Bolo potrebných veľa horských vrstiev sandesy.
The Zemindar made a proposal to the Brahman.
Zemindar predložil Brahmanovi návrh.
"Bring the magical pot to my house"
„Prines mi domov čarovný hrniec"
At first the Brahman refused to bring the pot.
Brahman najprv odmietol priniesť hrniec.
But the Zemindar insisted.
Ale Zemindar trval na svojom.
"I will have hundreds of guests"
„Budem mať stovky hostí"
"I will need mountains of sandesa"
„Budem potrebovať hory sandesy"
"More sandesa than you can carry"
„Viac sandesy, ako unesieš"
"Bring the vessel to my house"
„Prineste nádobu do môjho domu"
"It will be easier for you and me"

„Bude to jednoduchšie pre teba aj pre mňa“
Eventually the Brahman agreed.
Nakoniec Brahman súhlasil.
Himalayas of sandesa were shaken out.
Himaláje sandesy boli otrasené.
But the Zemindar got hold of the pot.
Ale Zemindar sa hrnca zmocnil.
The Zemindar insulted the Brahman.
Zemindar urazil Brahmana.
And he chased him out of his house.
A vyhnal ho z domu.
The Brahman didn't give vent to anger.
Brahman nedal priechod hnevu.
Instead, he quietly went back to his house.
Namiesto toho sa potichu vrátil domov.
He went to the private room.
Išiel do súkromnej miestnosti.
And he took out the demon-pot.
A vytiahol démonický hrniec.
He came back to the Zemindar's house.
Vrátil sa do domu Zemindarovcov.
And he went to the door of the Zemindar.
A išiel k dverám Zemindaru.
He turned the pot upside down.
Otočil hrniec hore dnom.
And then shook the magical pot.
A potom potriasol magickým hrncom.
A hundred demons fell out of the pot.
Z hrnca vypadlo sto démonov.
The chaos was impossible to describe.
Ten chaos sa nedal opísať.
The unearthly visitors flooded the party.
Nadpozemskí návštevníci zaplavili oslavu.
They caught hundreds of the guests.
Zachytili stovky hostí.
And the demons beat them mercilessly.
A démoni ich nemilosrdne bili.

The women were dragged by their hair.
Ženy ťahali za vlasy.
The Zemindar was chased from room to room.
Zemindara prenasledovali z miestnosti do miestnosti.
The demons' mischief was getting out of hand.
Neplecha démonov sa vymkla spod kontroly.
Someone had to put an end to their mischief.
Niekto musel skoncovať s ich neplechou.
Else all the men would have been killed.
Inak by boli všetci muži zabití.
And the house would have been torn to the ground.
A dom by bol zbúraný do tla.
The Zemindar fell at the feet of the Brahman.
Zemindar padol k nohám Brahmana.
And he begged to be shown mercy.
A prosil o milosť.
The Brahman showed him great mercy.
Brahman mu preukázal veľké milosrdenstvo.
And he put the demons back in the pot.
A démonov vrátil späť do hrnca.
The Zemindar never disturbed the Brahman again.
Zemindar už nikdy viac nevyrušil Brahmana.
Nor was he disturbed by anyone else.
Ani ho nikto iný nerušil.
And he lived for many happy years.
A žil mnoho šťastných rokov.

The Story of the Rakshasas
Príbeh Rakšasov

There was once a poor dimwitted Brahman.
Bol raz jeden chudobný, hlúpy Brahman.
This dimwitted man had a wife, but no children.
Tento hlúpy muž mal manželku, ale žiadne deti.
But him not having children was probably for the best.
Ale to, že nemal deti, bolo asi najlepšie.
Because he was barely able to meet his own needs.
Pretože sotva dokázal uspokojiť svoje vlastné potreby.
And he could hardly supply enough for his wife.
A sotva dokázal zabezpečiť dosť pre svoju manželku.
But his dimwittedness was not even his biggest problem.
Ale jeho hlúposť nebola ani len jeho najväčším problémom.
This dimwitted man was also a rather lazy man!
Tento hlúpy muž bol tiež dosť lenivý!
He was averse to making any long journeys.
Bol proti akýmkoľvek dlhým cestám.
Had he travelled further he might have had enough.
Keby bol cestoval ďalej, možno by mal dosť.
He could have got presents from rich men.
Mohol dostať darčeky od bohatých mužov.
This would have enabled them to live comfortably.
To by im umožnilo pohodlne žiť.
There was a great king in a neighbouring country.
V susednej krajine žil jeden veľký kráľ.
The mother of the great king had just died.
Matka veľkého kráľa práve zomrela.
So this king was celebrating the funeral obsequies.
Takže tento kráľ slávil pohrebnú obrad.
And the funeral was celebrated with great pomp.
A pohreb sa slávil s veľkou pompou.
Brahmans and beggars were coming from faraway lands.
Brahmani a žobráci prichádzali z ďalekých krajín.
They all came expecting to receive rich presents.
Všetci prišli s očakávaním bohatých darov.

The Brahman's wife requested him to also go.
Brahmanova manželka ho tiež požiadala, aby išiel.
"Seize this opportunity and get us a little money"
„Využite túto príležitosť a získajte nám trochu peňazí"
But his constitutional indolence stood in the way.
Ale jeho ústavná lenivosť mu stála v ceste.
The woman, however, gave her husband no rest.
Žena však svojmu manželovi nedala pokoja.
Finally she extorted from him the promise.
Nakoniec od neho sľub vynútila.
He promised his wife that he would go.
Sľúbil svojej žene, že pôjde.
The good woman, accordingly, cut down a plantain tree.
Dobrá žena preto zrezala skorocel.
And she burnt the plantain tree to ashes.
A spálila skorocel na popol.
With the ashes she cleaned the clothes of her husband.
Popolom vyčistila oblečenie svojho manžela.
And she made his clothes as white as any cleaner could.
A vybielila mu šaty tak, ako to len dokázala upratovačka.
Her husband was going to the palace of a great king.
Jej manžel išiel do paláca veľkého kráľa.
The king could not be approached by men in rags.
Ku kráľovi sa nemohli priblížiť muži v handrách.
Besides, Brahman are bound to appear neat and clean.
Okrem toho, Brahman musí vyzerať čisto a úhľadne.
At last, one morning the Brahman left his house.
Nakoniec jedného rána Brahman opustil svoj dom.
And he made his way to the palace of the great king.
A vydal sa do paláca veľkého kráľa.
I have already mentioned he was a dimwitted man.
Už som spomenul, že to bol hlupák.
He did not inquire which road he should take.
Nepýtal sa, ktorou cestou sa má vydať.
Instead, he walked on and on without directions.
Namiesto toho kráčal ďalej a ďalej bez pokynov.
And he followed wherever his nose pointed him.

A išiel, kam ho jeho nos nasmeroval.
I don't need to say he was not on the right road.
Nemusím dodávať, že nebol na správnej ceste.
The regions he wandered became less and less inhabited.
Oblasti, ktorými sa túlal, boli čoraz menej obývané.
Soon he met no human being for many miles.
Čoskoro na mnoho kilometrov nestretol žiadnu ľudskú bytosť.
But there were many other things he saw there.
Ale videl tam aj mnoho iných vecí.
Things he had never seen in all his life.
Veci, ktoré v celom svojom živote nikdy nevidel.
He saw hillocks of cowries on the roadside.
Pri ceste uvidel kopčeky kauri.
Cowries were shells used as money in those times.
Kauri boli v tých časoch mušle používané ako peniaze.
He kept going and saw hillocks of jewels.
Pokračoval ďalej a uvidel kopce drahokamov.
Next, he saw hillocks of four-anna pieces.
Ďalej uvidel kopce štvorannových mincí.
Further along were hillocks of eight-anna pieces.
Ďalej boli kopce osemannových mincí.
And further yet were hillocks of rupees.
A ešte ďalej boli kopce rupií.
But the Brahman's surprise did not end there.
Ale Brahmanovo prekvapenie sa tým neskončilo.
Next there was a hill of burnished gold-mohurs.
Ďalej sa nachádzal kopec leštených zlatých mohúrov.
The burnished gold-mohurs were shining brightly.
Vyleštené zlaté mohúry jasne žiarili.
Because the gold-mohurs had been freshly minted.
Pretože zlaté mohúry boli čerstvo razené.
Close to the hill of gold-mohurs was a large house.
Blízko kopca zlatých mohúrov stál veľký dom.
The house looked like the palace of a powerful king.
Dom vyzeral ako palác mocného kráľa.
At the door stood a lady of exquisite beauty.
Pri dverách stála dáma mimoriadnej krásy.

The lady, seeing the Brahman, said;
Dáma, keď uvidela Brahmana, povedala;
"Come to me, my beloved husband"
„Poď ku mne, môj milovaný manžel"
"You married me when I was young"
„Vzal si si ma, keď som bol mladý"
"But you never came back after our marriage"
„Ale po našej svadbe si sa už nikdy nevrátil."
"Though I have been daily expecting you"
„Hoci som ťa každý deň očakával"
"Blessed be this day," said the lady.
„Požehnaný nech je tento deň," povedala pani.
"On this day I see the face of my husband"
„V tento deň vidím tvár svojho manžela"
"Come, my sweet, come in," she asked of him.
„Poď, môj zlatko, poď ďalej," požiadala ho.
"You must be fatigued from your long journey"
„Musíš byť unavený z dlhej cesty"
"Wash your feet and rest, and eat and drink"
„Umy si nohy, odpočívaj, jedz a pi"
"And after that we shall make ourselves merry"
„A potom sa budeme veseliť"
The Brahman was astonished beyond measure.
Brahman bol nesmierne ohromený.
He had no recollection marrying twice.
Nepamätal si, že by sa dvakrát oženil.
He remembered marrying the wife he left at home.
Spomínal si na to, ako sa oženil s manželkou, ktorú nechal doma.
But he did not remember marrying this lady.
Ale nepamätal si, že by si túto dámu vzal.
But he remembered that he was a Kulin Brahman.
Ale pamätal si, že je Kulin Brahman.
Perhaps his father got him married as a child.
Možno ho otec oženil, keď bol dieťa.
But what he thought did not matter much.
Ale čo si myslel, na tom až tak nezáležalo.

The woman was certain he was her husband.
Žena si bola istá, že je to jej manžel.
And he had no reason to say he was not her husband.
A nemal dôvod tvrdiť, že nie je jej manželom.
Because her beauty was more than he could fathom.
Pretože jej krása bola viac, než si dokázal predstaviť.
As beautiful as the Goddesses of Indra's heaven.
Také krásne ako bohyne Indrovho neba.
And he was sure that she was wealthy too.
A bol si istý, že aj ona je bohatá.
These thoughts went through the Brahman's mind.
Tieto myšlienky prebehli Brahmanovou mysľou.
But the lady interrupted his flow of thought.
Ale dáma prerušila jeho tok myšlienok.
"Are you doubting whether I am your wife?"
„Pochybuješ, či som tvoja žena?"
"Have you lost all memories of that happy event?
„Stratil si všetky spomienky na tú šťastnú udalosť?"
"All the pomp and circumstance of our nuptials"
„Všetka pompéznosť a okolnosti našej svadby"
"Come in, beloved; this is your house"
„Poď dnu, milovaný/á, toto je tvoj dom."
"Because whatever is mine is thine also"
„Lebo čokoľvek je moje, je aj tvoje"
The fair lady easily persuaded the Brahman.
Krásna dáma ľahko presvedčila Brahmana.
And he succumbed to her loving entreaties.
A on podľahol jej láskyplným prosbám.
And he went into the house of the lady.
A vošiel do domu tej panej.
The house was not an ordinary one.
Dom nebol obyčajný.
The house was in fact a magnificent palace.
Dom bol v skutočnosti nádherným palácom.
All the apartments were large and lofty.
Všetky byty boli veľké a vyvýšené.
Every room in the palace was richly furnished.

Každá miestnosť v paláci bola bohato zariadená.
But one thing surprised the Brahman very much.
Ale jedna vec Brahmana veľmi prekvapila.
There was no other person in all the house.
V celom dome nebol nikto iný.
The only one there was the lady herself.
Jediná, kto tam bol, bola samotná pani.
He could not account for the strange phenomenon.
Nevedel si vysvetliť tento zvláštny jav.
They meet anyone on their walks either.
Na svojich prechádzkach stretávajú kohokoľvek.
The fact was that the lady was not a human being.
Faktom bolo, že tá dáma nebola ľudská bytosť.
What the lady really was was a Rakshasi.
Tá dáma v skutočnosti bola Rakšasí.
She had eaten up the king and queen.
Zjedla kráľa a kráľovnú.
And she had eaten all the members of the royal family.
A zjedla všetkých členov kráľovskej rodiny.
And gradually she had eaten their servants too.
A postupne zjedla aj ich sluhov.
This was why there were no humans far and wide.
Preto široko-ďaleko neboli žiadni ľudia.
The Rakshasi and the Brahman now lived together.
Rakšasi a Brahman teraz žili spolu.
After a week the former said to the latter;
Po týždni prvý povedal druhému;
"I am very anxious to see my sister"
„Veľmi sa teším na to, až uvidím svoju sestru"
"As you know, my sister is your other wife"
„Ako vieš, moja sestra je tvoja druhá manželka ."
"You must go and fetch my sister; your other wife"
„Musíš ísť a priviesť moju sestru, tvoju druhú manželku."
"Then we shall all live together happily"
„Potom budeme všetci spolu šťastne žiť"
"You must go to get her early tomorrow"
„Musíš ísť za ňou zajtra skoro ráno."

"I will give you clothes and jewels for her"
„Dám ti pre ňu šaty a šperky."
Next morning the Brahman set out for his home.
Nasledujúce ráno sa Brahman vydal domov.
He was furnished with fine clothes.
Bol vybavený pekným oblečením.
And he wore around his wrists costly ornaments.
A okolo zápästí nosil drahé ozdoby.

The poor woman was in great distress.
Úbohá žena bola vo veľkej tiesni.
The funeral ceremony of the king's mother was over.
Pohrebný obrad kráľovej matky sa skončil.
All the Brahmans and Pandits had returned.
Všetci Brahmani a Panditi sa vrátili.
And they were loaded with donations.
A boli zaplavení darmi.
But her husband had not returned.
Ale jej manžel sa už nevrátil.
No one could give any news of him.
Nikto o ňom nemohol podať žiadne správy.
Because no one had seen him there.
Pretože ho tam nikto nevidel.
The woman therefore could only come to one conclusion.
Žena preto mohla dospieť len k jednému záveru.
He must have been murdered on the road by highwaymen.
Museli ho zavraždiť na ceste lupiči.
She was in this terrible suspense.
Bola v tomto strašnom napätí.
But then one day she heard some rumors.
Ale potom jedného dňa začula nejaké klebety.
People in her village were talking about her husband.
Ľudia v jej dedine hovorili o jej manželovi.
They said they saw him coming back.
Povedali, že ho videli vracať sa.
And they said he was dressed in fine clothes.
A povedali, že bol oblečený v pekných šatách.

And they said he had fine jewels for his wife.
A vraj mal pre svoju ženu krásne šperky.
And sure enough the Brahman soon appeared.
A naozaj, Brahman sa čoskoro objavil.
And he was carrying fine jewels for his wife.
A niesol pre svoju manželku krásne šperky.
On seeing his wife the Brahman thus accosted her;
Keď Brahman uvidel svoju ženu, oslovil ju;
"Come with me, my dearest wife"
„Poď so mnou, moja najdrahšia manželka"
"I have found my first wife"
„Našiel som si svoju prvú manželku"
"She lives in a stately palace"
„Býva v honosnom paláci"
"Near her palace are hillocks of rupees"
„V blízkosti jej paláca sú kopce rupií"
"And there is a large hill of gold-mohurs"
„A je tam veľký kopec zlatých mohúrov"
"Why should you pine away in wretchedness?"
„Prečo by si mal hniť v biede?"
"Why would you stay in this horrible place?"
„Prečo si zostal na tomto hroznom mieste?"
"Come with me to the house of my first wife"
„Poď so mnou do domu mojej prvej manželky"
"There we shall all live together happily"
„Tam budeme všetci spolu šťastne žiť"
At first, she thought her half-witted man had gone mad.
Najprv si myslela, že sa jej polotupý muž zbláznil.
She could not imagine the hillocks of rupees.
Nevedela si predstaviť tie kopce rupií.
And she could not imagine a hill of gold-mohurs.
A nevedela si predstaviť kopec zlatých mohúrov.
But then she saw how he was beautifully dressed.
Ale potom videla, ako je krásne oblečený.
Beautiful clothes of exquisite silks and satins.
Krásne šaty z nádherného hodvábu a saténu.
Ornaments set with diamonds and precious stones.

Ozdoby osadené diamantmi a drahými kameňmi.
Clothes fit for the queen of the land.
Oblečenie vhodné pre kráľovnú krajiny.
Clothes only princesses were in the habit of putting on.
Oblečenie, ktoré si zvykli obliekať iba princezné.
She concluded in her mind that something was amiss:
V duchu si uvedomila, že niečo nie je v poriadku:
Her stupid husband must have been tricked.
Jej hlúpy manžel musel byť oklamaný.
He must have fallen into the meshes of a Rakshasi.
Musel padnúť do sietí nejakého Rakšasiho.
The Brahman, however, insisted his wife went with him.
Brahman však trval na tom, aby s ním išla jeho žena.
"Feel free to stay here and pine away in poverty"
„Kľudne tu zostaňte a chátrajte v chudobe"
"As for me, I will return to the palace of my first wife"
„Čo sa mňa týka, ja sa vrátim do paláca svojej prvej
manželky."
The good woman did her best to stop her husband.
Dobrá žena sa zo všetkých síl snažila zastaviť svojho manžela.
But in the end she resolved to go with him.
Ale nakoniec sa rozhodla, že s ním pôjde.
Perhaps she could judge the matter better at the palace.
Možno by to mohla lepšie posúdiť v paláci.

They set out accordingly the next morning.
Podľa toho sa nasledujúce ráno vydali na cestu.
They went the same road the Brahman had travelled.
Išli tou istou cestou, ktorou išiel Brahman.
The woman was not a little surprised by what she saw.
Žena bola nemalo prekvapená tým, čo videla.
She saw the hillocks of cowries and of jewels.
Videla kopce kauri a drahokamy.
And she saw hillocks of eight-anna pieces.
A uvidela kopce osemankových mincí.
And she saw the hillocks of rupees too.
A videla aj kopce rupií.

And last of all she saw a lofty hill of gold-mohurs.

A nakoniec uvidela vysoký kopec zlatých mohúrov.

She saw also an exceedingly beautiful lady.

Videla tiež mimoriadne krásnu dámu.

The lady of the palace was hastening towards her.

Pani paláca sa k nej ponáhľala.

The lady fell on the neck of the Brahman woman.

Dáma padla na krk brahmanskej ženy.

And she wept tears of joy, and said:

A plakala od radosti a povedala:

"Welcome, beloved sister!"

„Vitaj, milovaná sestra!"

"This is the happiest day of my life!"

„Toto je najšťastnejší deň môjho života!"

"I see the face of my dearest sister again!"

„Znova vidím tvár mojej najdrahšej sestry!"

The husband and his two wives entered the palace.

Manžel a jeho dve manželky vošli do paláca.

Now he was lodged in a stately mansion.

Teraz býval v honosnom kaštieli.

The most delectable food appeared, as if by enchantment.

Najlahodnejšie jedlo sa objavilo, akoby pod vplyvom kúzla.

He was caressed and endeared by his two wives.

Jeho dve manželky ho hladili a obdivovali.

Both wives did their best to make him happy.

Obe manželky sa zo všetkých síl snažili, aby bol šťastný.

Both wives did their best to make him comfortable.

Obe manželky sa zo všetkých síl snažili, aby sa cítil pohodlne.

His two wives were competing for his love.

Jeho dve manželky súperili o jeho lásku.

The Brahman had a jolly time of it.

Brahman sa z toho skvele bavil.

He was steeped in an ocean of enjoyment.

Bol ponorený do oceánu pôžitku.

The Brahman lived in this state of Elysian pleasure.

Brahman žil v tomto stave elyzejskej rozkoše.

Some fifteen or sixteen years he spent this way.

Takto strávil asi pätnásť alebo šestnásť rokov.
During this time his two wives presented him with two sons.
Počas tohto obdobia mu jeho dve manželky dali dvoch synov.
The Rakshasi's son was the elder.
Rakšásiho syn bol starší.
He looked more like a god than a human being.
Vyzeral skôr ako boh než ako človek.
He was named Sahasra-Dal.
Bol menovaný Sahasra-Dal.
His name meant the thousand-branched.
Jeho meno znamenalo tisícramenný.
The son of the Brahman woman was a year younger.
Syn bráhmanky bol o rok mladší.
He was named Champa-Dal
Bol menovaný Čampa-Dal.
His name meant the branch of a champaka tree.
Jeho meno znamenalo konár stromu champaka.
The two brothers loved each other dearly.
Dvaja bratia sa navzájom veľmi milovali.
They were both sent to the same school.
Oboch poslali do tej istej školy.
The school was several miles distant from the palace.
Škola bola od paláca vzdialená niekoľko kilometrov.
Every day they rode their two little ponies to school.
Každý deň jazdili do školy na svojich dvoch malých poníkoch.
The Brahman woman had always been suspicious.
Brahmanka bola vždy podozrievavá.
A thousand little circumstances gave her clues.
Tisíc malých okolností jej poskytlo indície.
She knew her sister-in-law was not a human being.
Vedela, že jej švagriná nie je ľudská bytosť.
She was sure her sister-in-law was a Rakshasi.
Bola si istá, že jej švagriná je Rakšasí.
But her suspicion had not yet ripened into certainty.
Ale jej podozrenie ešte nedozrelo na istotu.
Because the Rakshasi exercised great self-restraint.

Pretože Rakšasi prejavovali veľkú sebakontrolu.
She never did anything which human beings did not do.
Nikdy neurobila nič, čo by nerobili aj ľudia.
But she couldn't hide her demonic nature forever.
Ale svoju démonickú povahu nemohla skrývať navždy.
Her demonic nature was eventually going to reveal itself.
Jej démonická povaha sa mala nakoniec odhaliť.

The Brahman had little to keep him busy.
Brahman nemal veľa čo by ho zamestnávalo.
In order to pass his time he went hunting.
Aby si krátil čas, chodil na poľovačku.
The first day he returned with an antelope.
Prvý deň sa vrátil s antilopou.
The antelope was laid in the courtyard of the palace.
Antilopu položili na nádvorí paláca.
The Rakshasi saw the antelope with great interest.
Rakšasi si antilopu pozrel s veľkým záujmom.
At the sight of the raw meat her mouth began to water.
Pri pohľade na surové mäso sa jej začali zbiehať slinky.
The antelope was never taken to the kitchen.
Antilopu nikdy nevzali do kuchyne.
Instead, the Rakshasi took the antelope to another room.
Namiesto toho Rakšasi odniesol antilopu do inej miestnosti.
In this room she began devouring the antelope.
V tejto miestnosti začala požierať antilopu.
The Brahman woman saw everything from a secret room.
Brahmanka všetko videla z tajnej miestnosti.
Her Rakshasi sister tore a leg off the antelope.
Jej sestra, rakšásska, odtrhla antilope nohu.
She saw how she opened her tremendous jaw.
Videla, ako otvorila svoju obrovskú čeľusť.
And in one mouthful she swallowed up the leg.
A jedným sústom prehltla nohu.
The other limbs were devoured in the same manner.
Ostatné končatiny boli zožraté rovnakým spôsobom.
And opening her jaw even further, she swallowed the body.

A ešte viac otvorila čeľusť a prehltla telo.
Only a little bit of the meat was kept for the kitchen.
Len malý kúsok mäsa si nechali do kuchyne.
On the second day the Brahman caught another antelope.
Na druhý deň Brahman chytil ďalšiu antilopu.
On the third day the Brahman caught another antelope.
Na tretí deň Brahman chytil ďalšiu antilopu.
The Rakshasi was unable to restrain her appetite.
Rakšasí nedokázala potlačiť svoj apetít.
The raw flesh brought out her demonic nature.
Surové mäso vyzdvihlo jej démonickú povahu.
And she devoured each antelope like the last.
A každú antilopu zhltla ako tú predchádzajúcu.
On the third day the Brahman woman expressed her surprise.
Na tretí deň brahmanka vyjadrila svoje prekvapenie.
"Nearly three whole antelopes have disappeared"
„Zmizli takmer tri celé antilopy"
"All that is left is a little bit of meat"
„Zostal len kúsok mäsa"
The Rakshasi did not appreciate the accusation.
Rakšasiovi sa obvinenie nepáčilo.
"Do I eat raw flesh?" she asked fiercely.
„Mám jesť surové mäso?" spýtala sa zúrivo.
"Perhaps you do eat raw flesh," replied the Brahman woman.
„Možno jete surové mäso," odpovedala brahmanka.
"I have nothing to prove the contrary"
„Nemám čo dokázať opak"
The Rakshasi knew she had been discovered.
Rakšasi vedeli, že ju odhalili.
Her eyes became even fiercer than before.
Jej oči boli ešte zúrivejšie ako predtým.
And she vowed to get her revenge.
A prisahala, že sa pomstí.
The Brahman woman concluded her fate was sealed.
Brahmanka dospela k záveru, že jej osud je spečatený.

She thought her husband would meet the same fate.
Myslela si, že jej manžela postihne rovnaký osud.
She did not expect her son to be spared either.
Neočakávala, že aj jej syn bude ušetrený.
That night she hardly slept at all.
Tú noc takmer vôbec nespala.
The Rakshasi had prevented her from seeing her husband.
Rakšasi jej zabránili vidieť manžela.
Early next morning Champa-Dal went to school.
Skoro ráno nasledujúceho dňa išiel Champa-Dal do školy.
Before he went to school she gave her son a golden bottle.
Predtým, ako išiel syn do školy, dala mu zlatú fľašu.
In the golden bottle was her own breast milk.
V zlatej fľaštičke bolo jej vlastné materské mlieko.
"Carefully watch the colour of the milk"
„Pozorne sledujte farbu mlieka"
"If the milk turns red, your father has been killed"
„Ak mlieko sčervenie, tvojho otca zabili."
"If the milk turns redder, then I have been killed"
„Ak mlieko sčervenie, tak ma zabili."
"If the milk turns red you must gallop away"
„Ak mlieko sčervenie, musíš cválať preč."
"Gallop as fast as your horse can carry you"
„Cváľaj tak rýchlo, ako ťa tvoj kôň unesie"
"If you do not run away, you will be devoured"
„Ak neutečieš, zožerú ťa"
That morning the Rakshasi made a suggestion to her husband.
To ráno Rakšasí navrhla svojmu manželovi.
"Let us bathe in the river this morning"
„Poďme sa dnes ráno okúpať v rieke"
She would not take no for an answer.
Neprijala by nie ako odpoveď.
The river was some distance from the palace.
Rieka bola od paláca vzdialená.
The Brahman followed her as meekly as a lamb.
Brahman ju nasledoval pokorne ako baránok.

The Brahman woman saw that her doom was near.
Brahmanka videla, že sa blíži jej zánik.
But it was beyond her power to avert the catastrophe.
Ale odvrátiť katastrofu bolo nad jej sily.
The Brahman and the Rakshasi did indeed reach the river.
Brahman a Rakšasi skutočne dorazili k rieke.
Soon after the Rakshasi changed into her real dimensions.
Krátko nato sa Rakšasí zmenila do svojich skutočných
rozmerov.
She tore the Brahman limb from limb.
Roztrhala Brahmana na kusy.
She devoured him like she had devoured the antelope.
Zhltla ho, ako predtým zhltla antilopu.
Then she ran back to her palace.
Potom utekala späť do svojho paláca.
The wife's fate was the same as the Brahman's.
Osud manželky bol rovnaký ako osud Brahmana.

Young Champ Dal had done as his mother instructed.
Mladý Champ Dal urobil, ako mu prikázala matka.
He was diligently observing the golden bottle.
Usilovne pozoroval zlatú fľašu.
He paid special attention to the colour of the milk.
Zvláštnu pozornosť venoval farbe mlieka.
He was horror-struck to find the milk redden a little.
S hrôzou zistil, že mlieko trochu sčervenelo.
"My father has been killed," he cried.
„Môj otec bol zabitý," kričal.
Soon after the milk completely reddened.
Krátko nato mlieko úplne sčervenelo.
"Now my mother has been killed too," he cried.
„Teraz zabili aj moju matku," kričal.
Quickly he rushed to mount his pony.
Rýchlo sa ponáhľal nasadnúť na svojho poníka.
His half-brother, Sahasra-Dal, was surprised.
Jeho nevlastný brat Sahasra-Dal bol prekvapený.
"Where are you going, Champa?"

„Kam ideš, Čampa?“
"Why are you crying, brother?"
„Prečo plačeš, brat?“
"Let me accompany you to wherever you are going"
„Dovoľ mi sprevádzať ťa, nech ideš kamkoľvek“
But Champa-Dal now feared his brother.
Ale Champa-Dal sa teraz svojho brata bál.
"Oh! do not come to me," he objected.
„Ach, nechoď ku mne,“ namietal.
"Your mother has devoured my father and mother"
„Tvoja matka zožrala môjho otca a matku“
"Don't you come and devour me"
„Nepríď a nezožri ma“
"I will not devour you," he promised his brother.
„Nezožeriem ťa,“ sľúbil bratovi.
"I'll save you," he promised his brother.
„Zachránim ťa,“ sľúbil bratovi.
And he galloped after his brother, Champa-Dal.
A cválal za svojím bratom, Champa-Dalom.
Soon his mother, the Rakshasi, appeared at a distance.
Čoskoro sa v diaľke objavila jeho matka, Rakšasí.
She demanded Champa-Dal to come to her.
Požadovala, aby k nej prišiel Champa-Dal.
But Champa-Dal knew better than to go to the Rakshasi.
Ale Champa-Dal vedel, že je lepšie neísť za Rakšasmi.
"Champa-Dal will not come to you, but I will"
„Čampa-Dal k tebe nepríde, ale ja áno.“
And instead, Sahasra-Dal went to his mother.
A namiesto toho išiel Sahasra-Dal k svojej matke.
The young prince always carried a sword with him.
Mladý princ vždy nosil so sebou meč.
With his sword he cut off his mother's head.
Mečom odťal matke hlavu.
Champa-Dal had not stayed to witness this.
Champa-Dal nezostal, aby to videl.
He had galloped off as far as his pony could carry him.
Odcválal tak ďaleko, ako ho jeho poník dokázal uniesť.

Because he was running for his life.
Pretože bežal, aby si zachránil život.
But Sahasra-Dal soon caught up with his brother.
Ale Sahasra-Dal svojho brata čoskoro dobehol.
And he told him that his mother was no more.
A povedal mu, že jeho matka už nie je. ·
This was small consolation to Champa-Dal.
To bola pre Champa-Dala malá útecha.
The Rakshasi had already devoured both his parents.
Rakšasi už zjedli oboch jeho rodičov.
But he could still not trust Sahasra-Dal's friendship.
Ale stále nemohol dôverovať Sahasra-Dalinmu priateľstvu.
They both rode as fast as their horses could carry them.
Obaja išli tak rýchlo, ako ich kone dokázali uniesť.
And their horses could carry them very far.
A ich kone ich mohli odniesť veľmi ďaleko.
Because their horses were Pakshirajes horses.
Pretože ich kone boli kone z kmene Pakshirajov.
Pakshirajes horses are the kings of birds.
Kone plemena Pakshirajes sú králi vtákov.
On their horses they travelled over hundreds of miles.
Na koňoch precestovali stovky kilometrov.
An hour or two before sundown they reached a village.
Hodinu alebo dve pred západom slnka dorazili do dediny.
Here they became the guests of a respectable family.
Tu sa stali hosťami váženej rodiny.
But the two brothers saw the family was in gloom.
Ale dvaja bratia videli, že rodina je v pochmúrnej situácii.
Something was agitating the family very much.
Niečo rodinu veľmi znepokojovalo.
Some of the family held private consultations.
Niektorí členovia rodiny absolvovali súkromné konzultácie.
And others in the family were weeping.
A ostatní v rodine plakali.
The mother was the eldest lady in the house.
Matka bola najstaršou pani v dome.
"I will go, as I am the eldest," she said.

„Pôjdem ja, keďže som najstaršia,“ povedala.
"I have lived long enough"
„Žil som dosť dlho“
"At most my life would be cut short by a year or two"
„Nanajvýš by sa mi život skrátil o rok alebo dva“
The youngest member of the house was a little girl.
Najmladším členom domu bolo malé dievčatko.
"I will go, as I am young," she said.
„Pôjdem, keďže som mladá,“ povedala.
"I am useless to the family"
„Som pre rodinu zbytočný“
"If I die, I shall not be missed"
„Ak zomriem, nikomu nebudem chýbať“
The head of the house was the son of the old lady.
Hlavou domu bol syn starej panej.
"I am the representative of the family," he said.
„Som zástupcom rodiny,“ povedal.
"It is but reasonable that I should give up my life"
„Je rozumné, aby som obetoval svoj život“
He also had a younger brother.
Mal aj mladšieho brata.
"You are the pillar of the family," he said.
„Si pilierom rodiny,“ povedal.
"If you go the whole family is ruined"
„Ak odídeš, celá rodina je zničená“
"It is not reasonable that you should go"
„Nie je rozumné, aby si išiel“
"I will go, as I shall not be much missed"
„Pôjdem, pretože nikomu nebudem veľmi chýbať“
The two strangers listened to all this conversation.
Dvaja cudzinci počúvali celý tento rozhovor.
You can imagine their curiosity was not little.
Viete si predstaviť, že ich zvedavosť nebola malá.
They wondered what the discussion could be about.
Premýšľali, o čom by mohla byť diskusia.
Sahasra-Dal took the risk of being thought meddlesome.
Sahasra-Dal riskoval, že bude považovaný za dotieravého.

"What is the subject of your consultations?"
„Čo je predmetom vašich konzultácií?"
"What is the reason for your deep miserable?"
„Aký je dôvod tvojho hlbokého nešťastia?"
"Why are your words full of countenances?"
„Prečo sú tvoje slová plné tvárí?"
The head of the house gave the following answer.
Hlava domu dala nasledujúcu odpoveď.
"There is something you must know, me worthy guests"
„Je tu niečo, čo musíte vedieť, moji dôstojní hostia."
"These lands are infested by a terrible Rakshasi"
„Tieto krajiny sú zamorené hrozným Rakšasom."
"This Rakshasi has depopulated all the regions here"
„Tento Rakšasi vyľudnil všetky regióny."
"This town, too, would have been depopulated"
„Aj toto mesto by bolo vyľudnené"
"But that our king became suppliant to the Rakshasi"
„Ale že náš kráľ sa stal prosebným kráľom Rakšasov"
"He begged her to show mercy to us his people"
„Prosil ju, aby preukázala milosrdenstvo nám, jeho ľudu"
The Rakshasi replied to the king.
Rakšasi odpovedal kráľovi.
"I will consent to show mercy to your subjects"
„Súhlasím s prejavením milosrdenstva vašim poddaným"
"But there is one condition for my mercy"
„Ale je tu jedna podmienka pre moje milosrdenstvo"
"Every night I demand one human being"
„Každú noc požadujem jednu ľudskú bytosť"
"I don't mind if it is a male or a female"
„Je mi jedno, či je to muž alebo žena"
"Put the human being in a temple for me to feast"
„Dajte mi človeka do chrámu, aby som tam mohol hodovať."
"If I get a human being every night, I will rest satisfied"
„Ak každú noc dostanem človeka, budem spokojný."
**"Promise me this and I will commit no further
depredations"**
„Sľúb mi to a ja sa už nedopustím žiadnych ďalších plienení."

"Your subjects will be spared from my ravenous hunger"
„Tvoji poddaní budú ušetrení od môjho dravého hladu."
"Our king had no other alternative than to agree"
„Náš kráľ nemal inú možnosť, ako súhlasiť"
"What human can ever hope to contend against a Rakshasi?"
„Ktorý človek môže dúfať, že bude môcť konkurovať
Rakšasimu?"
"From that day the king made a new law"
„Od toho dňa vydal kráľ nový zákon"
"Every family has to send one member to the temple"
„Každá rodina musí poslať jedného člena do chrámu"
"To appease the wrath of the terrible Rakshasi"
„Aby sa upokojil hnev hrozného Rakšasiho"
"To satisfy the endless hunger of the Rakshasi"
„Aby sme uspokojili nekonečný hlad Rakšasov"
"All the families in this neighbourhood have had their turn"
„Všetky rodiny v tejto štvrti si už prišli na svoje"
"This night it is the turn of our family"
„Dnes večer je rad na našej rodine"
"One of us is to devote ourself to destruction"
„Jeden z nás sa má zasvätiť zničeniu"
"We are therefore discussing who should go to the
Rakshasi"
„Preto diskutujeme o tom, kto by mal ísť do Rakšasi."
"You can now perceive the cause of our distress"
„Teraz už vieš pochopiť príčinu nášho nešťastia"
The two friends consulted together for a few minutes.
Dvaja priatelia sa spolu niekoľko minút radili.
After this time they concluded their consultation.
Po uplynutí tejto doby ukončili konzultáciu.
Sahasra-Dal was the spokesman for the brothers.
Sahasra-Dal bol hovorcom bratov.
"Most worthy host, do not any longer be sad"
„Najcennejší hostiteľ, nebuď už smutný"
"You have been very kind to us"
„Boli ste k nám veľmi milí"
"We have resolved to requite your hospitality"

„Rozhodli sme sa odvďačiť vám za pohostinnosť"
"We will go to the temple instead of you"
„Pôjdeme do chrámu namiesto teba"
"We shall go as your representatives"
„Pôjdeme ako vaši zástupcovia"
"We will become the food of the Rakshasi"
„Staneme sa jedlom Rakšasov"
The whole family protested against the proposal.
Celá rodina protestovala proti návrhu.
They declared that guests were like gods.
Vyhlásili, že hostia sú ako bohovia.
"The host must ensure the comfort of the guests"
„Hostiteľ sa musí postarať o pohodlie hostí"
"The guests must not suffer for the host"
„Hostia nesmú trpieť kvôli hostiteľovi"
But the two strangers could not be persuaded.
Ale tí dvaja cudzinci sa nedali presvedčiť.
"We will stand as proxies for your family"
„Budeme zástupcami vašej rodiny"
There was a great deal of objection to the proposal.
Proti návrhu bolo veľa námietok.
But eventually the guests persuaded their hosts.
Ale hostia nakoniec presvedčili svojich hostiteľov.
Finally the hosts consented to the arrangement.
Hostitelia nakoniec s dohodou súhlasili.

Sahasra-Dal and Champa-Dal rode off on their horses.
Sahasra-Dal a Champa-Dal odišli na svojich koňoch.
Immediately after candle light they reached the temple.
Hneď po zapálení sviečok dorazili do chrámu.
They went into the temple, and shut the door.
Vošli do chrámu a zavreli dvere.
Sahasra told his brother to go to sleep.
Sahasra povedala svojmu bratovi, aby išiel spať.
"I will guard over your sleep"
„Budem strážiť tvoj spánok"
"I will watch out for the terrible Rakshasi"

„Budem si dávať pozor na hrozného Rakshasiho“
Champa was soon in a fine sleep.
Champa čoskoro zaspal krásnym spánkom.
Sahasra lay awake, waiting for the Rakshasi.
Sahasra ležala hore a čakala na Rakshasi.
Nothing happened during the early hours of the night.
V skorých nočných hodinách sa nič nedialo.
But then the gong of the king's bell sounded.
Ale potom zaznel gong kráľovského zvona.
It was midnight, the dead hour of the night.
Bola polnoc, mŕtva hodina noci.
Sahasra heard the sound as of a rushing tempest.
Sahasra počula zvuk ako rútiaca sa búrka.
He used the knowledge he had of Rakshasas.
Využil vedomosti, ktoré mal o Rakšasoch.
He concluded the Rakshasi was nigh.
Usúdil, že Rakšasi je blízko.
A thundering knock was heard at the door.
Na dverách sa ozvalo ohlušujúce klopanie.
The following words accompanied the knock at the door:
Zaklopanie na dvere sprevádzali nasledujúce slová:
"How, mow, khow! A human being I smell"
„Ako, kosiť, khow! Cítim ľudskú bytosť.“
"Who keeps guard inside this temple?"
„Kto stráži v tomto chráme?“
To this question Sahasra-Dal made the following reply:
Na túto otázku Sahasra-Dal odpovedal takto:
"Sahasra-Dal keeps guard inside this temple"
„Sahasra-Dal stráži tento chrám“
"Champa-Dal keeps guard inside this temple"
„Čampa-Dal stráži v tomto chráme“
"Two winged horses keep guard inside this temple"
„Dva okrídlené kone strážia tento chrám“
Rakshasa blood flowed through Sahasra-Dal's veins.
Rakšásova krv prúdila v žilách Sahasra-Dala.
The Rakshasi knew Sahasra-Dal was not human.
Rakshasi vedel, že Sahasra-Dal nie je človek.

And so the Rakshasi turned away with a groan.
A tak sa Rakšasi so stonom odvrátil.
After an hour the Rakshasi returned to the temple.
Po hodine sa Rakšasi vrátil do chrámu.
The Rakshasi thundered at the door again.
Rakšasi znova zaburácal na dvere.
"How, mow, khow! A human being I smell"
„Ako, kosiť, khow! Cítim ľudskú bytosť."
"Who keeps guard inside this temple?"
„Kto stráži v tomto chráme?"
To this question Sahasra-Dal again replied:
Na túto otázku Sahasra-Dal opäť odpovedal:
"Sahasra-Dal keeps guard inside this temple"
„Sahasra-Dal stráži tento chrám"
"Champa-Dal keeps guard inside this temple"
„Čampa-Dal stráži v tomto chráme"
"Two winged horses keep guard inside this temple"
„Dva okrídlené kone strážia tento chrám ."
The Rakshasi again groaned and went away.
Rakšasi opäť zastonal a odišiel.
At two o'clock the Rakshasi appeared once more.
O druhej hodine sa Rakšasi objavil opäť.
And at three o'clock the Rakshasi came again.
A o tretej hodine prišiel Rakšasi znova.
Each time the Rakshasi made the same inquiry.
Rakšasi sa zakaždým pýtal na tú istú vec.
And each time the Rakshasi left with a groan.
A zakaždým Rakšasi odišiel so stonom.
After three o'clock, however, Sahasra-Dal felt very sleepy.
Po tretej hodine sa však Sahasra-Dal cítila veľmi ospalá.
He could not any longer keep awake.
Už viac nedokázal zostať bdelý.
He therefore roused Champa.
Preto zobudil Čampu.
And he told him to keep guard over the temple.
A povedal mu, aby strážil chrám.
"The Rakshasi will come again in an hour"

„Rakšasi príde znova o hodinu“
"The Rakshasi will ask who keeps guard here"
„Rakšasi sa opýta, kto tu stráži.“
"You must mention Sahasra's name first"
„Najprv musíš spomenúť meno Sahasry.“
Having given these instructions he went to sleep.
Po týchto pokynoch išiel spať.
At four o'clock the Rakshasi again made her appearance.
O štvrtej hodine sa Rakšasí opäť objavila.
The Rakshasi thundered at the door, and said:
Rakšasi zaburácal na dvere a povedal:
"How, mow, khow! A human being I smell"
„Ako, kosiť, khow! Cítim ľudskú bytosť.“
"Who keeps guard inside this temple?"
„Kto stráži v tomto chráme?“
Champa-Dal was in a terrible fright.
Champa-Dal sa strašne zľakol.
He had forgotten the instructions of his brother.
Zabudol na pokyny svojho brata.
"Champa-Dal keeps guard inside this temple"
„Čampa-Dal stráži v tomto chráme“
"Sahasra-Dal keeps guard inside this temple"
„Sahasra-Dal stráži tento chrám“
"Two winged horses keep guard inside this temple"
„Dva okrídlené kone strážia tento chrám“
The Rakshasi uttered a shout of exultation.
Rakšasi vydal výkrik jasotu.
And the Rakshasi laughed how only demons can laugh.
A Rakšasi sa zasmiali, ako sa vedia smiať len démoni.
With a dreadful noise the door broke open.
S hrozným rachotom sa dvere rozleteli.
The noise roused Sahasra from his sleep.
Hluk prebudil Sahasru zo spánku.
Within a moment he sprung to his feet.
V okamihu vyskočil na nohy.
He had his sword with him not only by day.
Meč mal pri sebe nielen cez deň.

He had his sword with him by night too.
V noci mal pri sebe aj meč.
His sword was as supple as a palm-leaf.
Jeho meč bol ohybný ako palmový list.
And he cut off the head of the Rakshasi.
A odťal hlavu Rakšasimu.
The huge mountain of a body fell to the ground.
Obrovská hora tela spadla na zem.
The body made a great noise when it fell.
Telo pri páde vydalo veľký hluk.
And the body covered many surrounding acres.
A telo pokrylo mnoho okolitých akrov.
Sahasra-Dal kept the severed head of the Rakshasi.
Sahasra-Dal si ponechal odseknutú hlavu Rakshasi.
And he slept again with the head near him.
A znova zaspal s hlavou pri sebe.

Early in the morning some wood-cutters came.
Skoro ráno prišli drevorubači.
The wood-cutters were passing near the temple.
Drevorubači prechádzali blízko chrámu.
The wood-cutters saw the huge body on the ground.
Drevorubači uvideli na zemi obrovské telo.
So they walked towards the temple.
Tak kráčali smerom k chrámu.
Soon they saw that it was a carcass.
Čoskoro videli, že je to mŕtvola.
The carcass of the terrible Rakshasi.
Kostra hrozného Rakšasiho.
The Rakshasi that had nearly depopulated the land.
Rakšasi, ktorí takmer vyľudnili krajinu.
There had been a bounty for this Rakshasi.
Na tohto Rakšasiho bola vypísaná odmena.
The king offered the hand of his daughter.
Kráľ ponúkol ruku svojej dcéry.
And the king had offered half the kingdom.
A kráľ ponúkol polovicu kráľovstva.

He would trade it all for the head of the Rakshasi.
Vymenil by to všetko za hlavu Rakšasiho.
The wood-cutters saw no claimant at hand.
Drevorubači nevideli nablízku žiadneho uchádzača.
So they went to get the reward.
Tak si išli po odmenu.
Each wood-cutter cut off a limb from the Rakshasi.
Každý drevorubač odťal Rakšasiovi konár.
And each wood-cutter went to the king.
A každý drevorubač išiel ku kráľovi.
And each wood-cutter tried to claim the reward.
A každý drevorubač sa snažil získať odmenu.
"I am the destroyer of the great man eater"
„Som ničiteľ veľkého ľudožrúta“
"I have come to claim my reward"
„Prišiel som si vyzdvihnúť svoju odmenu“
The king knew there could only be one hero.
Kráľ vedel, že hrdina môže byť len jeden.
So he made an inquiry with his minister.
Preto sa informoval u svojho ministra.
"What family's turn was it last night?"
„Ktorá rodina bola včera večer na rade?“
"And who is the head of that family?"
„A kto je hlavou tej rodiny?“
The king's minister set out to find the family.
Kráľov minister sa vydal hľadať rodinu.
He brought the head of the family to the king.
Priviedol hlavu rodiny ku kráľovi.
And the head of the family told of his guests.
A hlava rodiny rozprávala o svojich hosťoch.
"Last night two youthful travelers came to me"
„Včera večer ku mne prišli dvaja mladí cestovatelia“
"We offered to be their hosts for the night"
„Ponúkli sme sa, že im na noc budeme hostiteľmi“
"Soon they discovered the problem we had"
„Čoskoro zistili, aký problém sme mali“
"And they volunteered to take our place"

„A dobrovoľne sa prihlásili, že zaujmú naše miesto"
"They went to the temple, instead of one of us"
„Išli do chrámu namiesto jedného z nás"
The king took his men to the temple.
Kráľ vzal svojich mužov do chrámu.
The door of the temple was broken open.
Dvere chrámu boli vylomené.
They found the two brothers sleeping.
Našli dvoch bratov spať.
And the horses were safe in the temple too.
A kone boli tiež v chráme v bezpečí.
And the head of the Rakshasi was there too.
A bola tam aj hlava Rakšasiov.
There was no doubt about who had killed the monster.
Nebolo pochýb o tom, kto zabil monštrum.
The real hero had been discovered.
Skutočný hrdina bol objavený.
And the king kept true to his word.
A kráľ dodržal svoje slovo.
He gave the hand of his daughter to Sahasra-Dal.
Dal ruku svojej dcéry Sahasra-Dal.
And he gave him half his kingdom too.
A dal mu aj polovicu svojho kráľovstva.
Champa-Dal remained with his friend.
Champa-Dal zostal so svojím priateľom.
And he rejoiced in Sahasra-Dal's prosperity.
A radoval sa z prosperity Sahasra-Dalu.
And they lived together happily for some time.
A žili spolu šťastne nejaký čas.

But one day a misunderstanding arose between them.
Ale jedného dňa medzi nimi došlo k nedorozumeniu.
The queen-mother had a certain maid-servant.
Kráľovná matka mala istú slúžku.
This maid-servant was the most useful domestic.
Táto slúžka bola najužitočnejšou služobníčkou.
She could turn her hand to any task.

Mohla sa pustiť do akejkoľvek úlohy.

And she had uncommon strength for a woman.

A mala na ženu nezvyčajnú silu.

Her intelligence was not lacking either.

Nechýbala jej ani inteligencia.

And she had a remarkable amount of energy.

A mala pozoruhodné množstvo energie.

She would have been quickly missed in the palace.

V paláci by ju rýchlo chýbali.

The zenana was completely dependent on her.

Zenana bola na nej úplne závislá.

Hence her services were highly valued.

Preto boli jej služby vysoko cenené.

The queen-mother appreciated her very much.

Kráľovná matka si ju veľmi vážila.

And the ladies of the palace valued her too.

A dámy z paláca si ju tiež cenili.

But this valuable woman was not a woman.

Ale táto cenná žena nebola žena.

What this woman was was a Rakshasi.

Táto žena bola Rakšasí.

She had put on the appearance of a woman.

Nasadila si výzor ženy.

She had her own nefarious reasons for doing this.

Mala na to svoje vlastné nekalé dôvody.

And then she took service in the royal household.

A potom nastúpila do služby v kráľovskej domácnosti.

At night she used to assume her own real form.

V noci nadobúdala svoju skutočnú podobu.

When everyone in the palace was asleep.

Keď všetci v paláci spali.

And then she went about in search of food.

A potom sa vydala hľadať jedlo.

Because her hunger was not satisfied at the palace.

Pretože jej hlad nebol v paláci ukojený.

A Rakshasi needs much more food than a man or woman.

Rakšasi potrebuje oveľa viac jedla ako muž alebo žena.

At this time Champa-Dal had no wife.
V tom čase Champa-Dal nemal manželku.
So he often slept outside the zenana.
Takže často spal mimo zenany.
He was not far from the outer gate of the palace.
Nebol ďaleko od vonkajšej brány paláca.
And from there he could observe her.
A odtiaľ ju mohol pozorovať.
He saw her devouring sundry goats and sheep.
Videl ju, ako požiera rôzne kozy a ovce.
And he saw her devouring horses and elephants.
A videl ju, ako požiera kone a slony.
This of course was not good for the maid-servant.
To samozrejme nebolo dobré pre slúžku.
Champa-Dal was in the way of her supper.
Champa-Dal jej prekážal pri večeri.
So she was determined to get rid of him.
Preto bola odhodlaná zbaviť sa ho.
One day she went to the queen-mother.
Jedného dňa išla ku kráľovnej matke.
"Queen-mother," she said to her.
„Kráľovná matka," povedala jej.
"I can no longer work in the palace"
„Už nemôžem pracovať v paláci"
"Why?" asked the queen-mother.
„Prečo?" spýtala sa kráľovná-matka.
"What is the matter, Dasi" she wanted to know.
„Čo sa deje, Dasi?" chcela vedieť.
"How can I go on without you?"
„Ako môžem bez teba pokračovať?"
"Tell me your reasons for leaving"
„Povedz mi dôvody svojho odchodu"
The maid-servant explained her situation.
Slúžka vysvetlila svoju situáciu.
"I am but a poor woman in this palace"
„V tomto paláci som len chudobná žena"
"A woman like me can't preserve her honor here"

„Žena ako ja si tu nedokáže zachovať česť"
"Your son-in-law has a friend, Champa-Dal"
„Váš zať má priateľa, Champa-Dala."
"He always cracks indecent jokes with me"
„Vždy zo mňa robí neslušné vtipy"
"I would rather beg for my rice than to lose my honor"
„Radšej by som žobral o ryžu, ako by som mal stratiť svoju česť"
"If Champa-Dal remains in the palace I must go away"
„Ak Champa-Dal zostane v paláci, musím odísť."
The maid-servant was irreplicable in the palace.
Slúžka bola v paláci nenahraditeľná.
The queen-mother knew what sacrifice to make.
Kráľovná matka vedela, akú obeť má priniesť.
Champa-Dal was going to have to leave the palace.
Champa-Dal musel opustiť palác.
And she told Sahasra-Dal all her reasons.
A povedala Sahasra-Dal všetky svoje dôvody.
"Champa-Dal is a bad man"
„Čampa-Dal je zlý človek"
"His character and morals are loose"
„Jeho charakter a morálka sú uvoľnené"
"He must leave this palace at once"
„Musí okamžite opustiť tento palác."
Sahasra-Dal did his best to persuade her otherwise.
Sahasra-Dal sa zo všetkých síl snažil presvedčiť ju o opaku.
He earnestly pleaded on behalf of his friend.
Úprimne prosil za svojho priateľa.
But his efforts were in vain.
Ale jeho úsilie bolo márne.
The queen-mother had made up her mind.
Kráľovná matka sa už rozhodla.
He had to be driven out of the palace.
Musel byť vyhnaný z paláca.
Sahasra-Dal had not the courage to tell his friend.
Sahasra-Dal nemal odvahu povedať to svojmu priateľovi.
He therefore wrote a letter to him.

Preto mu napísal list.
In the letter he was vague about the reason.
V liste bol ohľadom dôvodu nejasný.
But either way, he was going to have to leave.
Ale tak či onak, musel odísť.
Champa-Dal went to have a bath.
Čampa-Dal sa išiel okúpať.
And the letter was put in his room.
A list bol položený v jeho izbe.
Champa-Dal was grieved upon reading the letter.
Champa-Dal sa po prečítaní listu zarmútil.
He mounted his fleet of horses.
Nasadol na svoju flotilu koní.
And on his horses, he left the palace.
A na koňoch opustil palác.

Champa's horses were uncommonly fleet.
Champove kone boli nezvyčajne rýchle.
Soon he had traversed thousands of miles.
Čoskoro prešiel tisíce kilometrov.
And eventually he reached a new city.
A nakoniec dorazil do nového mesta.
He stood at the gateway of a magnificent palace.
Stál pri bráne veľkolepého paláca.
He dismounted from his horse.
Zosadol z koňa.
And he entered the palace.
A vošiel do paláca.
But in the palace he met not a single creature.
Ale v paláci nestretol ani jediného tvora.
He went from apartment to apartment.
Chodil z bytu do bytu.
All the rooms were richly furnished.
Všetky izby boli bohato zariadené.
But none of the rooms were lived in.
Ale žiadna z izieb nebola obývaná.
But in the end he came to a different room.

Ale nakoniec prišiel do inej miestnosti.
In this room there was a young lady.
V tejto miestnosti bola mladá dáma.
The young lady was of heavenly beauty.
Mladá dáma bola nebeskej krásy.
And she was lying down on a splendid bedstead.
A ležala na nádhernej posteli.
The beautiful young lady was asleep.
Krásna mladá dáma spala.
Champa-Dal looked upon the sleeping beauty.
Champa-Dal sa pozrel na spiacu krásavicu.
He was captivated by what he was seeing.
Bol uchvátený tým, čo videl.
He had not seen any woman so beautiful.
Nikdy nevidel tak krásnu ženu.
Upon the bed there were two sticks.
Na posteli boli dve palice.
The two sticks were near the woman's head.
Dve palice boli blízko ženskej hlavy.
One of the sticks was made of silver.
Jedna z palíc bola vyrobená zo striebra.
And the other stick was made of gold.
A druhá palica bola vyrobená zo zlata.
Champa took the silver stick into his hand.
Čampa vzal striebornú palicu do ruky.
And with the stick he touched the body of the lady.
A palicou sa dotkol tela dámy.
But no change was perceptible to her sleep.
Ale v jej spánku nebola badateľná žiadna zmena.
He then took up the gold stick.
Potom vzal zlatú palicu.
And with the stick he touched the body of the lady.
A palicou sa dotkol tela dámy.
This time the young lady did awake.
Tentoraz sa mladá dáma prebudila.
Eyeing the stranger, she inquired who he was.
Pozrela na cudzinca a spýtala sa, kto to je.

"I am Champa-Dal," he told her.

„Ja som Champa-Dal," povedal jej.

"There was once a poor dimwitted Brahman"

„Kedysi bol jeden chudák, hlúpy Brahman"

"This dimwitted man had a wife, but no children"

„Tento hlúpy muž mal manželku, ale žiadne deti"

"But him not having children was probably for the best"

„Ale to, že nemal deti, bolo asi najlepšie pre neho."

"Because he was barely able to meet his own needs"

„Pretože sotva dokázal uspokojiť svoje vlastné potreby"

"And he could hardly supply enough for his wife"

„A sotva dokázal zabezpečiť dosť pre svoju manželku"

"But his dimwittedness was not even his biggest problem"

„Ale jeho hlúposť nebola ani len jeho najväčším problémom"

And he continued the story as we have followed it.

A pokračoval v príbehu tak, ako sme ho sledovali.

"My mother concluded her fate was sealed"

„Moja matka dospela k záveru, že jej osud je spečatený."

"And she thought my father would meet the same fate"

„A myslela si, že môjho otca postihne rovnaký osud."

"And she did not expect me to be spared either"

„A ani ona neočakávala, že ma ušetria."

"That night she hardly slept at all"

„V tú noc takmer vôbec nespala"

"The Rakshasi had prevented her from seeing my father"

„Rakšasi jej zabránili vidieť môjho otca."

"Early next morning I went to school"

„Skoro ráno nasledujúceho dňa som išiel do školy"

"Before I went to school she gave me a golden bottle"

„Predtým, ako som išiel do školy, mi dala zlatú fľašu."

"In the golden bottle was her own breast milk"

„V zlatej fľaši bolo jej vlastné materské mlieko"

"I was told to carefully watch the colour of the milk"

„Povedali mi, aby som pozorne sledoval farbu mlieka."

And he continued the story as we have followed it.

A pokračoval v príbehu tak, ako sme ho sledovali.

"We will stand as proxies for your family"

„Budeme zástupcami vašej rodiny"
"There was a great deal of objection to our proposal"
„Proti nášmu návrhu bolo veľa námietok"
"But eventually we persuaded our hosts"
„Ale nakoniec sme našich hostiteľov presvedčili"
"Finally the hosts consented to the arrangement"
„Hostitelia nakoniec s dohodou súhlasili"
And he continued the story as we have followed it.
A pokračoval v príbehu tak, ako sme ho sledovali.
"So I often slept outside the zenana"
„Takže som často spal pred zenanou"
"I was not far from the outer gate of the palace"
„Nebol som ďaleko od vonkajšej brány paláca"
"And from there I could observe her"
„A odtiaľ som ju mohol pozorovať"
"I saw her devouring sundry goats and sheep"
„Videl som ju, ako požiera rôzne kozy a ovce "
"And I saw her devouring horses and elephants"
„A videl som ju, ako požiera kone a slony"
And he continued the story as we have followed it.
A pokračoval v príbehu tak, ako sme ho sledovali.
"One day a letter was put in my room"
„Jedného dňa mi do izby vložili list"
"I was grieved upon reading the letter"
„Pri čítaní listu som bol zarmútený"
"I mounted my fleet of horses"
„Nasadol som na svoju flotilu koní"
"And on my horses he left the palace"
„A na mojich koňoch opustil palác"
"My horse are uncommonly fleet"
„Moje kone sú nezvyčajne rýchle"
"Soon I had traversed thousands of miles"
„Čoskoro som prešiel tisíce kilometrov"
"And eventually I reached a new city"
„A nakoniec som dorazil do nového mesta"
And he continued the story as we have followed it.
A pokračoval v príbehu tak, ako sme ho sledovali.

"I took the silver stick into his hand"
„Vzal som mu do ruky striebornú palicu"
"And with the stick I touched your body"
„A palicou som sa dotkol tvojho tela"
"But no change was perceptible to your sleep"
„Ale na tvojom spánku nebola badateľná žiadna zmena"
"I then took up the gold stick"
„Potom som vzal zlatú palicu"
And with the stick he touched your body.
A palicou sa dotkol tvojho tela.
"This time you did awake from your sleep"
„Tentoraz si sa zobudil zo spánku"
The young lady had listened to Champa-Dal's story.
Mladá dáma si vypočula Champa-Dalov príbeh.
The young lady was in fact a princess.
Mladá dáma bola v skutočnosti princezná.
"Unhappy man! why have you come here?"
„Nešťastný muž! Prečo si sem prišiel?"
"This is the country of Rakshasas"
„Toto je krajina Rakšasov"
"No less than seven hundred Rakshasas live here"
„Žije tu nie menej ako sedemsto Rakšasov"
"Every morning the Rakshasas leave"
„Každé ráno odchádzajú Rakšasovia"
"They go to the other side of the ocean"
„Idú na druhú stranu oceánu"
"And they search for provisions there"
„A hľadajú tam zásoby"
"And before dusk they return again"
„A pred súmrakom sa opäť vracajú"
"My father was king in these regions"
„Môj otec bol v týchto končinách kráľom"
"His kingdom had millions of subjects"
„Jeho kráľovstvo malo milióny poddaných"
"They lived in flourishing towns and cities"
„Žili v prosperujúcich mestách a mestečkách"
"But some years ago the Rakshasas invaded"

„Ale pred niekoľkými rokmi vtrhli Rakšasovia.“
"And they devoured all the subjects of the kingdom"
„A zožrali všetkých poddaných kráľovstva“
"The Rakshasas devoured my father and my mother"
„Rakšasovia zožrali môjho otca a matku“
"The Rakshasas devoured my brothers and sisters"
„Rakšasovia zožrali mojich bratov a sestry“
"And they devoured all the cattle of the country"
„A zožrali všetok dobytok v krajine“
"There is no living human being in these regions"
„V týchto oblastiach nežije žiadna živá ľudská bytosť“
"I am the last human living left"
„Som posledný žijúci človek“
"I too would have been devoured long ago"
„Aj ja by som bol už dávno zožratý“
"But an old Rakshasi took a liking to me"
„Ale jeden starý Rakšasi si ma obľúbil.“
"She prevents the other Rakshasas from eating me"
„Zabraňuje ostatným Rakšasom, aby ma zjedli“
"Do you see those sticks of silver and gold?"
„Vidíš tie strieborné a zlaté tyčinky?“
"Every morning she kills me with the silver stick"
„Každé ráno ma zabíja striebornou palicou“
"Every evening she re-animates me with the gold stick"
„Každý večer ma oživuje zlatou palicou“
"I do not know how to advise you"
„Neviem, ako ti mám poradiť“
"If the Rakshasas see you, you are a dead man"
„Ak ťa uvidia Rakšasovia, si mŕtvy muž.“
Then they talked in a very affectionate manner.
Potom sa veľmi láskavo rozprávali.
And they laid their heads together.
A zložili hlavy k sebe.
And they thought to devise a means of escape.
A napadlo im vymyslieť spôsob, ako uniknúť.
Some way to get out of the hands of the Rakshasas.
Nejaký spôsob, ako sa dostať z rúk Rakšasov.

The hour of the return of the Rakshasas was coming.
Blížila sa hodina návratu Rakšasov.
The seven hundred flesh-eaters were soon returning.
Sedemsto mäsožravcov sa čoskoro vrátilo.
Keshavati called out to Champa-Dal.
Kešavati zavolal na Čampa-Dala.
(Because that was the name of the princess)
(Pretože to bolo meno princeznej)
"Hide yourself in the heaps of the sacred trefoil"
„Schovaj sa v hromadách posvätného trojlístka"
But first Champ Dal picked up the silver stick.
Ale najprv Champ Dal zdvihol striebornú palicu.
He touched Keshavati with the silver stick.
Dotkol sa Kešavatí striebornou palicou.
And as soon as he touched her, she died.
A len čo sa jej dotkol, zomrela.
Then he went to the center of the temple of Siva.
Potom išiel do stredu Šivovho chrámu.
And he hid beneath the heaps of sacred trefoil.
A skryl sa pod hromadami posvätného trojlístka.
From his hiding place he heard the sound of wind rushing.
Zo svojho úkrytu počul zvuk silného vetra.
Then he heard terrible noises in the palace.
Potom v paláci začul hrozné zvuky.
The Rakshasas had come home from their hunt.
Rákšasovia sa vrátili domov z lovu.
They had filled their stomachs with meat.
Naplnili si žalúdky mäsom.
Sundry goats, sheep, cows, horses, buffaloes.
Rôzne kozy, ovce, kravy, kone, byvoly.
And they had devoured elephants too.
A zožrali aj slony.
The old Rakshasi returned to the palace too.
Starý Rakšasi sa tiež vrátil do paláca.
She went to the room of the sleeping princess.
Išla do izby spiacej princeznej.

And she woke her with the stick made of gold.
A zobudila ju zlatou palicou.
"Hye, mye, khye! A human being I smell"
„He, mye, khye! Cítim ľudskú bytosť."
"I am the only human being here," said the princess.
„Som tu jediný človek," povedala princezná.
"Eat me if you like," added Keshavati.
„Zjedz ma, ak chceš," dodal Kešavati.
To this the Rakshasi replied:
Na to Rakšasi odpovedal:
"Let me eat up your enemies"
„Dovoľ mi zožrať tvojich nepriateľov"
"Why should I eat you?" she asked the princess.
„Prečo by som ťa mala zjesť?" spýtala sa princeznej.
She laid herself down on the ground.
Ľahla si na zem.
She was as long and high as the Vindhya Hills.
Bola dlhá a vysoká ako pohorie Vindhya.
And in this position she fell asleep.
A v tejto polohe zaspala.
The other Rakshasas and Rakshasis soon fell asleep too.
Ostatní Rakšasovia a Rakšasiovia čoskoro tiež zaspali.
Because they were tired from their gigantic labor.
Pretože boli unavení zo svojej obrovskej práce.
Keshavati also composed herself to sleep.
Kešavati sa tiež uložila k spánku.
But Champa did not dare to come out from under the leaves.
Ale Champa sa neodvážil vyjsť spod lístia.
And he tried his best to pray to the god of repose.
A zo všetkých síl sa snažil modliť k bohu pokoja.

At daybreak all seven hundred Rakshasas got up again.
Na úsvite všetkých sedemsto Rakšasov opäť vstalo.
They went on their usual predatory excursion.
Vydali sa na svoju obvyklú dravú výpravu.
And along with them went the old Rakshasi.
A spolu s nimi išiel aj starý Rakšasi.

But first the old Rakshasi picked up the silver stick.
Ale najprv starý Rakšasi zdvihol striebornú palicu.
And she touched Keshavati with the silver stick.
A dotkla sa Kešavatí striebornou palicou.
Soon the coast was clear for Champa-Dal.
Pobrežie bolo čoskoro voľné pre Champa-Dal.
And he dared to come out from under the pile of leaves.
A odvážil sa vyjsť spod kopy lístia.
He walked back into the room of the princess.
Vrátil sa do izby princeznej.
And he touched her with the golden stick.
A dotkol sa jej zlatou palicou.
And the princess revived from her death again.
A princezná opäť ožila zo svojej smrti.
They sauntered about in the gardens.
Prechádzali sa po záhradách.
They enjoyed the cool breeze of the morning.
Užívali si chladný ranný vánok.
They bathed in a lucid pool of water.
Kúpali sa v priezračnom jazierku vody.
And they ate and drank food in the palace.
A jedli a pili v paláci.
And they spent the day in sweet converse.
A strávili deň v sladkých rozhovoroch.
And they concocted a plan for their deliverance.
A vymysleli plán na svoje vyslobodenie.
Keshavaity was going to speak to the old Rakshasi.
Kešavaity sa chystal hovoriť so starým Rakšasím.
She was going to ask on what a Rakshasa's life depended.
Chcela sa opýtať, od čoho závisí život Rakšásu.
And with that secret they were going to act accordingly.
A s týmto tajomstvom sa podľa toho chystali aj konať.

The hour of the return of the Rakshasas was coming again.
Hodina návratu Rakšásov sa opäť blížila.
And events unfolded as they had the evening before.
A udalosti sa vyvíjali rovnako ako predchádzajúci večer.

The seven hundred flesh-eaters were returning to the palace.

Sedemsto mäsožravcov sa vracalo do paláca.

Champ Dal touched Keshavati with the silver stick.

Champ Dal sa dotkol Kešavatiho striebornou palicou.

She died like the had died the night before.

Zomrela tak, ako zomrela noc predtým.

Champa-Dal went to the center of the temple of Siva.

Čampa-Dal išiel do stredu Šivovho chrámu.

He hid beneath the heaps of sacred trefoil again.

Znova sa schoval pod hromady posvätného trojlístka.

He heard the sound of wind rushing.

Počul zvuk prudkého vetra.

And he heard terrible noises in the palace.

A v paláci počul strašné zvuky.

The Rakshasas had come home from their hunt.

Rákšasovia sa vrátili domov z lovu.

They had filled their stomachs with meat.

Naplnili si žalúdky mäsom.

Sundry goats, sheep, cows, horses, buffaloes.

Rôzne kozy, ovce, kravy, kone, byvoly.

And they had devoured elephants too.

A zožrali aj slony.

The old Rakshasi returned to the palace too.

Starý Rakšasi sa tiež vrátil do paláca.

She went to the room of the sleeping princess.

Išla do izby spiacej princeznej.

And she woke her with the stick made of gold.

A zobudila ju zlatou palicou.

"Hye, mye, khye! A human being I smell"

„He, mye, khye! Cítim ľudskú bytosť."

"I am the only human being here," said the princess.

„Som tu jediný človek," povedala princezná.

"Eat me if you like," added Keshavati.

„Zjedz ma, ak chceš," dodal Kešavati.

To this the Rakshasi replied:

Na to Rakšasi odpovedal:

"Let me eat up your enemies"

„Dovoľ mi zožrať tvojich nepriateľov"

"Why should I eat you?" she asked the princess.

„Prečo by som ťa mala zjesť?" spýtala sa princeznej.

She laid herself down on the ground.

Ľahla si na zem.

And she looked like a part of the Himalaya mountains.

A vyzerala ako súčasť Himalájí.

Keshavati had a phial of heated mustard oil.

Kešavati mala ampulku s rozohriatym horčičným olejom.

And she approached the foot of the Rakshasi.

A priblížila sa k úpätiu Rakšasí.

"Mother, your feet are sore from walking"

„Mami, bolia ťa nohy od chôdze."

"Let me rub your sore feet with oil"

„Dovoľ mi natrieť ti boľavé nohy olejom"

And she began to rub with oil the Rakshasi's feet.

A začala natierať Rakšasiho nohy olejom.

Then a few tear-drops fell from the eyes of the princess.

Potom princeznej z očí stieklo niekoľko sĺz.

And the tear-drops landed on the monster's legs.

A slzy dopadli na nohy monštra.

The Rakshasi tasted the tear-drops with her lips.

Rakšasí ochutnala slzy perami.

And she found the tear-drops tasted briny.

A zistila, že slzy chutia slano.

"Why are you weeping, darling?" asked the Rakshasi.

„Prečo plačeš, drahá?" spýtal sa Rakšasi.

"What aileth thee?" she wanted to know.

„Čo sa ťa deje?" chcela vedieť.

The princess tried to stop herself from crying.

Princezná sa snažila zadržať plač.

"Mother, I am weeping because you are old"

„Mami, plačem, pretože si stará."

"When you die one of the Rakshasas will devour me"

„Keď zomrieš, jeden z Rakšasov ma zožerie."

"When I die?! Don't be foolish, girl"

„Keď zomriem?! Nebuď hlúpa, dievča."

"Don't you know that Rakshasas never die?"
„Nevieš, že Rakšasovia nikdy nezomierajú?"
"We are not naturally immortal"
„Nie sme prirodzene nesmrteľní"
"There is a secret to our strength"
„Existuje tajomstvo našej sily"
"But no human can unravel this secret"
„Ale žiadny človek nedokáže rozlúštiť toto tajomstvo"
"But let me tell you the secret"
„Ale dovoľte mi prezradiť vám tajomstvo"
"So that you are comforted a little"
„Aby si sa trochu utešil"
"Do you see the pool of water in the palace?"
„Vidíš tú kaluž s vodou v paláci?"
"In that pool of water is a Sphatikasthamba"
„V tom jazierku s vodou je Sphatikasthamba"
"The Sphatikasthamba is deep in the water"
„Sphatikasthamba je hlboko vo vode"
"And on the Sphatikasthamba are two bees"
„A na Sphatikasthambe sú dve včely"
"A human being would have to dive into the water"
„Ľudská bytosť by sa musela ponoriť do vody"
"The human being would have to bring the bees onto dry land"
„Ľudia by museli včely priniesť na suchú zem ."
"Then the human being would have to kill the two bees"
„Potom by človek musel zabiť tie dve včely."
"But not a drop of their blood must touch the ground"
„Ale ani kvapka ich krvi sa nesmie dotknúť zeme"
"Only then can a human kill a Rakshasa"
„Len potom môže človek zabiť Rakšasu"
"But if the blood touches the ground, a thousand Rakshasas will rise"
„Ale ak sa krv dotkne zeme, povstane tisíc Rakšásov."
"But what human will find out this secret?"
„Ale ktorý človek odhalí toto tajomstvo?"
"And what human can achieve this feat?"

„A ktorý človek môže dosiahnuť tento výkon?“
"No human knows the secret to the life of a Rakshasa"
„Žiadny človek nepozná tajomstvo života Rakšasu“
"And no human can achieve such a feat"
„A žiadny človek nemôže dosiahnuť takýto výkon“
"So there is no reason to be sad, my darling"
„Takže nie je dôvod byť smutná, moja drahá.“
"I am practically immortal," she confirmed.
„Som prakticky nesmrteľná,“ potvrdila.
Keshavati treasured the secret in her memory.
Kešavati si toto tajomstvo uchovávala v pamäti.
And then she went back to sleep.
A potom znova zaspala.

Next morning the Rakshasas, as usual, went away.
Nasledujúce ráno Rakšasovia ako zvyčajne odišli.
Champa came out of his hiding-place.
Čampa vyšiel zo svojho úkrytu.
And he roused Keshavati from her sleep.
A zobudil Kešavati zo spánku.
The princess told him the secret she had learnt.
Princezná mu prezradila tajomstvo, ktoré sa naučila.
Champa-Dal immediately started to prepare himself.
Champa-Dal sa okamžite začal pripravovať.
He brought to the pool a knife.
Priniesol si k bazénu nôž.
And he brought a quantity of ashes.
A priniesol množstvo popola.
He took off his heavy clothes.
Vyzliekol si ťažké oblečenie.
He put a drop or two of mustard oil into each ear.
Do každého ucha si vkvapkal kvapku alebo dve horčičného oleja.
To prevent water from entering into his ears.
Aby sa mu nedostala voda do uší.
He swam out into the middle of the water.
Vyplával do stredu vody.

And from there he dove down into the pool.
A odtiaľ sa ponoril do bazéna.
Soon he reached the top of the crystal pillar.
Čoskoro dosiahol vrchol krištáľového stĺpa.
And on Sphatikasthamba were the two bees.
A na Sphatikasthambe boli dve včely.
He caught hold of the two bees he found there.
Chytil dve včely, ktoré tam našiel.
And he swam up again in a singular breath.
A jediným dychom opäť vyplával hore.
He took the knife he had left at the edge of the water.
Vzal si nôž, ktorý nechal na okraji vody.
And over the ashes he cut up the bees.
A nad popolom rozsekal včely.
A drop or two of the blood fell from the bees.
Z včiel spadla kvapka alebo dve krvi.
But their blood did not touch the ground.
Ale ich krv sa nedotkla zeme.
Instead, their blood landed on the ashes.
Namiesto toho ich krv pristála na popole.
A terrible scream was heard at a distance.
V diaľke sa ozval hrozný výkrik.
The scream was the wailing of the Rakshasas.
Výkrik bol nárekom Rakšasov.
They were all running home as fast as they could.
Všetci bežali domov tak rýchlo, ako len vládali.
They wanted to prevent the bees from being killed.
Chceli zabrániť úhynu včiel.
But they could not reach the palace in time.
Ale nedokázali sa včas dostať do paláca.
Because the bees had already perished.
Pretože včely už vyhynuli.
The moment the bees were killed, all the Rakshasas died.
V momente, keď boli včely zabité, zomreli všetci Rakšasovia.
Their carcasses fell on the very spot they were standing.
Ich telá padali na miesto, kde stáli.
Their carcasses now blocked the gateway of the palace.

Ich telá teraz blokovali bránu do paláca.
In this manner the seven hundred Rakshasas were destroyed.
Takto bolo zničených sedemsto Rakšasov.

Afterwards Champa-Dal and Keshavati got married.
Potom sa Champa-Dal a Keshavati vzali.
They made the traditional exchange of garlands of flowers.
Uskutočnili tradičnú výmenu kvetinových girland.
The princess had never been out of the house.
Princezná nikdy nevyšla z domu.
So she naturally expressed a desire to see the outer world.
Preto prirodzene prejavila túžbu vidieť vonkajší svet.
Every morning and evening they went on long walks.
Každé ráno a večer chodili na dlhé prechádzky.
There was a large river Keshavati wished to bathe in.
Bola tam veľká rieka, v ktorej sa Keshavati chcel okúpať.
As she bathed one of Keshavati's hairs came off.
Keď sa kúpala, Keshavati vypadol jeden z vlasov.
There was a special custom in those times.
V tých časoch existoval zvláštny zvyk.
A woman never threw away a hair away by itself.
Žena nikdy nevyhodila ani vlas sám od seba.
A sea-shell was floating in the water.
Vo vode plávala morská mušľa.
So Keshavati tied the strand of hair to the sea-shell.
Kešavati teda priviazala prameň vlasov k morskej mušli.
And then the couple returned to the palace.
A potom sa pár vrátil do paláca.
Meanwhile the sea-shell floated down the stream.
Medzitým mušľa plávala po prúde.
And in due time the sea-shell reached another bathing spot.
A v pravý čas dorazila morská mušľa na ďalšie miesto na kúpanie.
This was the bathing spot Sahasra-Dal went to.
Toto bolo miesto na kúpanie, kam sa Sahasra-Dal vybrala.
Here Champa-Dal's brother performed his ablutions.

Tu vykonal Champa-Dalov brat svoje omývanie.
On this day Sahasra-Dal was in the water.
V tento deň bola Sahasra-Dal vo vode.
He was bathing and swimming with his friends.
Kúpal sa a plával so svojimi kamarátmi.
And so the sea-shell floated past the men.
A tak morská mušľa preplávala okolo mužov.
The men were in a playful mood that day.
Muži mali v ten deň hravú náladu.
"Whoever gets to the sea-shell first wins"
„Kto sa prvý dostane k mušli, vyhráva."
And so they all swam towards the sea-shell.
A tak všetci plávali smerom k mušli.
Sahasra-Dal was the strongest swimmer among his friends.
Sahasra-Dal bol najsilnejším plavcom spomedzi svojich
priateľov.
And so he was the first the reach the sea-shell.
A tak bol prvý, kto dosiahol morskú mušľu.
Examining the seashell, he found a hair tied to it.
Pri skúmaní mušle našiel k nej priviazaný vlas.
But it was a hair of extraordinary length.
Ale boli to vlasy mimoriadne dlhé.
He had never seen such a long hair.
Nikdy predtým nevidel také dlhé vlasy.
The strand of hair was exactly seven cubits long.
Prameň vlasov bol dlhý presne sedem lakťov.
"This strand of hair must belong to a woman"
„Tento prameň vlasov musí patriť žene"
"And this woman must be very remarkable"
„A táto žena musí byť veľmi pozoruhodná"
"I must see who this remarkable woman is"
„Musím vidieť, kto je táto pozoruhodná žena"
Sahasra-Dal was determined to find the remarkable woman.
Sahasra-Dal bola odhodlaná nájsť túto pozoruhodnú ženu.
He went home from the river in a pensive mood.
Od rieky sa vracal domov v zamyslenej nálade.
And he did not proceed to the zenana for breakfast.

A nešiel na raňajky do zenany.
Instead he remained in the outer part of the palace.
Namiesto toho zostal vo vonkajšej časti paláca.
The queen-mother heard about Sahasra-Dal's melancholy.
Kráľovná matka počula o Sahasra-Dalinej melanchólii.
And she heard he had not come to breakfast.
A počula, že neprišiel na raňajky.
So she went to him and asked the reason.
Tak išla k nemu a spýtala sa na dôvod.
He showed her the strand of hair he had found.
Ukázal jej prameň vlasov, ktorý našiel.
**"I must see the woman who's head this strand of hair
adorned"**
„Musím vidieť ženu, ktorá nosí tento prameň vlasov."
The queen-mother was happy to help her son-in-law.
Kráľovná matka rada pomohla svojmu zaťovi.
"Very well," she said to him.
„Výborne," povedala mu.
"You shall soon have that lady in the palace"
„Čoskoro budete mať tú dámu v paláci."
"I promise you to bring her here"
„Sľubujem ti, že ju sem privediem."
The queen mother already had a plan.
Kráľovná matka už mala plán.
Her favourite maid-servant would be good at the job.
Jej obľúbená slúžka by bola na túto prácu dobrá.
Because this maid-servant was very resourceful.
Pretože táto slúžka bola veľmi vynaliezavá.
Of course the queen-mother did not really know her maid.
Kráľovná matka samozrejme svoju slúžku v skutočnosti
nepoznala.
She did not know her favourite maid was a Rakshasi.
Nevedela, že jej obľúbená slúžka je Rakšasí.
"Please find the owner of this strand of hair," she asked.
„Prosím, nájdite majiteľa tohto prameňa vlasov," požiadala.
And her maid-servant more than politely agreed.
A jej slúžka viac než zdvorilo súhlasila.

"It would my pleasure to find this woman"
„Bolo by mi potešením nájsť túto ženu"
"I will soon bring her to the palace"
„Čoskoro ju privediem do paláca"
"I will need a boat build from Hajol wood"
„Budem potrebovať loďku z dreva Hajol."
"The oars of the boat must be made from Mon-Paban wood"
„Veslá lode musia byť vyrobené z dreva Mon-Paban."
The boat makers soon made the boat.
Výrobcovia lodí čoskoro loď vyrobili.
And the boat was launched on the stream.
A loď bola spustená na potok.
The maid-servant went on board of the boat.
Slúžka vstúpila na palubu lode.
With her she took some baskets of wicker.
So sebou si vzala niekoľko košíkov z prútia.
The baskets of wicker were of curious workmanship.
Koše z prútia boli zvláštneho spracovania.
She also took with her some sweetmeats.
Vzala si so sebou aj nejaké sladkosti.
Into the sweetmeats some poison had been mixed.
Do sladkostí bol primiešaný jed.
She snapped her fingers thrice.
Trikrát luskla prstami.
And then she uttered the following charm:
A potom vyslovila nasledujúce kúzlo:
"Boat of Hajol! Oars of Mon Paban!"
"Loď Hajol! Veslá Mon Paban!"
"Take me to the Ghat,"
„Vezmi ma na Ghat,"
"The Ghat in which Keshavati bathes"
„Ghat, v ktorom sa Keshavati kúpe"
The boat heeded to her command.
Loď poslúchla jej rozkaz.
And the boat flew like lightning over the waters.
A loď letela ako blesk ponad vodu.
And the boat left many towns and cities behind.

A loď nechala za sebou mnoho miest a dedín.
At last the boat stopped at a bathing-place.
Nakoniec loď zastavila na mieste na kúpanie.
The Rakshasi maid-servant had reached her goal.
Rakšaská slúžka dosiahla svoj cieľ.
She concluded it was the bathing ghat of Keshavati.
Dospela k záveru, že je to kúpeľný ghát Kešavatí.
She landed with the sweetmeats in her hand.
Pristála so sladkosťami v ruke.
She went to the gate of the palace, and cried aloud:
Išla k bráne paláca a nahlas zvolala:
"Oh Keshavati! Keshavati! I am your aunt"
„Ach, Kešavati! Kešavati! Som tvoja teta."
"Oh Keshavati, I am your mother's sister"
„Ó, Keshavati, som sestra tvojej matky."
"I have come to see you, my darling"
„Prišiel som ťa navštíviť, moja drahá"
"I have come after so many years"
„Prišiel som po toľkých rokoch"
"Are you home, Keshavati?" she asked.
„Si doma, Keshavati?" spýtala sa.
The princess heard the words of the false-aunt.
Princezná počula slová falošnej tety.
She came out of her room and to the entrance of the palace.
Vyšla zo svojej izby a zamierila k vchodu do paláca.
She had no doubt that it was really her aunt.
Nemala žiadne pochybnosti o tom, že je to naozaj jej teta.
And she embraced and kissed her aunt.
A objala a pobozkala svoju tetu.
They both wept rivers of joy.
Obaja plakali riekami radosti.
Although you should know the Rakshasi wept first.
Aj keď by si mal vedieť, že Rakšasi plakali prví.
Keshavati wept with her out of empathy.
Kešavati s ňou z empatie plakala.
Champa-Dal also believed the Rakshasi to be her aunt.
Champa-Dal tiež verila, že Rakšasi je jej teta.

They all ate and drank and enjoyed the happy occasion.
Všetci jedli, pili a užívali si túto šťastnú príležitosť.
And then they took rest in the middle of the day.
A potom si uprostred dňa oddýchli.
And they celebrated again in the evening.
A večer opäť oslavovali.

The next day the celebrations continued at breakfast.
Na druhý deň oslavy pokračovali pri raňajkách.
Champa-Dal had a habit of sleeping after breakfast.
Champa-Dal mal vo zvyku spať po raňajkách.
Towards afternoon, the supposed aunt said to Keshavati:
K popoludni údajná teta povedala Kešavatimu:
"Let us both go to the river and wash ourselves:
„Poďme obaja k rieke a umyme sa:
Keshavati replied, "How can we go now?"
Kešavati odpovedal: „Ako teraz môžeme ísť?"
"My husband is sleeping," she explained.
„Môj manžel spí," vysvetlila.
"Do not worry about your husband's sleep," said the aunt.
„Neboj sa o manželov spánok," povedala teta.
"Let him sleep as much as he likes"
„Nech si spí, koľko chce."
"Let me put these sweetmeats near his bedside"
„Dovoľte mi dať tieto sladkosti blízko jeho postele."
"That way, when he awakes, he has something to eat"
„Takto, keď sa zobudí, bude mať čo jesť."
Then they then went to the river-side.
Potom išli k brehu rieky.
They went close to the spot where the boat was.
Priblížili sa k miestu, kde bola loď.
From a distance Keshavati saw the baskets of wicker-work.
Kešavati z diaľky uvidela koše z prútí.
"Aunt, what beautiful things are those!"
„Teta, aké sú to krásne veci!"
"I wish I could get some of those wicker baskets"
„Kiežby som si mohla zaobstarať nejaké tie prútené košíky"

Her aunt happily obliged her.
Jej teta jej s radosťou vyhovela.
"Come, my child, and look at the wicker baskets"
„Poď, dieťa moje, a pozri sa na prútené košíky"
"You can have as many baskets as you like"
„Môžete mať toľko košíkov, koľko chcete"
Keshavati at first refused to go into the boat.
Kešavati najprv odmietol ísť do lode.
But her aunt was very persuasive.
Ale jej teta bola veľmi presvedčivá.
And finally she went onto the boat.
A nakoniec vošla na loď.
But once on the boat her aunt did a strange thing.
Ale akonáhle bola na lodi, jej teta urobila zvláštnu vec.
The aunt snapped her fingers thrice and said:
Teta trikrát luskla prstami a povedala:
"Boat of Hajol! Oars of Mon-Paban!"
"Loď Hajol! Veslá Mon-Paban!"
"Take me to the Ghat,"
„Vezmi ma na Ghat,"
"The Ghat in which Sahasra-Dal bathes"
„Ghat, v ktorom sa kúpe Sahasra-Dal"
And the boat heeded to her command.
A loď poslúchla jej rozkaz.
And the boat flew like an arrow over the waters.
A loď letela ako šíp ponad vodu.
Keshavati was frightened and began to cry.
Kešavati sa zľakla a začala plakať.
But the boat went on despite her crying.
Ale loď pokračovala v plavbe napriek jej plaču.
And the boat left behind many towns and cities.
A loď nechala za sebou mnoho miest a dedín.
In a trice the boat reached its destination.
V okamihu loď dorazila do cieľa.
The ghat where Sahasra-Dal was in the habit of bathing.
Ghat, kde sa Sahasra-Dal zvykla kúpať.
Keshavati was taken to the palace.

Kešavatiho odviedli do paláca.
Sahasra-Dal admired her beauty and the length of her hair.
Sahasra-Dal obdivovala jej krásu a dĺžku vlasov.
And the ladies of the palace tried their best to comfort her.
A dámy z paláca sa ju zo všetkých síl snažili utešiť.
But she set up a loud cry of protest.
Ale spustila hlasný protestný výkrik.
And she wanted to be taken back to her husband.
A chcela byť vzatá späť k svojmu manželovi.
Finally she saw that she had been taken captive.
Nakoniec si uvedomila, že ju zajali.
So she spoke to the ladies of the palace.
Tak prehovorila k dámam z paláca.
"Upon marriage I made a vow to my husband"
„Pri svadbe som dala svojmu manželovi sľub"
"I promised not to look upon the face of any other man"
„Sľúbil som, že sa nepozriem do tváre žiadnemu inému mužovi"
"I promised to uphold this vow for six months"
„Sľúbil som, že tento sľub budem dodržiavať šesť mesiacov"
She was then lodged away from the others in the palace.
Potom ju ubytovali oddelene od ostatných v paláci.
And she was given a small house to live in.
A dostala malý domček na bývanie.
The window of the house overlooked the road.
Okno domu malo výhľad na cestu.
There she spent the livelong day.
Tam strávila celý život.
And there she spent the livelong night.
A tam strávila celú noc.
Because she had very little sleep.
Pretože spala veľmi málo.
Because her time was spent in sighing and weeping.
Pretože svoj čas trávila vzdychom a plačom.

In the meantime Champa-Dal awoke from his sleep.
Medzitým sa Champa-Dal prebudil zo spánku.

He was distracted with the grief of not finding his wife.
Bol rozptyľovaný smútkom z toho, že nenašiel svoju manželku.
His suspicions turned to the aunt of Keshavati.
Jeho podozrenie sa obrátilo na Kešavatiho tetu.
He knew she was a cheat and an impostor.
Vedel, že je podvodníčka a klamárka.
It must have been her who carried away Keshavati.
Musela to byť ona, kto odniesol Kešavatiho.
He did not eat the sweetmeats left for him.
Nejedol sladkosti, ktoré mu nechali.
Because he suspected the sweets to have been poisoned.
Pretože mal podozrenie, že sladkosti boli otrávené.
He threw one of the sweets to a crow.
Hodil jednu zo sladkostí vrane.
The moment the crow ate the sweet, it dropped down dead.
V momente, ako vrana zjedla sladkosť, padla mŕtva na zem.
This confirmed his suspicion of the pretend aunt.
To potvrdilo jeho podozrenie o falošnej tete.
Maddened with grief, he rushed out of the house.
Šialený žiaľom sa vyrútil z domu.
He was determined to go wherever his feet took him.
Bol odhodlaný ísť kamkoľvek ho nohy zavedú.
Like a madman he blubbered, "Oh Keshavati! Oh Keshavati!"
Ako šialenec vzlykal: „Ó, Kešavati! Ó, Kešavati!"
He travelled on foot day after day.
Deň čo deň cestoval pešo.
And he followed whatever way his feet took him.
A išiel kamkoľvek ho nohy viedli.
Six months he spent travelling in this wearisome manner.
Šesť mesiacov strávil týmto únavným cestovaním.
After six month he reached the capital of Sahasra-Dal.
Po šiestich mesiacoch dorazil do hlavného mesta Sahasra-Dal.
He passed by the gate of the palace.
Prešiel okolo brány paláca.
And from the road he could see a small house.

A z cesty videl malý dom.
And from in the house he could hear sighs.
A z domu počul vzdychy.
Champa-Dal instantly recognized his wife.
Champa-Dal okamžite spoznal svoju ženu.
And Keshavita instantly recognized her husband.
A Kešavita okamžite spoznala svojho manžela.
Keshavita told her husband everything that had happened.
Kešavita povedala manželovi všetko, čo sa stalo.
"The woman asked to go bathing after breakfast"
„Žena požiadala, aby sa mohla po raňajkách okúpať."
"At the river there was a boat"
„Pri rieke stál čln"
"The woman persuaded me onto the boat"
„Žena ma presvedčila na loď"
"And then the boat took us to this place"
„A potom nás loď zaviezla na toto miesto"
"I realized that I had been made captive"
„Uvedomil som si, že som sa stal zajatcom"
"So I told them of my vows to you"
„Tak som im povedal o svojich sľuboch, ktoré som ti dal."
"But tomorrow will be the end of six month"
„Ale zajtra bude koniec šiestich mesiacov."
There was a custom in those days.
V tých časoch bol zvyk.
The fulfilments of vows were publicly recited.
Splnenie sľubov sa verejne recitovalo.
This was normally fulfilled by a learned Brahman.
Toto zvyčajne spĺňal učený Brahman.
They planned for Champa-Dal to take on this role.
Plánovali, že túto úlohu prevezme Champa-Dal.
And so that evening the palace drum was beat.
A tak sa v ten večer ozval palácový bubon.
The king wanted a learned Brahman to make a recitation.
Kráľ chcel, aby učený Brahman predniesol recitáciu.
The story of Keshavati on the fulfilment of her vow.
Príbeh Kešavati o splnení jej sľubu.

Champa-Dal touched the drum and volunteered.
Čampa-Dal sa dotkol bubna a prihlásil sa.
"I will make the recitation of Keshavita's vows"
„Zarecitujem Kešavitine sľuby"
The next morning all assembled in the courtyard.
Nasledujúce ráno sa všetci zhromaždili na nádvorí.
The old king and the queen mother.
Starý kráľ a kráľovná matka.
Sahasra-Dal and his wife were there.
Boli tam Sahasra-Dal a jeho manželka.
All the courtiers and the learned Brahmans of the country.
Všetci dvorania a učení brahmani krajiny.
All royalty was under a huge canopy of silk.
Všetka kráľovská rodina bola pod obrovskou hodvábnou
klenbou.
Keshavati was also there, but behind a veil.
Kešavati tam bola tiež, ale za závojom.
So that she wouldn't be exposed to the rude gaze of people.
Aby nebola vystavená hrubým pohľadom ľudí.
Champa-Dal, the reciter, sat on a dais.
Recitátor Čampa-Dal sedel na pódiu.
And he began to tell the story of Keshavati.
A začal rozprávať príbeh o Kešavati.
"There was once a poor dimwitted Brahman"
„Kedysi bol jeden chudák, hlúpy Brahman"
"This dimwitted man had a wife, but no children"
„Tento hlúpy muž mal manželku, ale žiadne deti"
"But him not having children was probably for the best"
„Ale to, že nemal deti, bolo asi najlepšie pre neho."
"Because he was barely able to meet his own needs"
„Pretože sotva dokázal uspokojiť svoje vlastné potreby"
"And he could hardly supply enough for his wife"
„A sotva dokázal zabezpečiť dosť pre svoju manželku"
"But his dimwittedness was not even his biggest problem"
„Ale jeho hlúposť nebola ani jeho najväčším problémom"
And he continued the story as we have followed it.
A pokračoval v príbehu tak, ako sme ho sledovali.

And sometimes he turned around to Keshavati.

A niekedy sa otočil ku Kešavatimu.

And he asked her if he was telling the story correctly.

A spýtal sa jej, či rozpráva príbeh správne.

And she told him he was telling the story correctly.

A povedala mu, že príbeh rozpráva správne.

"The Brahman woman concluded her fate was sealed"

„Brahmanka dospela k záveru, že jej osud je spečatený"

"And she thought her husband would meet the same fate"

„A myslela si, že jej manžela postihne rovnaký osud."

"And she did not expect her son to be spared either"

„A neočakávala, že jej syn bude ušetrený."

"That night she hardly slept at all"

„V tú noc takmer vôbec nespala"

"The Rakshasi had prevented her from seeing her husband"

„Rakšasi jej zabránili vidieť svojho manžela"

"Early next morning Champa-Dal went to school"

„Skoro ráno nasledujúceho dňa išiel Champa-Dal do školy."

"Before he went to school, she gave her son a golden bottle"

„Predtým, ako išiel syn do školy, dala mu zlatú fľašu."

"In the golden bottle was her own breast milk"

„V zlatej fľaši bolo jej vlastné materské mlieko"

"Carefully watch the colour of the milk"

„Pozorne sledujte farbu mlieka "

During the recitation the Rakshasi maid-servant grew pale.

Počas recitácie slúžka Rakšasi zbledla.

She perceived that her real character was going to be discovered.

Uvedomila si, že jej skutočná povaha bude odhalená.

And Sahasra-Dal was astonished at the knowledge of the reciter.

A Sahasra-Dal žasla nad vedomosťami recitátora.

The reciter clearly told the history of the prince's life.

Recitátor jasne vyrozprával príbeh princovho života.

"A drop or two of the blood fell from the bees"

„Z včiel kvapla jedna alebo dve kvapky krvi"

"But their blood did not touch the ground"

„Ale ich krv sa nedotkla zeme"
"Instead, their blood landed on the ashes"
„Namiesto toho ich krv pristála na popole"
"A terrible scream was heard at a distance"
„V diaľke bolo počuť hrozný výkrik"
"The scream was the wailing of the Rakshasas"
„Krik bol nárekom Rakšasov"
"They were all running home as fast as they could"
„Všetci bežali domov tak rýchlo, ako len vládali."
"They wanted to prevent the bees from being killed"
„Chceli zabrániť zabíjaniu včiel"
"But they could not reach the palace in time"
„Ale nedostali sa do paláca včas."
"Because the bees had already been killed"
„Pretože včely už boli zabité"
"The moment the bees were killed, all the Rakshasas died"
„V momente, keď boli včely zabité, zomreli všetci Rakšasovia"
"Their carcasses fell on the very spot they were standing"
„Ich telá padali na miesto, kde stáli"
"Their carcasses now blocked the gateway of the palace"
„Ich telá teraz zablokovali bránu do paláca"
"In this manner the seven hundred Rakshasas were destroyed"
„Takto bolo zničených sedemsto Rakšasov"
All where enthralled by the story of the Rakshasas.
Všetkých uchvátil príbeh Rakšasov.
Because the story was being told by a true storyteller.
Pretože príbeh rozprával skutočný rozprávač.
All enjoyed the story except for the maid-servant.
Všetkým sa príbeh páčil okrem slúžky.
Because her real character was bound to be discovered.
Pretože jej skutočná povaha musela byť odhalená.
"Champa-Dal touched the drum and volunteered.
„Čampa-Dal sa dotkol bubna a prihlásil sa."
"I will make the recitation of Keshavita's vows"
„Zarecitujem Kešavitine sľuby"
"The next morning all assembled in the courtyard"

„Nasledujúce ráno sa všetci zhromaždili na nádvorí"
"The old king and the queen mother"
„Starý kráľ a kráľovná matka"
"Sahasra-Dal and his wife were there"
„Boli tam Sahasra-Dal a jeho manželka"
"All the courtiers and the learned Brahmans of the country"
„Všetci dvorania a učení brahmani krajiny"
"All royalty was under a huge canopy of silk"
„Celá kráľovská rodina bola pod obrovským hodvábnym
baldachýnom"
"Keshavati was also there, but behind a veil"
„Kešavati tam bola tiež, ale za závojom"
"So that she wouldn't be exposed to the rude gaze of people"
„Aby nebola vystavená hrubým pohľadom ľudí"
"Champa-Dal, the reciter, sat on a dais"
„Čampa-Dal, recitátor, sedel na pódiu"
"And he began to tell the story of Keshavati"
„A začal rozprávať príbeh o Kešavati."
Sahasra-Dal jumped up from his seat.
Sahasra-Dal vyskočil zo svojho miesta.
And he embraced the reciter of the story.
A objal recitátora príbehu.
"You can be none other than my brother Champa-Dal"
„Nemôžeš byť nikto iný ako môj brat Champa-Dal."
Then the prince was inflamed with rage.
Vtedy sa princ rozzúril.
He ordered the maid-servant to come into his presence.
Prikázal slúžke, aby prišla k nemu.
A hole the height of a man was dug in the ground.
V zemi bola vykopaná diera vysoká ako človek.
And the maid-servant was put into the hole, standing.
A slúžku hodili do diery, ona tam stála.
Prickly thorns were heaped around her.
Okolo nej sa nahromadili pichľavé tŕne.
Up to the crown of her head she was covered in thorns.
Až po temeno hlavy bola pokrytá tŕňmi.
In this way the maid-servant was buried alive.

Takto bola slúžka pochovaná zaživa.

After this all lived happily together for many years.

Potom všetci žili šťastne spolu mnoho rokov.

Sahasra-Dal and his princess, and Champa-Dal and Keshavati.

Sahasra-Dal a jeho princezná a Champa-Dal a Keshavati.

The Story of Swet and Bachanta
Príbeh Swet a Bachanty

There was once upon a time a rich merchant.
Kedysi dávno bol jeden bohatý obchodník.
This rich merchant had only one son.
Tento bohatý obchodník mal iba jedného syna.
And he loved his only son very much.
A svojho jediného syna veľmi miloval.
He gave to his son whatever he wanted.
Dal synovi, čo chcel.
Of course his son wanted a beautiful house.
Samozrejme, jeho syn chcel krásny dom.
And he also wanted to have a large garden.
A tiež chcel mať veľkú záhradu.
So a beautiful house was built for him.
Tak mu postavili krásny dom.
And a fine garden was made for him too.
A bola pre neho vytvorená aj krásna záhrada.
The merchant's son was pleased with the garden.
Obchodníkov syn bol so záhradou spokojný.
And he enjoyed walking in the garden.
A užíval si prechádzky v záhrade.
One day a bird's nest caught his attention.
Jedného dňa upútalo jeho pozornosť vtáčie hniezdo.
This bird happens to be called Toontooni.
Tento vták sa náhodou volá Toontooni.
He put his hand into the small bird's nest.
Vložil ruku do malého vtáčieho hniezda.
And in the nest he found an egg.
A v hniezde našiel vajíčko.
He took the egg out of its nest.
Vybral vajíčko z hniezda.
There was an almirah in the wall of his house.
V stene jeho domu bola almirah.
So he put the egg in the almirah.
Tak vložil vajíčko do almiry.

He closed the door of the almirah.
Zatvoril dvere almiry.
And then he thought no more of the egg.
A potom už na vajce nemyslel.
The merchant's son had a house of his own.
Obchodníkov syn mal vlastný dom.
But he had a house without a household.
Ale mal dom bez domácnosti.
So in his house there was no cook.
Takže v jeho dome nebol kuchár.
But he had no need for his own cook.
Ale vlastného kuchára nepotreboval.
Because his mother regularly sent him food.
Pretože mu mama pravidelne posielala jedlo.
In the morning she sent him breakfast.
Ráno mu poslala raňajky.
And every day she had dinner sent to him.
A každý deň mu dávala posielať večeru.
One day the egg in the almirah burst.
Jedného dňa vajíčko v almire prasklo.
But it was not a bird that came out of the egg.
Ale nebol to vták, ktorý vyletel z vajca.
Out of the egg came a beautiful infant.
Z vajíčka vyšlo krásne dieťa.
The infant was not a bird, but a human girl.
Dieťa nebolo vták, ale ľudské dievča.
But the merchant's son knew nothing of the event.
Ale obchodníkov syn o udalosti nič nevedel.
He had forgotten everything about the egg.
Zabudol na všetko o vajíčku.
The door of the wall-almirah had been kept closed.
Dvere múrovej almíry boli zatvorené.
However, the merchant's son did not lock the door.
Obchodníkov syn však dvere nezamkol.
The child grew up within the wall-almirah.
Dieťa vyrastalo v múre - almire.
She had no knowledge of the merchant's son.

O obchodníkovom synovi nemala žiadne vedomosti.
Nor did she know of anyone else.
Ani o nikom inom nevedela.
When the child could walk it grew curious.
Keď dieťa vedelo chodiť, stalo sa zvedavým.
And out of curiosity she opened the door.
A zo zvedavosti otvorila dvere.
That day, too, the mother had sent breakfast.
Aj v ten deň matka poslala raňajky.
And the breakfast had been put on the floor.
A raňajky boli položené na podlahe.
The child saw the food that was on the floor.
Dieťa uvidelo jedlo, ktoré bolo na podlahe.
Of course the child ate from the food.
Samozrejme, dieťa z jedla jedlo zjedlo.
And then the child returned into the wall.
A potom sa dieťa vrátilo do steny.
The merchant's mother always made a lot of food.
Obchodníkova matka vždy veľa varila.
It was more food than he could possibly eat.
Bolo to viac jedla, než dokázal zjesť.
So he didn't notice that any food was missing.
Takže si nevšimol, že nejaké jedlo chýba.
The girl of the wall-almirah came out every day.
Dievča z múru-almira vychádzalo každý deň.
And every day she ate a part of the food.
A každý deň zjedla časť jedla.
After eating the food she returned to the almirah.
Po zjedení sa vrátila do almiry.
But with time the girl got older and older.
Ale časom dievča starlo a starlo.
And with age she got bigger and bigger.
A s vekom bola väčšia a väčšia.
And the bigger she got the hungrier she got.
A čím bola väčšia, tým bola hladnejšia.
And she began to eat more of the food each day.
A začala jesť každý deň viac a viac toho jedla.

Eventually the merchant's son noticed the missing food.

Nakoniec si obchodníkov syn všimol chýbajúce jedlo.

But he had no way of knowing where the food went.

Ale nemal ako vedieť, kam jedlo šlo.

The last thing he suspected was a girl from inside the almirah.

Posledná vec, ktorú tušil, bolo dievča zvnútra almiry.

And so he came to a very different conclusion.

A tak dospel k úplne odlišnému záveru.

"Why is mother sending such a small quantity of food?".

„Prečo mama posiela také malé množstvo jedla?"

And he had a message sent to his mother.

A dal poslať správu svojej matke.

"Why am I being sent insufficient food?".

„Prečo mi posielajú nedostatočné množstvo jedla?"

"And why is the dish served so slovenly?".

„A prečo je to jedlo podávané tak nedbalo?"

Of course we know why the food was insufficient.

Samozrejme vieme, prečo bolo jedlo nedostatočné.

And we know why the food was presented slovenly.

A vieme, prečo bolo jedlo prezentované nedbalo.

The girl from in the wall ate from his food.

Dievča spoza steny jedlo z jeho jedla.

And as she ate she fingered the rice and curry.

A kým jedla, prstami si obhrýzala ryžu a kari.

And she always hurried back into her cell in the wall.

A vždy sa ponáhľala späť do svojej cely v stene.

So that she would not be seen by anyone.

Aby ju nikto nevidel.

She had no time to put the rice in proper order.

Nemala čas dať ryžu do poriadku.

The mother was astonished at her son's complaint.

Matka bola synovou sťažnosťou ohromená.

She gave him more than he could eat.

Dala mu viac, než dokázal zjesť.

The food was served up on a silver plate.

Jedlo sa podávalo na striebornom tanieri.

And she neatly arranged the food herself.
A jedlo si úhľadne naaranžovala sama.
But her son repeated the same complaint again.
Ale jej syn zopakoval tú istú sťažnosť.
Day after day he complained of the small portions.
Deň čo deň sa sťažoval na malé porcie.
Day after day he complained of the messy food.
Deň čo deň sa sťažoval na neporiadok v jedle.
And so his mother began to suspect foul play.
A tak jeho matka začala mať podozrenie z nekalého konania.
She told her son to watch over the food.
Povedala synovi, aby dával pozor na jedlo.
"See if anyone is eating your food".
„Sledujte, či vám niekto neje jedlo.“
The next day a servant brought the food.
Na druhý deň priniesol jedlo sluha.
The servant laid the food in a clean place.
Sluha položil jedlo na čisté miesto.
Normally the merchant's son took a bath.
Obchodníkov syn sa normálne kúpal.
But this day he did not go for a bath.
Ale tento deň sa nešiel okúpať.
Instead, on this day he hid himself nearby.
Namiesto toho sa v tento deň skryl neďaleko.
From his hiding place he could see the food.
Zo svojho úkrytu videl jedlo.
The merchant's son did not have to wait for long.
Obchodníkov syn nemusel dlho čakať.
Soon he saw the wall-almirah open.
Čoskoro uvidel otvorenú nástennú dvere.
And he saw a beautiful damsel step out.
A uvidel vystupovať krásnu dievčinu.
She could not have been more than sixteen.
Nemohla mať viac ako šestnásť.
She sat on the carpet by the breakfast.
Sedela na koberci pri raňajkách.
And she began to eat from the food left on the floor.

A začala jesť z jedla, ktoré zostalo na podlahe.
The merchant's son came out of his hiding-place.
Obchodníkov syn vyšiel zo svojho úkrytu.
And the damsel could not escape from him.
A dievčina pred ním nemohla uniknúť.
"Who are you, beautiful creature?".
„Kto si, krásne stvorenie?"
"You do not seem to be earth-born".
„Zdá sa, že nie si narodený na Zemi."
"Are you one of the daughters of the gods?".
„Si jednou z dcér bohov?"
The girl replied, "I do not know who I am".
Dievča odpovedalo: „Neviem, kto som."
"But there is one thing I do know," the girl continued.
„Ale jednu vec viem," pokračovalo dievča.
"One day I found myself in the almirah in the wall".
„Jedného dňa som sa ocitol v almire v stene."
"And since then I have been living in the wall".
„A odvtedy žijem v stene."
The merchant's son thought her story was strange.
Obchodníkov syn si myslel, že jej príbeh je zvláštny.
But then he thought a bit more about the story.
Ale potom sa nad príbehom trochu viac zamyslel.
And he remembered what happened sixteen years ago.
A spomenul si, čo sa stalo pred šestnástimi rokmi.
He remembered the nest of the toontoori bird.
Spomenul si na hniezdo vtáka toontoori.
And he remembered finding an egg in the nest.
A spomenul si, ako v hniezde našiel vajce.
And he remembered putting the egg in the almirah.
A spomenul si, ako dal vajíčko do almiry.
The wall-almirah girl was of uncommon beauty.
Dievča z almiry na stene bolo neobyčajne krásne.
And the merchant's son was struck by her beauty.
A obchodníkov syn bol ohromený jej krásou.
Her beauty made a deep impression on his mind.
Jej krása na neho hlboko zapôsobila.

And he resolved in his mind to marry her.
A v duchu sa rozhodol, že si ju vezme.
From then on the girl didn't stay in the almirah.
Odvtedy dievča nezostávalo v almire.
She was given a room in the merchant's son's house.
Dostala izbu v dome obchodníkovho syna.
The next day the merchant's son wrote a message.
Na druhý deň napísal obchodníkov syn správu.
And he had the message sent to his mother.
A dal poslať správu svojej matke.
You can guess the general theme of the message.
Môžete uhádnuť všeobecnú tému správy.
The merchant's son said he would like to get married.
Obchodníkov syn povedal, že by sa chcel oženiť.
The mother of the merchant's son reproached herself.
Matka obchodníkovho syna sa vyčítala.
She had not tried to find a wife for his son.
Nepokúšala sa nájsť manželku pre jeho syna.
She felt she should have thought of his marriage.
Mala pocit, že mala myslieť na jeho manželstvo.
And so she promptly replied to her son's message.
A tak pohotovo odpovedala na synovu správu.
She and her father were going to send out ghataks.
Ona a jej otec sa chystali poslať ghataky.
The ghataks were going to go to different countries.
Ghatakovia sa chystali ísť do rôznych krajín.
There they were going to look for suitable brides.
Tam sa chystali hľadať vhodné nevesty.
But the merchant's son said there would be no need.
Ale obchodníkov syn povedal, že to nebude potrebné.
He had secured himself a lovely young lady.
Zabezpečil si krásnu mladú dámu.
If they had no objection, he would introduce her to them.
Ak by nemali námietky, predstavil by im ju.
And so the young lady was taken to the merchant's house.
A tak mladú dámu odviedli do obchodníkovho domu.
The merchant and his wife welcomed the stranger.

Obchodník a jeho žena privítali cudzinca.

And they were also struck by her unmatched beauty.

A boli tiež ohromení jej bezkonkurenčnou krásou.

The girl was of perfect loveliness and grace.

Dievča bolo dokonale pôvabné a pôvabné.

The parents made no questions to her birth.

Rodičia nemali žiadne otázky týkajúce sa jej narodenia.

And the nuptials were celebrated there and then.

A svadba sa oslavovala tam a vtedy.

In the course of time the merchant's son had two sons.

Postupom času mal obchodníkov syn dvoch synov.

The elder of the sons he named Swet.

Staršiemu zo synov dal meno Swet.

And the younger son he named Basanta.

A mladšiemu synovi dal meno Basanta.

After the passing of more time the old merchant died.

Po uplynutí ďalšieho času starý obchodník zomrel.

So the merchant's son now became the merchant.

Tak sa obchodníkov syn stal obchodníkom.

And after some time his mother died too.

A po nejakom čase zomrela aj jeho matka.

Swet and Basanta grew up to be fine lads.

Swet a Basanta vyrástli v fajn chlapcov.

And the elder son was in due time married.

A starší syn sa časom oženil.

Sometime after Swet's marriage his mother also died.

Niekedy po Swetovej svadbe zomrela aj jeho matka.

The girl from in the wall was no more.

Dievča zo steny už nebolo.

The widower lost no time in marrying again.

Vdovec neváhal a znova sa oženil.

And he had a new young and beautiful wife.

A mal novú mladú a krásnu manželku.

Swet's wife was older than his stepmother.

Swetova manželka bola staršia ako jeho nevlastná matka.

So his wife became the mistress of the house.

Tak sa jeho žena stala paňou domu.
The stepmother was like all stepmothers are.
Macocha bola ako všetky macochy.
She hated Swet and Basanta with a perfect hatred.
Nenávidela Sweta a Basantu dokonalou nenávisťou.
And the two ladies also couldn't stand each other.
A tie dve dámy sa tiež nevedeli navzájom vystáť.
It so happened one day that a fisherman came.
Jedného dňa sa stalo, že prišiel rybár.
The fisherman brought to the merchant a fish.
Rybár priniesol obchodníkovi rybu.
This fish was of singular and remarkable beauty.
Táto ryba bola jedinečnej a pozoruhodnej krásy.
It was unlike any other fish that had been seen.
Bola na rozdiel od všetkých ostatných rýb, aké dovtedy videli.
And the fish had other qualities too.
A ryba mala aj iné vlastnosti.
The fisherman explained the wonders of the fish.
Rybár vysvetlil zázraky rýb.
"Two things will happen if you eat this fish".
„Ak zjete túto rybu, stanú sa dve veci."
"When you laugh maniks will drop from your mouth".
„Keď sa budeš smiať, budú ti z úst padať maniky."
"And when you weep pearls will drop from your eyes".
„A keď budeš plakať, budú ti z očí padať perly."
The merchant was astounded by what he had heard.
Obchodník bol ohromený tým, čo počul.
And he wanted the wonderful properties of the fish.
A chcel mať úžasné vlastnosti ryby.
And so he bought the fish at one thousand rupees.
A tak kúpil rybu za tisíc rupií.
And he put the fish into the hands of Swet's wife.
A rybu vložil do rúk Swetovej manželky.
Because Swet's wife was the mistress of the house.
Pretože Swetova manželka bola paňou domu.
He strictly instructed her to cook the fish well.
Prísne jej prikázal, aby rybu dobre uvarila.

And he told her to give the fish to him alone to eat.
A povedal jej, aby dala rybu zjesť len jemu.
The house-mother however knew the fish's secret.
Domáca však poznala tajomstvo ryby.
She had overheard what the fisherman had said.
Začula, čo povedal rybár.
Secretly she made a different plan in her mind.
Tajne si v mysli urobila iný plán.
She was going to cook the fish for her husband.
Chystala sa uvariť rybu pre svojho manžela.
And she was going to share the fish with his brother.
A o rybu sa chystala podeliť s jeho bratom.
For her father-in-law she was going to prepare a frog.
Pre svojho svokra sa chystala pripraviť žabu.
Soon she had finished cooking the marvelous fish.
Čoskoro douvarila tú úžasnú rybu.
And she had finished cooking a frog too.
A dovarila aj žabu.
But from the kitchen she could hear a squabble.
Ale z kuchyne počula hádku.
She could hear who it was that was arguing.
Počula, kto sa to háda.
Her stepmother-in-law and her husband's brother.
Jej nevlastná svokra a brat jej manžela.
And she understood the cause of the argument.
A pochopila príčinu hádky.
Basanta was still but a young lad.
Basanta bol stále len mladý chlapec.
But he was passionately fond of his pigeons.
Ale mal vášnivý záujem o svoje holuby.
And he tamed his pigeons very well.
A svoje holuby skrotil veľmi dobre.
Nonetheless, one of his pigeons had escaped.
Napriek tomu jeden z jeho holubov utiekol.
And the pigeon flew into his stepmother's room.
A holub vletel do izby svojej nevlastnej matky.
His stepmother hid the pigeon in her clothes.

Jeho nevlastná matka schovala holuba do svojho oblečenia.
Basanta rushed after the pigeon into the room.
Basanta sa ponáhľal za holubom do miestnosti.
And he loudly demanded to have the pigeon back.
A hlasno požadoval, aby mu holuba vrátili.
His stepmother denied having the pigeon.
Jeho nevlastná matka poprela, že by holuba mala.
Swet, however, did know she had the pigeon.
Swet však vedela, že má holuba.
And the older brother forcibly took the bird.
A starší brat vtáka násilím vzal.
And he freed the pigeon from her clothes.
A oslobodil holubicu zo šiat.
And he gave the pigeon back to his brother.
A vrátil holuba svojmu bratovi.
The stepmother cursed and swore, and added;
Macocha preklínala a prisahala a dodala;
"Wait until the head of the house comes home".
„Počkajte, kým príde domov hlava domu.“
"He will get no water till he sheds your blood".
„Nedostane vodu, kým nepreleje tvoju krv.“
Swet's wife called her husband and said to him;
Swetova žena zavolala svojmu manželovi a povedala mu;
"My dearest lord, that woman is a most wicked woman".
„Môj najdrahší pane, tá žena je najzlomyseľnejšia žena.“
"And she has boundless influence over my father-in-law".
„A má bezhraničný vplyv na môjho svokra.“
"She will make him do what she has threatened".
„Donúti ho urobiť to, čím mu vyhrážala.“
"All our lives are in imminent danger".
„Životy všetkých našich ľudí sú v bezprostrednom ohrození.“
"But let us first eat a little," she added.
„Ale najprv sa trochu najeme,“ dodala.
"And then let us all three run away from this place".
„A potom všetci traja utečme z tohto miesta.“
Swet forthwith called Basanta to him.
Swet okamžite zavolal k sebe Basantu.

And he told him what he had heard from his wife.
A povedal mu, čo počul od svojej ženy.
They resolved to run away before nightfall.
Rozhodli sa utiecť pred zotmením.
The woman placed before her husband the fish.
Žena položila pred svojho manžela rybu.
And her brother-in-law ate of the fish too.
A jej švagor tiež jedol z tú rybu.
And they ate of the fish heartily.
A s chuťou jedli z rýb.
The woman packed up all her jewels in a box.
Žena zbalila všetky svoje šperky do krabice.
There was only one horse in the stables.
V stajni bol iba jeden kôň.
But the horse was of uncommon fleetness.
Ale kôň bol nezvyčajne rýchly.
They could all sit on the horse together.
Všetci mohli spolu sedieť na koni.
Swet held the reins of the horse.
Swet držala opraty koňa.
The woman sat in the middle of the horse.
Žena sedela uprostred koňa.
And she had the jewel-box in her lap.
A mala šperkovnicu na kolenách.
And Basanta sat on the rear of the horse.
A Basanta sedel na zadnej časti koňa.
The horse galloped with the utmost swiftness.
Kôň cválal s najväčšou rýchlosťou.
They passed through many a plain and noted town.
Prešli cez mnoho prostý a známych miest.
After midnight they found themselves in a forest.
Po polnoci sa ocitli v lese.
And they were not far from the banks of a river.
A neboli ďaleko od brehov rieky.
Here the most untoward event took place.
Tu sa odohrala najneobvyklejšia udalosť.
Swet's wife began to feel the pains of child-birth.

Swetova manželka začala pociťovať pôrodné bolesti.
They dismounted from the horse without delay.
Bez váhania zosadli z koňa.
And within an hour Swet's wife gave birth to a son.
A do hodiny Swetova manželka porodila syna.
What were the two brothers to do in this forest?
Čo mali dvaja bratia robiť v tomto lese?
They knew that a fire had to be kindled.
Vedeli, že treba založiť oheň.
The mother and the new-born baby needed warmth.
Matka a novonarodené dieťa potrebovali teplo.
But from where was there fire to be gotten?
Ale odkiaľ sa dal vziať oheň?
There were no human habitations visible.
Nebolo vidieť žiadne ľudské obydlia.
Nonetheless, a fire had to be procured.
Napriek tomu bolo potrebné založiť oheň.
And it was the winter month of December.
A bol zimný mesiac december.
The mother and the baby would certainly perish.
Matka aj dieťa by určite zahynuli.
Swet told Basanta to sit beside his wife.
Swet povedal Basantovi, aby si sadol vedľa jeho manželky.
And he set out in the darkness of the night.
A vydal sa na cestu v temnote noci.
And he went in search of wood to make a fire.
A išiel hľadať drevo, aby si založil oheň.
Swet walked many a mile through the darkness.
Swet prešla mnoho míľ tmou.
But despite the distance he saw no human habitations.
Ale napriek vzdialenosti nevidel žiadne ľudské obydlia.
But eventually his eyes were given some help.
Ale nakoniec sa jeho očiam dostalo nejakej pomoci.
The genial light of Sukra somewhat illumined his path.
Príjemné svetlo Šukry mu do istej miery osvetlilo cestu.
And he saw at a distance what seemed a large city.
A v diaľke uvidel niečo, čo vyzeralo ako veľké mesto.

He was congratulating himself on his journey's end.
Gratuloval si ku koncu svojej cesty.
And he congratulated himself for finding fire.
A gratuloval si k tomu, že našiel oheň.
The fire that was going to benefit his poor wife.
Oheň, ktorý mal byť prospešný pre jeho úbohú manželku.
His wife that was lying cold in the forest.
Jeho žena, ktorá ležala zima v lese.
The fire that was going to save his new-born child.
Oheň, ktorý mal zachrániť jeho novonarodené dieťa.
The new-born baby born into the coldness.
Novorodenec narodený do chladu.
Suddenly an elephant shot across his path.
Zrazu mu cestu prekrižoval slon.
The elephant was gorgeously caparisoned.
Slon bol nádherne vyzdobený.
And the elephant gently picked him with his trunk.
A slon ho jemne zdvihol chobotom.
He placed him on the rich howdah on its back.
Položil ho na chrbát bohatého koča.
The elephant then walked rapidly towards the city.
Slon potom rýchlo kráčal smerom k mestu.
Swet was quite taken aback by the events.
Swet bol udalosťami dosť zaskočený.
He did not understand the elephant's actions.
Nerozumel sloniným činom.
And he wondered what was in store for him.
A premýšľal, čo ho čaká.
A crown is that which was in store for him.
Koruna bola to, čo ho čakalo.
He was being taken to the chief city of a kingdom.
Odviedli ho do najväčšieho mesta kráľovstva.
In this kingdom every morning a king was elected.
V tomto kráľovstve sa každé ráno volil kráľ.
Because the kings of this city lasted but a day.
Pretože králi tohto mesta trvali len jeden deň.
Every night the new king joined the queen in her room.

Každý večer sa nový kráľ pripájal ku kráľovnej v jej izbe.
And every morning the previous king was found dead.
A každé ráno našli predchádzajúceho kráľa mŕtveho.
No one knew what caused the deaths of the kings.
Nikto nevedel, čo spôsobilo smrť kráľov.
Not even the queen knew what caused their death.
Ani kráľovná nevedela, čo spôsobilo ich smrť.
So this kingdom had its own king-maker.
Takže toto kráľovstvo malo svojho vlastného tvorcu kráľa.
The elephant who suddenly took hold of Swet.
Slon, ktorý zrazu chytil Sweta.
Early in the morning the elephant roamed about.
Skoro ráno sa slon potuloval.
Sometimes the elephant went to distant places.
Niekedy slon odišiel na vzdialené miesta.
And every evening the elephant returned with a man.
A každý večer sa slon vracal s človekom.
The man on the elephant's became their king.
Muž na slonovi sa stal ich kráľom.
The elephant majestically marched through the streets.
Slon majestátne pochodoval ulicami.
A crowd of people welcomed their new king.
Dav ľudí privítal svojho nového kráľa.
But Swet did not yet understand their cheers.
Ale Swet ešte nechápala ich jasot.
The elephant entered the kingdom's palace.
Slon vošiel do kráľovského paláca.
And the elephant placed Swet on the throne.
A slon posadil Sweta na trón.
Amid much rejoicing he was proclaimed king.
Uprostred veľkej radosti bol vyhlásený za kráľa.
But there were lamentations in the crowd too.
Ale v dave sa ozývali aj náreky.
In the course of the day he heard of the curse.
V priebehu dňa počul o kliatbe.
The nightly death of every newly elected king.
Nočná smrť každého novozvoleného kráľa.

But Swet was possessed of great discretion.
Ale Swet mal veľkú diskrétnosť.
And he had the courage not to try an escape.
A mal odvahu nepokúsiť sa o útek.
He took every precaution that he could take.
Urobil všetky možné preventívne opatrenia.
But he did not know how to avert the catastrophe.
Ale nevedel, ako odvrátiť katastrofu.
And he knew not what expedients to adopt.
A nevedel, aké prostriedky má prijať.
Because he didn't know the nature of the danger.
Pretože nepoznal povahu nebezpečenstva.
He resolved, however, upon two things;
Rozhodol sa však pre dve veci;
He was going to go armed into the bedchamber.
Chystal sa ísť ozbrojený do spálne.
And he was going to stay awake the whole night.
A mal v úmysle zostať hore celú noc.
The queen was young and of exquisite beauty.
Kráľovná bola mladá a mimoriadne krásna.
Guileless and benevolent was the expression of her face.
Výraz jej tváre bol bezúhonný a dobrotivý.
It was impossible to attribute her any malice.
Bolo nemožné jej pripísať akúkoľvek zlomyseľnosť.
No one believed she caused all the kings' deaths.
Nikto neveril, že spôsobila smrť všetkých kráľov.
In the queen's chamber Swet spent an agreeable evening.
V kráľovninej komnate strávila Swet príjemný večer.
As the night advanced the queen fell asleep.
Ako noc postupovala, kráľovná zaspala.
But Swet kept awake, and was on the alert.
Ale Swet zostala bdelá a bola v strehu.
He looked at every creek and corner of the room.
Pozrel sa na každý potok a kút miestnosti.
And he expected every minute to be murdered.
A očakával, že každú minútu bude zavraždený.
But the queen did not rise to murder him.

Ale kráľovná sa nepostavila, aby ho zavraždila.
And no one entered the room to murder him either.
A nikto nevstúpil do miestnosti, aby ho zavraždil.
Nor did he feel anything other than sleepiness.
Necítil nič iné ako ospalosť.
But in the dead of night he perceived something.
Ale uprostred noci si niečo všimol.
A thread was coming out the queen's nostril.
Z kráľovninej nosnej dierky trčala niť.
The thread was so thin that it was almost invisible.
Niť bola taká tenká, že ju takmer nebolo vidieť.
Slowly the thread reached several yards in length.
Niť pomaly dosiahla dĺžku niekoľkých metrov.
And eventually all the thread came out.
A nakoniec vyšla von celá niť.
Only then did the thread begin to grow thicker.
Až potom začala niť hrubnúť.
Soon the thread took on its real shape.
Niť čoskoro nadobudla svoj skutočný tvar.
The thread was in fact a huge serpent.
Niť bola v skutočnosti obrovský had.
Immediately Swet cut off the head of the serpent.
Swet okamžite odťal hadovi hlavu.
The body of the serpent wriggled violently.
Telo hada sa prudko zvíjalo.
He sat quiet in the room, expecting other adventures.
Ticho sedel v izbe a očakával ďalšie dobrodružstvá.
But nothing else happened the rest of the night.
Ale zvyšok noci sa nič iné nestalo.
The queen slept longer than usual.
Kráľovná spala dlhšie ako zvyčajne.
Because she had been relieved of the huge snake.
Pretože sa zbavila obrovského hada.
Early next morning the ministers came.
Skoro ráno nasledujúceho dňa prišli ministri.
They were expecting to hear of the king's death.
Očakávali, že sa dozvedia o kráľovej smrti.

The ladies of the bedchamber knocked at the door.
Dámy z spálne zaklopali na dvere.
But to their astonishment Swet come out.
Ale na ich prekvapenie Swet vyšiel von.
The folk learned the mystery of all the kings' deaths.
Ľudia sa dozvedeli záhadu úmrtí všetkých kráľov.
And now the country rejoiced their permanent king.
A teraz sa krajina radovala zo svojho stáleho kráľa.
There is a strange thing you probably noticed.
Je tu jedna zvláštna vec, ktorú ste si pravdepodobne všimli.
Swet did not remember his wife he left behind.
Swet si nepamätal svoju manželku, ktorú zanechal.
It is a strange thing, nevertheless it is true.
Je to zvláštna vec, napriek tomu je to pravda.
Nor did he remember the defenseless new-born babe.
Ani si nepamätal bezbranné novonarodené dieťa.
And he did not remember his brother either.
A nepamätal si ani na svojho brata.
He had no time to remember when the elephant came.
Nemal čas spomenúť si, kedy prišiel slon.
On the first night he had to worry for his own life.
Prvú noc sa musel obávať o svoj život.
And now the crown brought on his forgetfulness.
A teraz koruna priniesla jeho zábudlivosť.
But he had entrusted his wife and child to Basanta.
Ale svoju ženu a dieťa zveril Basantovi.
And his brother sat waiting for many weary hours.
A jeho brat sedel a čakal mnoho únavných hodín.
Every moment he expected to see Swet return with fire.
Každú chvíľu očakával, že sa Swet vráti s ohňom.
But the whole night passed away without his return.
Ale celá noc uplynula bez jeho návratu.
At sunrise he went to the bank of the river.
Pri východe slnka išiel na breh rieky.
There he anxiously looked about for his brother.
Tam úzkostlivo hľadal svojho brata.
But his waiting and searching were all in vain.

Ale všetko jeho čakanie a hľadanie bolo márne.

Distressed beyond measure, he wept at the riverside.

Nesmierne zúfalý plakal pri rieke.

As he was weeping a boat was passing by.

Keď plakal, okolo prechádzala loďka.

In the boat a merchant was returning from business.

V člne sa vracal obchodník z obchodu.

The boat was not far from the shore.

Loď nebola ďaleko od brehu.

So the merchant could see Basanta weeping.

Obchodník teda videl Basantu plakať.

Something struck the attention of the merchant.

Niečo upútalo pozornosť obchodníka.

By the weeping man appeared to be a pile of pearls.

Pri plačúcom mužovi sa zdala byť kopa perál.

The merchant requested the boatman to halt.

Obchodník požiadal prievozníka, aby zastavil.

And the merchant went to the weeping man.

A obchodník išiel k plačúcemu mužovi.

By the weeping man was in fact a pile of pearls.

Pri plačúcom mužovi bola v skutočnosti kopa perál.

And the pearls were of the highest quality.

A perly boli najvyššej kvality.

And another thing astonished the merchant.

A ešte jedna vec obchodníka prekvapila.

The pile of pearls grew larger every second.

Kôpka perál sa každú sekundu zväčšovala.

Because the man was crying, but not tears.

Pretože muž plakal, ale nie slzy.

Because his tears turned to pearls on the ground.

Pretože jeho slzy sa premenili na perly na zemi.

The merchant stowed away the pearls into his boat.

Obchodník si perly uložil do lode.

Then the merchant got his servants to help him.

Potom si obchodník zavolal na pomoc svojich sluhov.

And together they captured the crying man.

A spoločne chytili plačúceho muža.

They put him on board of the vessel.
Naložili ho na palubu lode.
And he tied him to one of the ship's masts.
A priviazal ho k jednému zo sťažňov lode.
Basanta, of course, tried his best to resist.
Basanta sa samozrejme zo všetkých síl snažil odolať.
But what could he do against so many sailors?
Ale čo mohol urobiť proti toľkým námorníkom?
He thought of his brother who never returned.
Myslel na svojho brata, ktorý sa už nikdy nevrátil.
He thought of his sister-in-law in the forest.
Myslel na svoju švagrinú v lese.
And he thought of his newly born niece.
A myslel na svoju čerstvo narodenú neter.
And he cried even more bitterly than before.
A plakal ešte horkejšie ako predtým.
His weeping mightily pleased the merchant.
Jeho plač obchodníka veľmi potešil.
Because even more pearls were falling to the ground.
Pretože na zem padalo ešte viac perál.
And the merchant became richer and richer.
A obchodník bohatol a bohatol.
Eventually the merchant reached his native town.
Nakoniec obchodník dorazil do svojho rodného mesta.
When they got there he confined Basanta in a room.
Keď tam dorazili, zavrel Basantu do miestnosti.
At stated hours every day he had him whipped.
Každý deň v určených hodinách ho dával zbičovať.
In order to make him shed yet more tears.
Aby ho prinútila roniť ešte viac sĺz.
And every tear converted into a bright pearl.
A každá slza sa premenila na žiarivú perlu.
The merchant one day said to his servants;
Obchodník jedného dňa povedal svojim sluhom:
"The fellow is making me rich by his weeping".
„Ten chlapík ma obohacuje svojím plačom."
"Let us see what he gives me by laughing".

„Uvidíme, čo mi dá tým, že sa bude smiať."
Accordingly, he began to tickle his captive.
Preto začal svojho zajatca šteklit.
Upon being tickled Basanta began to laugh.
Keď Basantu pošteklili, začal sa smiať.
Of course he was not laughing out of happiness.
Samozrejme, že sa nesmial od šťastia.
But none the less maniks dropped from his mouth.
Ale napriek tomu mu z úst padali maniky.
After this Basanta was not just whipped anymore.
Potom už Basanta nebol len zbičovaný.
Now he was alternately whipped and tickled.
Teraz ho striedavo šľahali a šteklili.
All day and far into the night he was exploited.
Celý deň a dlho do noci ho vykorisťovali.
The merchant's wealth increased day and night.
Obchodníkov majetok rástol dňom i nocou.
Soon he became the wealthiest man in the land.
Čoskoro sa stal najbohatším mužom v krajine.
But let us return to Basanta's subjugation later.
Ale k Basantovmu podmaneniu sa vráťme neskôr.
Now let us turn our attention to Swet's wife.
Teraz sa zamerajme na Swetovu manželku.

Swet's abandoned wife was still in the forest.
Swetova opustená manželka bola stále v lese.
She had just given birth to her child.
Práve porodila svoje dieťa.
But now she was alone in the forest.
Ale teraz bola v lese sama.
First her husband had abandoned her.
Najprv ju opustil jej manžel.
And now her brother-in-law abandoned her too.
A teraz ju opustil aj jej švagor.
Imagine how overwhelmed with grief she felt.
Predstavte si, ako ju premohol žiaľ.
Alone, and in a forest, far from civilization.

Sám a v lese, ďaleko od civilizácie.
Her case was indeed deserving of sympathy.
Jej prípad si skutočne zaslúžil súcit.
She wept rivers of sad and lonely tears.
Ronila rieky smutných a osamelých sĺz.
Excessive grief, however, brought her relief.
Nadmerný smútok jej však priniesol úľavu.
She fell asleep with the new-born in her arms.
Zaspala s novorodencom v náručí.
While she was deep in sleep another tragedy took place.
Zatiaľ čo hlboko spala, stala sa ďalšia tragédia.
It so happened that the Kotwal was passing by.
Náhodou práve prechádzal Kotwal.
He had recently suffered his own misfortune.
Nedávno utrpel vlastnú smolu.
But his misfortune was of a different nature.
Jeho smola však bola iného charakteru.
The children his wife bore died shortly after birth.
Deti, ktoré mu jeho manželka porodila, zomreli krátko po narodení.
And he was now going to bury the last infant.
A teraz sa chystal pochovať posledné dieťa.
He was heading to the banks of the river.
Smeroval k brehu rieky.
The place where the other infants were buried.
Miesto, kde boli pochované ostatné deti.
But then he saw the woman sleeping in the forest.
Ale potom uvidel ženu spať v lese.
And in her arms he saw her holding a baby.
A v jej náručí ju uvidel, ako drží dieťa.
The infant was a lively and beautiful boy.
Dieťa bolo živé a krásne chlapček.
His liveliness did not disturb his mother's sleep.
Jeho živosť nerušila matkin spánok.
The Kotwal wanted the lovely infant very much.
Kotwalovia si veľmi priali to krásne dieťa.
He quietly took the child from his mother.

Ticho vzal dieťa od matky.
And in her arms he placed his own dead child.
A do jej náručia položil svoje vlastné mŕtve dieťa.
Of course this is not what he could tell his wife.
Samozrejme, toto svojej žene povedať nemohol.
"We both thought that our son had died".
„Obaja sme si mysleli, že náš syn zomrel."
"And I carried his body to the river bank".
„A jeho telo som odniesol na breh rieky."
"And that was when a miracle occurred".
„A vtedy sa stal zázrak."
"Once more our son opened his young eyes".
„Náš syn opäť otvoril svoje mladé oči."
"And now we have a beautiful and lively boy".
„A teraz máme krásneho a živého chlapca."
But Swet's wife did not know the true events.
Swetova manželka však nepoznala skutočné udalosti.
When she woke she held the dead child in her arms.
Keď sa prebudila, držala v náručí mŕtve dieťa.
And she thought it was her child that had died.
A ona si myslela, že zomrelo jej dieťa.
The distress of her mind may easily be imagined.
Jej duševné utrpenie si možno ľahko predstaviť.
The whole world became dark to her.
Celý svet sa jej stal temným.
She was distracted by the loss of her child.
Strata dieťaťa ju rozptyľovala.
And in her distraction she formed a resolution.
A vo svojej roztržitosti si vytvorila predsavzatie.
She had resolved to take her own life.
Rozhodla sa vziať si život.
The river was not far from where she had slept.
Rieka nebola ďaleko od miesta, kde spala.
And she determined to drown herself in the river.
A rozhodla sa utopiť v rieke.
She took in her hand the bundle of jewels.
Vzala do ruky zväzok šperkov.

And then she proceeded to the river-side.
A potom pokračovala k brehu rieky.
An old Brahman was at no great distance.
Starý Brahman nebol vo veľkej vzdialenosti.
The Brahman was performing his morning ablutions.
Brahman vykonával svoje ranné umývanie.
He noticed the woman going into the water.
Všimol si ženu, ako ide do vody.
Naturally he thought that she was going to bathe.
Prirodzene si myslel, že sa ide okúpať.
But then he saw her going into the deep waters.
Ale potom ju uvidel, ako ide do hlbokej vody.
Something akin to suspicion arose in his mind.
V jeho mysli sa vynorilo niečo podobné podozreniu.
The Brahman discontinued his devotions.
Brahman prerušil svoju oddanosť.
He too waded out towards the river's depth.
Aj on sa brodil smerom k hlbinám rieky.
And he ordered the woman to come to him.
A prikázal žene, aby k nemu prišla.
Swet's wife heard the old man calling her.
Swetova žena počula, ako ju starý muž volá.
So she retraced her steps to the old man.
Vrátila sa teda k starcovi.
"What were your intentions?" asked the Braham.
„Aké boli vaše úmysly?“ spýtal sa Braham.
And the woman confirmed his suspicions.
A žena potvrdila jeho podozrenie.
"I was going to put an end to my life".
„Chcel som ukončiť svoj život.“
And she thanked the Brahman for saving her.
A poďakovala Brahmanovi za to, že ju zachránil.
"Accept these jewels as a sign of appreciation".
„Prijmite tieto šperky ako prejav uznania.“
The Brahman accepted the sign of appreciation.
Brahman prijal znamenie uznania.
But he was more interested in her story.

Ale viac ho zaujímal jej príbeh.
And at his request she related her story.
A na jeho žiadosť vyrozprávala svoj príbeh.
She had escaped from her stepmother in law.
Unikla pred svojou nevlastnou svokrou.
In the forest she gave birth to a child.
V lese porodila dieťa.
First her husband went looking for fire.
Najprv jej manžel išiel hľadať oheň.
But her husband never came back to her.
Ale jej manžel sa k nej už nikdy nevrátil.
Then her brother-in-law looked for her husband.
Potom jej švagor hľadal jej manžela.
But her brother-in-law did not return either.
Ale ani jej švagor sa nevrátil.
Eventually she fell asleep with her child.
Nakoniec zaspala so svojím dieťaťom.
But when she woke her child was dead.
Ale keď sa zobudila, jej dieťa bolo mŕtve.
And that's when she decided to drown herself.
A vtedy sa rozhodla utopiť.
She felt the relieve of telling her fate.
Cítila úľavu, keď mohla povedať svoj osud.
The Brahman invited the woman to his house.
Brahman pozval ženu do svojho domu.
And the woman was accepted into his family.
A žena bola prijatá do jeho rodiny.
The Brahman's wife treated her like a daughter.
Brahmanova manželka sa k nej správala ako k dcére.
And she spent years with her new family.
A strávila roky so svojou novou rodinou.
Swet spend those years in his kingdom.
Swet strávil tie roky vo svojom kráľovstve.
Basanta spent those years being tortured.
Basanta strávil tie roky mučením.
And the adopted son of the Kotwal grew up.
A adoptívny syn Kotwalov vyrástol.

The Brahman's house was not far from the Kotwal's.
Dom Brahmana nebol ďaleko od domu Kotwalovcov.
So the Kotwal's son met the Brahman's adopted daughter.
Kotwalov syn sa teda stretol s Brahmanovou adoptívnou dcérou.
And the lad thought he fell in love with her.
A chlapec si myslel, že sa do nej zamiloval.
He spoke to his father about the woman.
Hovoril so svojím otcom o tej žene.
And the father spoke to the Brahman about the woman.
A otec hovoril s Brahmanom o žene.
The Brahman's rage knew no bounds.
Brahmanov hnev nepoznal hraníc.
"What is this insolence!" the Brahman protested.
„Čo je to za drzosť!" protestoval Brahman.
"Your son is the son of an infidel".
„Tvoj syn je synom neveriaceho."
"How can he aspire to the hand of a Brahman's daughter!?".
„Ako môže túžiť po ruke dcéry Brahmana!?"
"A dwarf may as well aspire to catch hold of the moon!".
„Trpaslík by sa rovnako dobre mohol snažiť chytiť Mesiac!"
But the Kotwal's son determined to have her by force.
Kotwalov syn sa však rozhodol získať ju násilím.
One day he scaled the wall of the Brahman's house.
Jedného dňa vyliezol na múr Brahmanovho domu.
He got upon the thatched roof of the cow-house.
Vyliezol na slamenú strechu kravína.
And from that lofty position he reconnoitered.
A z tejto vznešenej pozície vykonával prieskum.
And he saw two young calves below him.
A uvidel pod sebou dve mladé teľatá.
And he overheard the conversation of two young calves.
A začul rozhovor dvoch mladých teliat.
"Men accuse us of brutish ignorance and immorality".
„Muži nás obviňujú z hrubej nevedomosti a nemorálnosti."
"But in my opinion men are fifty times worse".
„Ale podľa mňa sú muži päťdesiatkrát horší."

"What makes you say so, brother?" the calf asked.

„Čo ťa k tomu vedie, brat?" spýtalo sa teľa.

"Have you witnessed instances of human depravity?".

„Boli ste svedkami prípadov ľudskej skazenosti?"

"Who is a greater monster than the Kotwal's son?".

„Kto je väčšia príšera ako Kotwalov syn?"

"The same lad standing on the thatched roof".

„Ten istý chlapec stojaci na slamenej streche."

"The roof of this hut above our heads".

„Strecha tejto chatrče nad našimi hlavami."

"I thought he was just the son of our Kotwal".

„Myslel som si, že je to len syn nášho Kotwala."

"I never heard that he was exceptionally vicious".

„Nikdy som nepočul, že by bol mimoriadne krutý."

"You may have never heard of his wickedness".

„Možno ste o jeho zlobe nikdy nepočuli."

"But now you will hear of his wickedness from me".

„Ale teraz odo mňa počujete o jeho zlobe."

"This wicked lad is now making immoral plans".

„Tento zlý chlapec teraz kuje nemorálne plány."

"He is trying get married to his own mother!".

„Snaží sa oženiť s vlastnou matkou!"

The First Calf then related the whole story.

Prvé teľa potom vyrozprávalo celý príbeh.

And the inquisitive Second Calf listened.

A zvedavé Druhé teľa počúvalo.

And the calf told Swet's and Basanta's story.

A teľa porozprávalo Swetov a Basantin príbeh.

"A merchant built a house for his son"

„Obchodník postavil dom pre svojho syna"

"In the garden of the house was a Toontooni bird"

„V záhrade domu bol vták Toontooni."

"In the nest of the Toontooni bird was an egg"

„V hniezde vtáka Toontooni bolo vajce."

"The merchant's son put the egg in an almirah"

„Obchodníkov syn vložil vajíčko do almiry"

"Out of the egg came a beautiful girl"

„Z vajíčka vyšlo krásne dievča"
"Eventually the merchant's son married this beautiful girl"
„Nakoniec sa obchodníkov syn oženil s týmto krásnym
dievčaťom"
"Together they had two children; Swet and Basanta"
„Mali spolu dve deti; Swet a Basantu."
"Some time later the grandfather of the children died"
„O nejaký čas neskôr zomrel starý otec detí"
"Some time later again their grandmother died too"
„O nejaký čas neskôr zomrela aj ich stará mama."
"At the right time, the oldest son, Swet, got married"
„V pravý čas sa najstarší syn Swet oženil"
"His mother, the Toontooni woman, died sometime later"
„Jeho matka, žena z Toontooni, zomrela o niečo neskôr."
"Soon after their father married a younger woman"
„Krátko po tom, čo sa ich otec oženil s mladšou ženou"
"But their new stepmother hated her stepsons"
„Ale ich nová nevlastná matka nenávidela svojich nevlastných
synov"
"And she also hated her new stepdaughter-in-law"
„A tiež nenávidela svoju novú nevlastnú nevestu"
"One day a fisherman happened to visit the merchant"
„Jedného dňa obchodníka navštívil rybár."
"The Fisherman had sold the merchant a magical fish"
„Rybár predal obchodníkovi čarovnú rybu"
"Whoever ate the fish would laugh maniks"
„Ktokoľvek by zjedol rybu, smial by sa ako manik"
"And whoever ate the fish would weep pearls"
„A ktokoľvek by jedol rybu, plakal by perly"
"The same day there was an argument over some pigeons"
„V ten istý deň sa hádali o holuby."
"The stepmother was terribly vengeful to her stepsons"
„Nevlastná matka bola strašne pomstychtivá voči svojim
nevlastným synom"
"And she swore revenge on her stepsons"
„A prisahala pomstu svojim nevlastným synom ."
"That day Swet, his wife, and Basanta escaped"

„V ten deň Swet, jeho žena a Basanta utiekli"
"But before leaving they ate the magical fish"
„Ale predtým, ako odišli, zjedli magickú rybu."
"On their journey Swet's wife gave birth to a baby boy"
„Počas ich cesty Swetova manželka porodila chlapčeka"
"Swet went to look for wood to make a fire"
„Sweet išla hľadať drevo na oheň"
"But he was carried away by an elephant"
„Ale odniesol ho slon"
"He was taken to a Queen haunted by a snake"
„Odniesli ho ku kráľovnej, ktorú prenasledoval had. "
"But he succeeded in killing the serpent"
„Ale podarilo sa mu zabiť hada"
"And so he became king of the land"
„A tak sa staľ kráľom krajiny"
"Basanta went looking for his brother"
„Basanta išiel hľadať svojho brata"
"But he was captured by a merchant"
„Ale zajal ho obchodník."
"And now he's flogged and tickled daily"
„A teraz ho každý deň bičujú a šteklia."
"And he cries pearls and laughs maniks"
„A plače perly a smeje sa manikom"
"The Kotwal's son had died that night"
„Kotwalov syn zomrel v tú noc"
"So the Kotwal exchanged the two babies"
„Kotwalovia si teda vymenili dve mláďatá"
"The mother couldn't bear the loss of her child"
„Matka nedokázala zniesť stratu svojho dieťaťa"
"So she made the decision to drown herself"
„Tak sa rozhodla utopiť."
"But there was a Brahman that saved her life"
„Ale bol tam Brahman, ktorý jej zachránil život"
"And this Brahman took her into his home"
„A tento Brahman ju vzal do svojho domu."
"The Kotwal's son grew up a hardy boy"
„Kotwalov syn vyrástol ako otužilý chlapec"

"And he fell in love with the woman"
„A zamiloval sa do tej ženy"
"And now he stands on the roof"
„A teraz stojí na streche"
"And he's intent on having the woman"
„A má v úmysle mať tú ženu"
All this the Kotwal's son heard.
Toto všetko počul Kotwalov syn.
And he was struck with horror.
A premohla ho hrôza.
He forthwith got down from the thatch.
Okamžite zliezol zo slamenej strechy.
And he went home to his father.
A išiel domov k otcovi.
And he said he must speak with the king.
A povedal, že sa musí porozprávať s kráľom.
The father protested against the request.
Otec proti žiadosti protestoval.
But he got an interview with the king.
Ale dostal rozhovor s kráľom.
He told the king about the two calves.
Povedal kráľovi o dvoch teľatách.
And he repeated the whole story.
A zopakoval celý príbeh.
The king now remembered his poor wife.
Kráľ si teraz spomenul na svoju úbohú manželku.
So a servant was sent to the Brahman.
Tak bol k Brahmanovi poslaný sluha.
And the Brahman was richly rewarded.
A Brahman bol bohato odmenený.
And his wife was brought back to the palace.
A jeho manželku priviedli späť do paláca.
His wife was put in her proper position.
Jeho manželka bola postavená do správnej pozície.
And she became queen of the kingdom.
A stala sa kráľovnou kráľovstva.
The reputed son of the Kotwal was readopted.

Údajný syn Kotwalovcov bol znovu adoptovaný.

And he was proclaimed heir to the throne.

A bol vyhlásený za dediča trónu.

Basanta was brought out of the dungeon.

Basantu vyviedli z žalára.

And the wicked merchant was buried alive.

A zlý obchodník bol pochovaný zaživa.

And thorns were put in his burying-place.

A do jeho hrobu pridali tŕnie.

And all lived together happily for many years.

A všetci žili spolu šťastne mnoho rokov.

Swet, his wife and son, and Basantas.

Swet, jeho manželka a syn a Basantas.

The Evil Eye of Sani
Zlé oko Sani

Once upon a time Sani and Lakshmi fell out with each other.
Kedysi dávno sa Sani a Lakshmi pohádali.
Sani, also known as Saturn, is the God of bad luck.
Sani, tiež známy ako Saturn, je bohom smoly.
And Lakshmi is the Goddess of good luck.
A Lakšmí je bohyňou šťastia.
And these two Gods fell out with each other in heaven.
A títo dvaja bohovia sa v nebi pohádali.
Sani said he was higher in rank than Lakshmi.
Sani povedal, že má vyššiu hodnosť ako Lakshmi.
And Lakshmi said she was higher in rank than Sani.
A Lakshmi povedala, že má vyššiu hodnosť ako Sani.
But there were just as many Gods as there were Goddesses.
Ale Bohov bolo rovnako veľa ako Bohýň.
Therefore the dispute could not be settled in heaven.
Preto sa spor nemohol vyriešiť v nebi.
The contending deities agreed to refer the matter to humans.
Súperiace božstvá sa dohodli, že záležitosť postúpia ľuďom.
The humans had a name for wisdom and justice.
Ľudia mali meno pre múdrosť a spravodlivosť.
There lived at that time upon earth a man named Sribatsa.
V tom čase žil na Zemi muž menom Sribatsa.
(Sri is another name of Lakshmi).
(Šrí je ďalšie meno Lakšmí).
(And "batsa" is another word for child).
(A „batsa" je ďalšie slovo pre dieťa).
(so Sribatsa literally means "the child of fortune").
(Sribatsa teda doslova znamená „dieťa šťastia").
Sribatsa had as much wisdom as he had wealth.
Sribatsa mal rovnako veľa múdrosti ako bohatstva.
And he was as fair as he was rich, too.
A bol rovnako spravodlivý, ako aj bohatý.
He was therefore a good judge for the dispute.
Bol preto dobrým sudcom v tomto spore.

And the God and Goddess agreed he could judge their case.
A Boh a Bohyňa sa zhodli, že môže rozhodnúť o ich prípade.
One day, accordingly, Sribatsa was contacted.
Jedného dňa bol preto kontaktovaný Sribatsa.
He was told that Sani and Lakshmi would come to him.
Povedali mu, že za ním prídu Sani a Lakšmí.
And he was told they wished for him to settle their dispute.
A bolo mu povedané, že si želajú, aby urovnal ich spor.
This put Sribatsa in a delicate situation.
To postavilo Sribatsu do chúlostivej situácie.
He could say Sani was higher in rank than Lakshmi.
Mohol povedať, že Sani mala vyššiu hodnosť ako Lakshmi.
But then she would be angry with him and forsake him.
Ale potom by sa na neho nahnevala a opustila by ho.
He could say Lakshmi was higher in rank than Sani.
Mohol povedať, že Lakšmí mala vyššiu hodnosť ako Sani.
But then Sani would cast his evil eye upon him.
Ale potom na neho Sani uprene pozrel.
He made up his mind not to say anything directly.
Rozhodol sa, že priamo nič nepovie.
The god and the goddess had to observe his actions.
Boh a bohyňa museli pozorovať jeho konanie.
And from his actions they could gather their opinions.
A z jeho činov si mohli vytvoriť názor.
Sribatsa ordered two chairs to be made.
Sribatsa si objednal výrobu dvoch stoličiek.
One of the chairs was made from gold.
Jedna zo stoličiek bola vyrobená zo zlata.
And the other chair was made from silver.
A druhá stolička bola vyrobená zo striebra.
And he placed the two chairs beside himself.
A postavil dve stoličky vedľa seba.
The day came when Sani and Lakshmi visited Sribatsa.
Nastal deň, keď Sani a Lakshmi navštívili Sribatsu.
He told Sani to sit upon the silver chair.
Povedal Sani, aby si sadla na striebornú stoličku.
And he told Lakshmi to sit upon the gold chair.

A povedal Lakšmí, aby si sadla na zlatú stoličku.
Sani became mad with rage, and spoke angrily;
Sani sa zbláznila od zúrivosti a nahnevane hovorila;
"You consider me lower in rank than Lakshmi"
„Považuješ ma za nižšie postavenie ako Lakšmí."
"I will cast my eye on you for three years"
„Tri roky na teba upriem zrak"
"We shall see how you fare at the end of that period"
„Uvidíme, ako sa vám bude dariť na konci tohto obdobia."
The god then went away in great anger.
Boh potom odišiel vo veľkom hneve.
Lakshmi, before she went away, said to Sribatsa;
Lakšmí, predtým ako odišla, povedala Šribatsovi:
"My child, do not fear. I'll befriend you"
„Dieťa moje, neboj sa. Spriatelím sa s tebou."
The god and the goddess then went away.
Boh a bohyňa potom odišli.
Sribatsa spoke to his wife, Chantamani;
Sribatsa hovoril so svojou manželkou Chantamání;
"Dearest, the evil eye of Sani will be upon me"
„Najdrahší, bude na mňa upreté zlé oko Saniho."
"I had better go away from the house"
„Radšej by som mal odísť z domu"
"If I stay evil will befall you and me"
„Ak zostanem, zlo postihne teba aj mňa"
"But if I go, evil will overtake me only"
„Ale ak odídem, stihne ma len zlo"
Chintamani said, "it cannot be that way"
Čintamani povedal: „Takto to nemôže byť"
"Wherever you go, I will go with you"
„Kamkoľvek pôjdeš, pôjdem s tebou"
"Your good luck shall be my good luck"
„Tvoje šťastie bude aj mojím šťastím"
"And your bad luck shall be my bad luck"
„A tvoja smola bude mojou smolou"
The husband tried hard to persuade his wife to stay.
Manžel sa veľmi snažil presvedčiť manželku, aby zostala.

But all his efforts were of no use.

Ale všetko jeho úsilie bolo márne.

She refused to abandon her husband.

Odmietla opustiť svojho manžela.

Sribatsa told his wife to make an opening in their mattress.

Sribatsa povedal svojej žene, aby urobila otvor v ich matraci.

And he told her to stow away all their money and jewels.

A povedal jej, aby si odložila všetky peniaze a šperky.

On the eve of leaving their house, Sribatsa invoked Lakshmi.

V predvečer odchodu z domu Sribatsa vzýval Lakšmí.

Upon being invoked, Lakshmi forthwith appeared.

Po zavolaní sa Lakšmí okamžite zjavila.

"Mother Lakshmi, the evil eye of Sani is upon us"

„Matka Lakšmí, upreté oko Sani je na nás.“

"We are going away into exile"

„Odchádzame do exilu“

"Please befriend us, and take care of our property"

„Prosím, priateľte sa s nami a starajte sa o náš majetok.“

The goddess of good luck answered.

Bohyňa šťastia odpovedala.

"Do not fear; I'll befriend you"

„Neboj sa, spriatelím sa s tebou“

"In the end all will be right"

„Nakoniec bude všetko v poriadku“

They then set out on their journey.

Potom sa vydali na svoju cestu.

Sribatsa rolled up the mattress and put it on his head.

Sribatsa zroloval matrac a položil si ho na hlavu.

They had not gone many miles when they saw a river.

Neprešli veľa kilometrov, keď uvideli rieku.

There was a canoe with a man sitting in it.

Bola tam kanoe, v ktorej sedel muž.

The travelers requested the ferryman to take them across.

Cestovatelia požiadali prievozníka, aby ich previezol na druhú stranu.

The ferryman said he could only take one at a time.

Prievozník povedal, že naraz môže vziať iba jedného.

"Tere are three of you," he objected.

„Ste traja,“ namietal.

"There is you, your wife, and your mattress"

„Tu si ty, tvoja žena a tvoj matrac.“

Sribatsa proposed in what order they should ferry over the river.

Sribatsa navrhol, v akom poradí by mali prepraviť rieku.

"First my wife should be taken across the river"

„Najprv by mali moju ženu previesť cez rieku“

"After my wife, take the mattress across the river"

„Po mojej žene preneste matrac cez rieku.“

"And then you can take me across the river"

„A potom ma môžeš previesť cez rieku.“

But the ferryman would not hear of it.

Ale prievozník o tom nechcel ani počuť.

"Only one at a time," he repeated.

„Len jeden po druhom,“ zopakoval.

"First let me take across the mattress"

„Najprv ma nechaj prejsť cez matrac.“

Sribatsa saw no reason to object to the proposal.

Sribatsa nevidel dôvod namietať proti návrhu.

The ferryman started taking the mattress across the river.

Prievozník začal prevážať matrac cez rieku.

He had reached halfway across the river.

Dostal sa do polovice rieky.

But then, from nowhere, a fierce gale arose.

Ale potom sa z ničoho nič zdvihla prudká víchrica.

The ferryman lost control of his canoe.

Prievozník stratil kontrolu nad svojou kanoe.

The mattress was blown into the river.

Matrac odfúklo do rieky.

The river carried everything away with it.

Rieka so sebou odniesla všetko.

And the ferrymen, canoe, and mattress were never seen again.

A prievozníkov, kanoe a matrac už nikdy nikto nevidel.

But that was not even the strangest events.
Ale to neboli ani tie najpodivnejšie udalosti.
Because the river also disappeared into thin air.
Pretože aj rieka zmizla do vzduchu.
Where there was water there was now dry ground.
Kde bola predtým voda, bola teraz suchá zem.
Sribatsa knew the evil eye of Sani had been watching.
Sribatsa vedel, že ho Sani sleduje uhrančivé oko.

Sribatsa and his wife had not a pice in their pockets.
Sribatsa a jeho žena nemali vo vreckách ani cent.
Together, impoverished, they went to a nearby village.
Spolu, chudobní, sa vybrali do neďalekej dediny.
The village was dwelt in mostly by wood-cutters.
V dedine žili prevažne drevorubači.
At sunrise the woodcutters went to cut wood.
Pri východe slnka išli drevorubači rúbať drevo.
And the wood they cut they sold in a faraway town.
A drevo, ktoré narúbali, predali v ďalekom meste.
Sribatsa asked to work with the wood-cutters.
Sribatsa požiadal o spoluprácu s drevorubačmi.
And the wood-cutters agreed to let him cut wood.
A drevorubači súhlasili, že mu dovolia rúbať drevo.
He could fell trees as well as the best of them.
Vedel rúbať stromy rovnako dobre ako ten najlepší z nich.
But Sribatsa was different from the wood-cutters.
Ale Sribatsa sa od drevorubačov líšil.
The wood-cutters cut any and every sort of wood.
Drevorubači rúbu všetky druhy dreva.
But Sribatsa cut only the precious types of wood.
Ale Sribatsa rezal iba vzácne druhy dreva.
His efforts were focused on cutting down sandal-wood.
Jeho úsilie sa sústredilo na rúbanie santalového dreva.
The wood-cutters brought to market large loads of common wood.
Drevorubači prinášali na trh veľké množstvo bežného dreva.

Sribatsa brought only a few pieces of sandal-wood to the market.
Sribatsa priniesol na trh len niekoľko kusov santalového dreva.
He was paid a great deal more money than the others.
Dostával oveľa viac peňazí ako ostatní.
Things went on this way for some days.
Takto to pokračovalo niekoľko dní.
And the wood-cutters became jealous of Sribatsa.
A drevorubači začali na Sribatsu žiarliť.
In their jealousy they plotted against Sribatsa.
Vo svojej žiarlivosti kovali pikle proti Sribatsovi.
And finally they drove Sribatsa and his wife from the village.
A nakoniec vyhnali Sribatsu a jeho manželku z dediny.

Sribatsa and his wife made their way to another village.
Sribatsa a jeho manželka sa vydali do inej dediny.
In this village there were many women that weaved.
V tejto dedine bolo veľa žien, ktoré tkali.
Here Chintamani made herself useful by spinning cotton.
Tu sa Čintamani pridala k užitočným veciam pradením bavlny.
Chintamani was an intelligent and skillful woman.
Čintamani bola inteligentná a zručná žena.
So she spun finer thread than the other women.
Takže priala jemnejšiu niť ako ostatné ženy.
And she got paid more money than the other women.
A dostávala viac peňazí ako ostatné ženy.
This roused the envy of the native women of the village.
To vzbudilo závisť domorodých žien v dedine.
But the envy of the other women was not all.
Ale závisť ostatných žien nebola všetko.
Sribatsa wanted to gain the good grace of the weavers.
Sribatsa si chcel získať priazeň tkáčov.
So he invited the women that spun cotton to a feast.
Pozval teda ženy, ktoré priadli bavlnu, na hostinu.

The dishes of the feat were all cooked by his wife.
Všetky jedlá pre tento čin varila jeho manželka.
Chintamani was a good weaver, and an excellent in cook.
Čintamani bola dobrá tkáčka a vynikajúca kuchárka.
She placed the delicacies before the women.
Položila lahôdky pred ženy.
And the barbarous weavers were quite charmed.
A barbarskí tkáči boli celkom očarení.
The men went to their homes with their bellies full.
Muži sa s plnými bruchami rozišli domov.
But when they got home, they reproached their wives.
Ale keď prišli domov, vyčítali to svojim ženám.
"Why do you not cook like the wife of Sribatsa"
„Prečo nevaríš ako manželka Sribatsy?"
And the men called their wives good-for-nothing women.
A muži nazývali svoje ženy naničhodnými ženami.
This made the women hate Chintamani the more.
To ženy ešte viac nenávideli Čintamaniho.

One day Chintamani went to the river-side.
Jedného dňa išla Čintamani k rieke.
She wanted to bathe along with the other women of the village.
Chcela sa okúpať spolu s ostatnými ženami z dediny.
A boat had been lying on the bank, stranded on the sand.
Na brehu ležala loď uviaznutá v piesku.
The boat had been stranded there for many days.
Loď tam uviazla už mnoho dní.
They had tried to move the boat, but in vain.
Snažili sa loď pohnúť, ale márne.
It so happened that Chintamani touched the boat.
Stalo sa, že Čintamani sa dotkla lode.
It was an accident, for she did not mean to touch the boat.
Bola to nehoda, pretože sa nechcela dotknúť lode.
But whether she meant to or not, the boat moved.
Ale či už to chcela alebo nie, loď sa pohla.
And soon the boat was heading off to the river.

A čoskoro sa loď vydala na cestu k rieke.
The boatmen were astonished by what they had seen.
Lodníci boli ohromení tým, čo videli.
They thought that the woman had uncommon power.
Mysleli si, že žena má nezvyčajnú moc.
And so they thought she might be useful in future.
A tak si mysleli, že by mohla byť v budúcnosti užitočná.
They therefore caught hold of her, against her will.
Preto ju chytili proti jej vôli.
And they put her in the boat, and rowed off.
A vložili ju do člna a odveslovali.
The women of the village were present for this kidnapping.
Pri tomto únose boli prítomné ženy z dediny.
But they did not offer Chintamani any assistance.
Ale Chintamanimu neponúkli žiadnu pomoc.
Because Chintamani had put them in a bad light.
Pretože Čintamani ich postavila do zlého svetla.

Sribatsa heard how his wife had been carried away by boatmen.
Sribatsa počul, ako mu ženu uniesli lodníci.
I will let you imagine how he became mad with grief.
Dovolím si predstaviť, ako sa zbláznil od žiaľu.
He left the village and went to the river-side.
Opustil dedinu a išiel k rieke.
And he resolved to follow the course of the stream.
A rozhodol sa sledovať tok potoka.
Along the stream he was sure to meet the kidnappers' boat.
Pozdĺž potoka určite stretne loď únoscov.
He travelled on and on, along the side of the river.
Cestoval ďalej a ďalej popri rieke.
And he travelled till it eventually became dark.
A cestoval, až kým sa nakoniec nezotmelo.
Where he was there were no huts to be seen.
Tam, kde bol, nebolo vidieť žiadne chatrče.
So he climbed into a tree to sleep for the night.
Tak vyliezol na strom, aby na noc prespaval.

In the next morning he got down from the tree.
Na druhý deň ráno zliezol zo stromu.
At the foot of the tree he saw a Kapila-cow.
Na úpätí stromu uvidel kravu plemena Kapila.
A Kapila-cow never has any calves of her own.
Kapila-krava nikdy nemá vlastné teľatá.
But she can be milked at all hours of the day.
Ale môže byť dojená kedykoľvek počas dňa.
Sribatsa milked the cow without her objecting.
Sribatsa podojil kravu bez jej námietok.
And he drank the milk to his heart's content.
A mlieko vypil do sýta.
And then he noticed something else about the cow.
A potom si na krave všimol ešte niečo.
The dung of the cow was of a bright yellow color.
Kravský trus mal jasnožltú farbu.
In fact, the dung of the cow was made of pure gold.
V skutočnosti bol kravský trus vyrobený z čistého zlata.
The golden cow dung was still in a soft state.
Zlatý kravský trus bol stále v mäkkom stave.
So he was able to write his name in the golden dung.
Tak si mohol napísať svoje meno do zlatého trusu.
During the course of the day the dung hardened.
V priebehu dňa trus stvrdol.
And finally the dung looked like a brick of gold.
A nakoniec trus vyzeral ako zlatá tehla.
The tree he had slept in grew on the river-side.
Strom, na ktorom spal, rástol na brehu rieky.
And the Kapila-cow supplied him with milk all day.
A krava Kapila mu zásobovala mliekom celý deň.
So Sribatsa decided to wait there for the boat.
Sribatsa sa teda rozhodol počkať tam na loď.
In the morning the cow deposited the precious article.
Ráno krava zložila vzácny predmet.
And at night the cow deposited the precious article.
A v noci krava zložila vzácny predmet.
So the gold bricks increased every day.

Zlatých tehál teda každý deň pribúdalo.
And on each golden brick he had engraved his name.
A na každú zlatú tehlu mal vyryté svoje meno.
He stacked the bricks on top of each other.
Tehly poukladal na seba.
From a distance it looked like a hillock of gold.
Z diaľky to vyzeralo ako kopček zlata.

But now we must leave Sribatsa to stack his gold.
Ale teraz musíme nechať Sribatsu, aby si hromadil zlato.
And we must turn our attention to Chintamani.
A musíme obrátiť svoju pozornosť na Čintamaniho.
Chintamani was a graceful woman of great beauty.
Čintamani bola pôvabná žena veľkej krásy.
She had worried her beauty might be her ruin.
Bála sa, že jej krása by mohla byť jej záhubou.
So she offered a prayer as she was being kidnapped.
Tak sa pomodlila, keď ju unášali.
"Lakshmi, O Mother Lakshmi! have pity upon me"
„Lakšmí, ó, Matka Lakšmí! Zmiluj sa nado mnou“
"Thou hast made me beautiful, you have"
„Spravil si ma krásnou, urobil si to.“
"But now my beauty will undoubtedly be my ruin"
„Ale teraz moja krása nepochybne bude mojou skazou“
"I am bound to loss my honor and my chastity"
„Som odsúdený stratiť svoju česť a cudnosť“
"I therefore beseech thee, gracious Mother;"
„Preto ťa prosím, milostivá Matka;“
"Take my beauty from me, and make me ugly"
„Vezmi mi moju krásu a urob ma škaredou“
"Cover my body with some loathsome disease"
„Pokry moje telo nejakou odpornou chorobou“
"That way the boatmen might not touch me"
„Takto sa ma lodníci možno nedotknú.“
Chintamani was in the arms of the boatmen.
Čintamani bola v náručí lodníkov.
But the Goddess of good fortune heard her prayer.

Ale bohyňa šťastia vypočula jej modlitbu.
In the twinkling of an eye her form changed.
V okamihu sa jej podoba zmenila.
Her naturally beautiful form faded away.
Jej prirodzene krásna postava zmizla.
And she was turned into a vile carcass.
A premenila sa na odpornú mŕtvolu.
The boatmen were putting her down in the boat.
Lodníci ju spúšťali do člna.
They found her body was covered with loathsome sores.
Zistili, že jej telo bolo pokryté odpornými vredmi.
And the sores were giving out a disgusting stench.
A z vredov sa lial nechutný zápach.
They therefore threw her into the hold of the boat.
Preto ju hodili do podpalubia lode.
And they left her amongst the cargo of the ship.
A nechali ju medzi nákladom lode.
Morning and evening they sent her some food.
Ráno a večer jej posielali jedlo.
A little boiled rice, and some water to drink.
Trochu varenej ryže a trochu vody na pitie.
Chintamani was miserable in the hull of the ship.
Čintamani sa v trupe lode cítila nešťastne.
But she greatly preferred misery to the alternative.
Ale oveľa viac uprednostňovala utrpenie pred alternatívou.
She would rather be miserable than loss her chastity.
Radšej by bola nešťastná, ako by mala stratiť svoju cudnosť.

The boatmen had gone to some port to sell cargo.
Lodníci išli do nejakého prístavu predať náklad.
While sailing back they caught sight something.
Počas plavby späť niečo zbadali.
By the river-side there seemed to be a hillock of gold.
Pri rieke sa zdal byť kopček zlata.
Sribatsa had been keeping watch by the river.
Sribatsa strážil pri rieke.
So he was delighted to see a boat approach him.

Preto sa potešil, keď videl, ako sa k nemu blíži loď.

Because he fondly imagined his wife might be on board.

Pretože si s láskou predstavoval, že by na palube mohla byť aj jeho manželka.

The boatmen went greedily to the hillock of gold.

Lodníci sa chamtivo vydali k zlatému pahorku.

Of course Sribatsa told them the gold was his.

Sribatsa im samozrejme povedal, že zlato je jeho.

But that didn't help Sribatsa very much.

Ale to Sribatsovi veľmi nepomohlo.

The sailors took him prisoner on the boat.

Námorníci ho zajali na lodi.

And they loaded the gold onto their vessel.

A naložili zlato na svoju loď.

They happened to imprison him close to the ugly woman.

Náhodou ho uväznili blízko tej škaredej ženy.

Of course the husband and wife recognized each other.

Manžel a manželka sa samozrejme spoznali.

In spite of the change Chintamani had undergone.

Napriek zmene, ktorou Čintamani prešla.

And despite their excitement they kept their composure.

A napriek svojmu vzrušeniu si zachovali pokoj.

And they thought it prudent not to speak to each other.

A považovali za rozumné medzi sebou nehovoriť.

Instead they communicated their ideas through gestures.

Namiesto toho komunikovali svoje myšlienky gestami.

There is something you should know about the boatmen.

Je tu niečo, čo by ste mali vedieť o lodníkoch.

These boatmen were very fond of playing at dice.

Títo lodníci veľmi radi hrali kocky.

Sribatsa appeared to them to be a respectable man.

Sribatsa sa im zdal byť úctyhodným mužom.

So they always asked him to join in the game.

Takže ho vždy požiadali, aby sa pridal k hre.

Sribatsa happened to be an expert dice player.

Sribatsa bol náhodou skúsený hráč v kockách.

Despite their efforts he won almost every game.

Napriek ich úsiliu vyhral takmer každý zápas.
You can imagine how the sailors felt about losing.
Viete si predstaviť, ako sa námorníci cítili pri prehre.
And in jealousy the boatmen threw him overboard.
A lodníci ho zo žiarlivosti hodili cez palubu.
Chintamani saw the men throw her husband overboard.
Čintamani videla, ako muži hodili jej manžela cez palubu.
Fortunately for Sribatsa, his wife had great presence of mind.
Našťastie pre Sribatsu mala jeho manželka veľkú duchaprítomnosť.
The boatmen had allowed her a pillow to rest her head.
Lodníci jej dovolili vankúš, aby si mohla podložiť hlavu.
And she simultaneously threw this pillow into the water.
A súčasne hodila tento vankúš do vody.
Sribatsa was able to grab hold of the pillow.
Sribatsa sa dokázal chytiť vankúša.
And the pillow helped him float down the stream.
A vankúš mu pomohol plávať po prúde.
Up until nightfall the river carried him downstream.
Až do súmraku ho rieka niesla po prúde.
At nightfall he arrived at what seemed to be a garden.
Za súmraku dorazil k niečomu, čo vyzeralo ako záhrada.
Because it was dark there was nothing he could do.
Keďže bola tma, nemohol nič urobiť.
So all night he stayed in the garden, cold and wet.
Tak celú noc zostal v záhrade, premrznutý a mokrý.
I should tell you who this garden belonged to.
Mal by som ti povedať, komu táto záhrada patrila.
This was the garden of an old widowed woman.
Toto bola záhrada starej ovdovenej ženy.
This woman used to supply flowers for the king.
Táto žena kedysi dodávala kvety pre kráľa.
But one day some blight had come over her garden.
Ale jedného dňa jej záhradu napadla spleť.
Almost all the trees and plants ceased flowering.
Takmer všetky stromy a rastliny prestali kvitnúť.

She had therefore given up the business she had.
Preto sa vzdala podnikania, ktoré mala.
And she was no longer the royal flower supplier.
A už nebola kráľovskou dodávateľkou kvetov.
However, Sribatsa's arrival had rejuvenated her garden.
Sribatsin príchod však jej záhradu omladil.
She could scarcely believe her eyes in the morning.
Ráno sotva verila vlastným očiam.
The whole garden was ablaze with flowers again.
Celá záhrada opäť žiarila kvetmi.
There was no plant that was not in bloom.
Nebolo rastliny, ktorá by nekvitolala.
And every tree she had was begemmed with flowers.
A každý strom, ktorý mala, bol obsypaný kvetmi.
She had no way of knowing the cause of the miracle.
Nemala ako vedieť príčinu zázraku.
And so she took a walk through the garden.
A tak sa prešla po záhrade.
But she soon found the cause of all the flowers.
Ale čoskoro zistila príčinu všetkých tých kvetov.
At the edge of her garden was a cold, wet man.
Na okraji jej záhrady stál studený, mokrý muž.
He was shivering and almost dead from hypothermia.
Triasol sa a takmer zomrel od podchladenia.
She immediately brought the man into to her cottage.
Okamžite priviedla muža do svojej chaty.
And she lighted a fire to give him some warmth.
A zapálila oheň, aby ho trochu zahriala.
She nursed him and showed him every attention.
Starala sa oňho a venovala mu všetku možnú pozornosť.
And she ascribed the miracle to his presence.
A zázrak pripisovala jeho prítomnosti.
She made him as comfortable as she could.
Urobila mu čo najpohodlnejšie miesto.
And then she ran to the king's palace.
A potom bežala do kráľovského paláca.
She asked to speak to the king's chief servant.

Požiadala, aby mohla hovoriť s kráľovým hlavným sluhom.
And she told him the good fortune she had had.
A povedala mu o šťastí, ktoré mala.
"I can again supply the palace with flowers"
„Znova môžem zásobovať palác kvetmi."
Her flowers had been very much missed at the palace.
Jej kvety v paláci veľmi chýbali.
So she was immediately restored to her former position.
Takže bola okamžite vrátená do svojej predchádzajúcej
pozície.
She was again the flower-woman of the royal household.
Opäť bola kvetinárkou kráľovskej domácnosti.

Sribatsa spent a few more days recovering his health.
Sribatsa strávil ešte niekoľko dní zotavovaním sa.
And eventually he had all his vitality back.
A nakoniec získal späť všetku svoju vitalitu.
He asked the woman if he could speak with a minister.
Spýtal sa ženy, či by sa mohol porozprávať s nejakým
duchovným.
So the woman took him to the palace with her.
Žena ho teda vzala so sebou do paláca.
One of the king's ministers gave him an appointment.
Jeden z kráľových ministrov mu dal vymenovanie.
And he was at once found to be a man of intelligence.
A hneď sa ukázalo, že je to inteligentný muž.
So was offered a position in the king's service.
Bolo mu teda ponúknuté miesto v kráľovských službách.
In fact, he was allowed to choose what job he wanted.
V skutočnosti si mohol vybrať, akú prácu chce.
He asked to be collector of tolls on the river.
Požiadal, aby mohol vyberať mýto na rieke.
The minister was happy to give Sribatsa the job.
Minister s radosťou dal Sribatsovi túto prácu.
The kingdom needed someone to collect river-tolls.
Kráľovstvo potrebovalo niekoho, kto by vyberal riečne mýto.
And Sribatsa immediately started his new job.

A Sribatsa okamžite začal svoju novú prácu.
It wasn't long before his plan came to fruition.
Netrvalo dlho a jeho plán sa naplnil.
The boat his wife was on was coming down the river.
Loď, na ktorej bola jeho žena, sa plavila po rieke.
Under the king's authority he detained the boat.
Na kráľov príkaz zadržal loď.
And he charged the boatmen with the theft of gold-bricks.
A obvinil prievozníkov z krádeže zlatých tehál.
The king liked the sound of a boat full of gold.
Kráľovi sa páčil zvuk lode plnej zlata.
So the king himself came to the river-side.
Tak prišiel k rieke aj samotný kráľ.
Even he was amazed by the quantity of gold they had.
Dokonca aj on bol ohromený množstvom zlata, ktoré mali.
And every gold brick had Sribatsa's inscription.
A každá zlatá tehla mala Sribatsov nápis.
At the same time he rescued his wife from the boatmen.
Zároveň zachránil svoju ženu pred lodníkmi.
Back on dry land she returned to her previous beauty.
Späť na suchej zemi sa vrátila k svojej predchádzajúcej kráse.
He told the king the story of their misfortune.
Rozpovedal kráľovi príbeh ich nešťastia.
And the king had them as a guest in his palace.
A kráľ ich mal ako hostí vo svojom paláci.
The king gave them presents of horses and elephants.
Kráľ im dal dary v podobe koní a slonov.
And on the horses and elephants they rode to their country.
A na koňoch a slonoch odcestovali do svojej krajiny.
The evil eye of Sani was now turned away from Sribatsa.
Zlé oko Sani sa teraz odvrátilo od Sribatsy.
And he again became what he formerly was.
A opäť sa stal tým, čím bol predtým.
He was again Sribatsa; the Child of Fortune.
Opäť bol Sribatsa; Dieťa šťastia.

The Boy whom Seven Mothers Suckled
Chlapec, ktorého dojčilo sedem matiek

Once on a time there reigned a king who had seven queens.
Kedysi dávno vládol kráľ, ktorý mal sedem kráľovien.
He was very sad, for the seven queens were all barren.
Bol veľmi smutný, pretože všetkých sedem kráľovien bolo neplodných.
One day, however, he met a holy mendicant.
Jedného dňa však stretol svätého žobráka.
The holy mendicant told the king about a certain forest.
Svätý žobrák rozprával kráľovi o istom lese.
In this forest there grew a special kind of tree.
V tomto lese rástol zvláštny druh stromu.
On a branch of this tree hung seven mangoes.
Na konári tohto stromu viselo sedem mang.
These mangos could restore the fertilities of his queens.
Tieto mangá by mohli obnoviť plodnosť jeho kráľovien.
But the king had to pluck the mangoes himself.
Ale kráľ si musel mangá natrhať sám.
The king followed the advice of the mendicant.
Kráľ poslúchol radu žobráka.
And he set off to go to the forest with the mango tree.
A vydal sa do lesa s mangovníkom.
Soon he had found the tree the mendicant spoke of.
Čoskoro našiel strom, o ktorom hovoril žobrák.
And he plucked the seven mangoes that grew upon one branch.
A odtrhol sedem mang, ktoré rástli na jednej vetve.
He gave a mango to each of the queens to eat.
Každej kráľovnej dal zjesť mango.
In a short time the king's heart was filled with joy.
Kráľovo srdce sa zakrátko naplnilo radosťou.
He was told that the seven queens were all with child.
Povedali mu, že všetkých sedem kráľovien je tehotných.

One day the king was out hunting.

Jedného dňa bol kráľ na poľovačke.
On his path he saw a young lady of peerless beauty.
Na svojej ceste uvidel mladú ženu neporovnateľnej krásy.
He instantly fell in love with the beautiful woman.
Okamžite sa zamiloval do krásnej ženy.
And he brought her to his palace, and married her.
A priviedol ju do svojho paláca a oženil sa s ňou.
This lady was, however, not a human being.
Táto dáma však nebola ľudská bytosť.
But what this woman was was a Rakshasi.
Ale táto žena bola Rakšasí.
But the king of course did not know this.
Ale kráľ o tom samozrejme nevedel.
The king became dotingly fond of her.
Kráľ si ju bezhranične obľúbil.
And he did whatever she told him to do.
A urobil všetko, čo mu povedala.
One day she made a very particular request of the king.
Jedného dňa požiadala kráľa o veľmi zvláštnu vec.
"You say that you love me more than anyone else"
„Hovoríš, že ma miluješ viac ako kohokoľvek iného"
"Let me see whether you really love me as much as you say"
„Ukáž mi, či ma naozaj miluješ tak veľmi, ako hovoríš."
"If you love me, make your seven other queens blind"
„Ak ma miluješ, oslep svojich sedem kráľovien."
"And once they are blind, let them be killed"
„A keď oslepnú, nech ich zabijú"
The king became very sad at the terrible request.
Kráľ sa nad tou hroznou žiadosťou veľmi zarmútil.
He was especially sad because the queens were all pregnant.
Bol obzvlášť smutný, pretože všetky kráľovné boli tehotné.
But he had no choice but to comply with her request.
Ale nemal inú možnosť, ako vyhovieť jej žiadosti.

The eyes of the queens were plucked out of their sockets.
Kráľovnám vytrhli oči z jamiek.
And the queens were delivered up to the chief minister.

A kráľovné boli odovzdané hlavnému ministrovi.
It was up to the chief minister to destroy the queens.
Bolo na hlavnom ministrovi, aby zničil kráľovné.
But the chief minister was a merciful man.
Ale hlavný minister bol milosrdný muž.
In the side of the hill there was secret a cave.
Na úbočí kopca sa nachádzala tajná jaskyňa.
Instead of killing the queens, the minister hid them.
Namiesto zabitia kráľovien ich minister ukryl.
In course of time the eldest of the seven queens gave birth.
Postupom času porodila najstaršia zo siedmich kráľovien.
"What shall I do with the child," said she.
„Čo mám robiť s tým dieťaťom?" povedala.
"We are blind and are dying for want of food."
„Sme slepí a umierame od nedostatku jedla."
"Let me kill the child," she proposed.
„Dovoľte mi zabiť to dieťa," navrhla.
"Let us all eat of the child's flesh," she added.
„Jedzme všetci z tela dieťaťa," dodala.
Just as she said she would, she killed the infant.
Presne ako sľúbila, zabila dieťa.
She gave to each of her sister-queens a part of the child.
Každej zo svojich sestier-kráľovných dala časť dieťaťa.
And the sister queens ate their part of the child.
A sestry kráľovné zjedli svoju časť dieťaťa.
But the youngest queen did not eat her share.
Ale najmladšia kráľovná svoj podiel nezjedla.
Instead, she laid her part of the child beside her.
Namiesto toho položila svoju časť dieťaťa vedľa seba.
In a few days the second queen also was delivered of a child.
O niekoľko dní porodila dieťa aj druhá kráľovná.
She did with her child as her eldest sister had done with hers.
Robila so svojím dieťaťom to, čo robila jej najstaršia sestra so svojím.
So did the third, the fourth, the fifth, and the sixth queen.
Tak urobila aj tretia, štvrtá, piata a šiesta kráľovná.

Eventually the seventh queen gave birth to a son.

Nakoniec siedma kráľovná porodila syna.

But she did not follow the example of her sister-queens.

Ale nenasledovala príklad svojich sestier-kráľovných.

Instead, she resolved to raise the child.

Namiesto toho sa rozhodla vychovávať dieťa.

The other queens demanded their portions of the newly-born.

Ostatné kráľovné požadovali svoj podiel z novonarodených detí.

But she still had the portions she had not eaten.

Ale stále mala porcie, ktoré nezjedla.

And she gave her sister-queens back their children's parts.

A svojim sestrám-kráľovným vrátila časti ich detí.

The other queens at once perceived that their portions were dry.

Ostatné kráľovné si hneď všimli, že ich porcie sú suché.

Therefore the parts could not be of the newly born child.

Preto časti nemohli patriť novonarodenému dieťaťu.

"I have decided not to kill me child," she explained.

„Rozhodla som sa, že svoje dieťa nezabijem," vysvetlila.

"I will not eat him, but try to raise him instead"

„Nezjem ho, ale skúsim ho vychovať."

The others were glad to hear this news.

Ostatní sa tejto správe potešili.

They all said that they would help her in nursing the child.

Všetci povedali, že jej pomôžu s dojčením dieťaťa.

And so the child was suckled by seven mothers.

A tak dieťa dojčilo sedem matiek.

And the child became the hardiest and strongest boy that ever lived.

A z dieťaťa sa stal najodolnejší a najsilnejší chlapec, aký kedy žil.

In the meantime the Rakshasi-queen was doing infinite mischief.

Medzitým kráľovná Rakšasi páchala nekonečné neplechy.

And she got the royal household into all sorts of trouble.
A dostala kráľovskú domácnosť do všelijakých problémov.
What she ate at the royal table did not fill her capacious stomach.
To, čo jedla pri kráľovskom stole, jej priestranný žalúdok nenaplnilo.
She therefore, in the darkness of night, went hunting.
Preto sa v temnote noci vydala na lov.
Gradually she ate up all the members of the royal family.
Postupne zjedla všetkých členov kráľovskej rodiny.
She ate all the king's servants, and his attendants.
Zjedla všetkých kráľových sluhov a jeho sprievodcov.
She ate all his horses, elephants, and cattle.
Zjedla všetky jeho kone, slony a dobytok.
And eventually only her royal consort and the king were left.
A nakoniec zostali len jej kráľovský manžel a kráľ.
After that she used to go out in the evenings into the city.
Potom chodievala večer von do mesta.
And she ate up stray human beings wherever she found any.
A požierala zatúlané ľudské bytosti, všade kde nejaké našla.
The king was left without any servants.
Kráľ zostal bez akýchkoľvek sluhov.
There was no person left to cook for him.
Nebol pre neho nikto, kto by mu varil.
Because no one would accept this job.
Pretože by túto prácu nikto neprijal.
But at last someone volunteered their services.
Ale nakoniec sa niekto dobrovoľne ponúkol.
The boy who had been suckled by seven mothers.
Chlapec, ktorého dojčilo sedem matiek.
He had now grown up to be a stalwart youth.
Teraz z neho vyrástol statočný mladík.
He attended on the king and prepared his food.
Slúžil kráľovi a pripravoval mu jedlo.
But he took every care while with the queen.

Ale počas pobytu s kráľovnou si dával maximálnu starostlivosť.

And he made sure that she did not swallow him up.

A uistil sa, že ho nezhltla.

The Rakshasi-queen seized her victims only at night.

Rakšasská kráľovná sa svojich obetí zmocňovala iba v noci.

So the boy he went home long before nightfall.

Chlapec sa teda vrátil domov dávno pred zotmením.

So she had to find another way to get rid of the boy.

Takže musela nájsť iný spôsob, ako sa chlapca zbaviť.

The boy always boasted that he could do any work.

Chlapec sa vždy chválil, že zvládne akúkoľvek prácu.

So the queen invented a disease for herself.

Kráľovná si teda vymyslela chorobu.

She said that there was a cure for her disease.

Povedala, že na jej chorobu existuje liek.

But she said the cure was not easy to get.

Ale povedala, že liek nebolo ľahké získať.

This made the boy even more interested in the task.

To chlapca o úlohu ešte viac zaujalo.

She said there was a melon which cured her disease.

Povedala, že existuje melón, ktorý ju vyliečil z choroby.

The melon was twelve cubits in length.

Melón mal dĺžku dvanásť lakťov.

But the stone of the lemon was thirteen cubits long.

Ale kôstka citróna bola dlhá trinásť lakťov.

The fruit could only be gotten from her mother.

Ovocie sa dalo získať iba od jej matky.

And her mother lived on the other side of the ocean.

A jej matka žila na druhej strane oceánu.

She gave him a letter of introduction to her mother.

Dala mu odporúčací list pre svoju matku.

But actually the note told her to eat the boy.

Ale v skutočnosti jej v odkaze bolo nariadené, aby chlapca zjedla.

The boy had suspected there was some foul play.

Chlapec mal podozrenie, že došlo k nejakej nekalej hre.
So he tore up the letter and proceeded on his journey.
Roztrhal teda list a pokračoval v ceste.
The dauntless youth passed through many lands.
Neohrozený mladík prešiel mnohými krajinami.
After much travel he stood on the shore of the ocean.
Po dlhom cestovaní stál na brehu oceánu.
On the other side of the ocean was the country of the Rakshasis.
Na druhej strane oceánu sa nachádzala krajina Rakšasiov.
He then bawled as loud as he could, and said;
Potom zreval tak hlasno, ako len vládal, a povedal;
"Granny! granny! come and save your daughter"
„Babka! babka! poď a zachráň svoju dcéru!“
"Your daughter, my mother, is dangerously ill"
„Vaša dcéra, moja matka, je vážne chorá.“
On the other side of the ocean an old Rakshasi heard him.
Na druhej strane oceánu ho počul starý Rakšasi.
The old Rakshasi crossed the ocean to the boy.
Starý Rakšasi prešiel cez oceán k chlapcovi.
The boy told her the message of the queen.
Chlapec jej povedal odkaz od kráľovnej.
And the Rakshasi took the boy on her back.
A Rakšasí vzala chlapca na chrbát.
She re-crossed the ocean to the land of the Rakshasi.
Znovu prešla cez oceán do krajiny Rakšasiov.
And the boy was at once given the medicinal melon.
A chlapcovi hneď dali liečivý melón.
The Rakshasi told him to hurry back to her daughter.
Rakšasí mu povedala, aby sa ponáhľal späť k jej dcére.
But the boy said he was too tired to keep travelling.
Ale chlapec povedal, že je príliš unavený na to, aby pokračoval v cestovaní.
And he begged to be allowed to rest one day.
A prosil, aby si jedného dňa mohol oddýchnuť.
The old Rakshasi consented to her grandson's wishes.
Stará Rakšasi súhlasila s želaním svojho vnuka.

The boy noticed interesting things in the Rakshasi's room.
Chlapec si všimol zaujímavé veci v Rakšasiho izbe.
There was a stout club and a rope hanging in the room.
V miestnosti visela silná palica a lano.
The boy inquired what the stout club and rope were for.
Chlapec sa spýtal, na čo je tá pevná palica a lano.
"Child, with that club and rope I cross the ocean"
„Dieťa, s tým kyjom a lanom prekročím oceán"
"One just has to take the club and the rope in his hands"
„Človek si len musí vziať do rúk palicu a lano"
"And then you have to say the following magical words:"
„A potom musíte povedať nasledujúce magické slová:"
"O stout club! O strong rope!"
„Ó, silný kyj! Ó, silné lano!"
"Take me at once to the other side"
„Okamžite ma vezmi na druhú stranu"
"Then they will take him to the other side of the ocean"
„Potom ho odvezú na druhú stranu oceánu."
The boy noticed another interesting thing in the room.
Chlapec si v miestnosti všimol ešte jednu zaujímavú vec.
There was a bird in a cage in the corner of the room.
V rohu izby bol v klietke vták.
The boy also wanted to know what this bird was for.
Chlapec tiež chcel vedieť, na čo je tento vták.
"The bird contains a secret, my child"
„Vták ukrýva tajomstvo, dieťa moje."
"But that secret must not be disclosed to mortals"
„Ale toto tajomstvo nesmie byť odhalené smrteľníkom."
"But how can I hide this secret from my own grandchild?"
„Ale ako môžem toto tajomstvo skryť pred vlastným
vnúčaťom?"
"That bird, child, contains the life of your mother.
„Ten vták, dieťa moje, obsahuje život tvojej matky."
"If the bird is killed, your mother will at once die"
„Ak zabijú vtáka, tvoja matka okamžite zomrie."
Armed with these secrets, the boy went to bed that night.

Vyzbrojený týmito tajomstvami išiel chlapec v tú noc spať.

Next morning the old Rakshasi went to distant countries.
Nasledujúce ráno sa starý Rakšasi vydal do vzdialených
krajín.
Together with all the other Rakshasis, she went to forage.
Spolu so všetkými ostatnými Rakšasmi išla hľadať potravu.
The boy took down the bird-cage from the ceiling.
Chlapec dal dole vtáčiu klietku zo stropu.
And the boy took the club and the rope.
A chlapec vzal palicu a lano.
And then he spoke the magic words to the club and rope.
A potom povedal čarovné slová palici a lanu.
"O stout club! O strong rope!"
„Ó, silný kyj! Ó, silné lano!"
"Take me at once to the other side"
„Okamžite ma vezmi na druhú stranu"
**In the twinkling of an eye the boy was put on this side of the
ocean.**
V okamihu sa chlapec ocitol na tejto strane oceánu.
He then retraced his steps, back to the queen.
Potom sa vrátil po svojich stopách späť ku kráľovnej.
To her astonishment he really had the medicinal lemon.
Na jej prekvapenie mal naozaj liečivý citrón.
But the bird in the cage he kept carefully concealed.
Ale vtáka v klietke starostlivo skrýval.

In the course of time the people of the city came to the king.
Postupom času prišli ľudia z mesta ku kráľovi.
And they told the king of their troubles.
A povedali kráľovi o svojich problémoch.
"A monstrous bird comes from the palace every evening"
„Každý večer z paláca vylieta obludný vták"
"The bird seizes the people in the streets"
„Vták chytá ľudí na uliciach"
"And the bird swallows the people up whole"
„A vták prehltne ľudí celých"

"This has been going on for a long time"
„Toto sa deje už dlho"
"And now the city has become almost desolate"
„A teraz je mesto takmer pusté"
The king did not know what this monstrous bird was.
Kráľ nevedel, čo je tento obludný vták zač.
But the king's servant, the boy, said he knew.
Ale kráľov sluha, chlapec, povedal, že vie.
"I will kill the monstrous bird," he offered.
„Zabijem toho obludného vtáka," ponúkol sa.
"But the queen has to stand beside us," he added.
„Ale kráľovná musí stáť vedľa nás," dodal.
The king saw no reason to object to the proposal.
Kráľ nevidel dôvod namietať proti návrhu.
And so the queen was made to stand beside the king.
A tak kráľovnú postavili vedľa kráľa.
The boy then took the bird out from its cage.
Chlapec potom vytiahol vtáka z klietky.
On seeing the bird she fell into a fainting fit.
Keď uvidela vtáka, omdlela.
Then the boy turned to the king, and spoke.
Potom sa chlapec otočil ku kráľovi a prehovoril.
"King, you will soon perceive who the monstrous bird is"
„Kráľ, čoskoro pochopíš, kto je ten obludný vták."
"You will see what devours your people every evening"
„Uvidíš, čo každý večer požiera tvoj ľud."
"I tear off each limb of this bird"
„Odtrhávam tomuto vtákovi každú končatinu"
"The corresponding limb of the man-eater will fall off"
„Ľudožrútovi odpadne zodpovedajúca končatina."
The boy then tore off one leg of the bird in his hand.
Chlapec potom odtrhol vtákovi, ktorý držal v ruke, jednu
nohu.
All assembled were astonished at what happened next.
Všetci zhromaždení boli ohromení tým, čo sa stalo potom.
One of the legs of the queen fell off.
Kráľovnej odpadla jedna z nôh.

Then the boy squeezed the throat of the bird.
Potom chlapec stlačil vtákovi hrdlo.
And as he squeezed the bird, the queen gave up the ghost.
A keď vtáka stlačil, kráľovná vydýchla.
The boy then retold his history to the king.
Chlapec potom kráľovi prerozprával svoj príbeh.
"You used to have seven barren wives"
„Mal si sedem neplodných žien"
"To treat their barrenness, you gave them each a mango"
„Aby si im pomohol s neplodnosťou, dal si im každému mango."
"And each of your wives fell pregnant with a child"
„A každá z vašich manželiek počala dieťa"
"However, you then married an eighth wife"
„Potom si si však vzal ôsmu manželku"
"This wife ordered you to blind your other wives"
„Táto žena ti prikázala oslepiť tvoje ostatné manželky"
"And she ordered you to have your other wives killed"
„A prikázala ti, aby si dal zabiť svoje ostatné manželky."
"Your minister blinded your seven wives"
„Váš minister oslepil vašich sedem manželiek"
"But he was too good hearted to kill your wives"
„Ale bol príliš dobrosrdečný na to, aby zabil tvoje manželky."
"Your seven wives were taken to a hiding place"
„Tvojich sedem manželiek bolo odvedených do úkrytu"
"And in this hiding place they each gave birth"
„A v tomto úkryte každá z nich porodila"
"But they were forced to eat their newly born children"
„Ale boli nútení jesť svoje novonarodené deti"
"Only my mother did not let me be eaten"
„Len moja mama ma nedovolila zjesť"
"Instead, I was suckled by seven mothers"
„Namiesto toho ma dojčilo sedem matiek"
"And I grew up strong and capable"
„A vyrastal som silný a schopný"
"Eventually I came to work in your palace"
„Nakoniec som prišiel pracovať do vášho paláca."

"Your wife, my stepmother, sent me on a mission"
„Tvoja žena, moja nevlastná matka, ma poslala na misiu.“
"She sent me to her mother for a medicine"
„Poslala ma k svojej mame po liek.“
"However, her mother was a Rakshasi"
„Jej matka však bola Rakšasí.“
"From her I found the secret of your wife's life"
„Od nej som zistil tajomstvo života tvojej manželky.“
"And so I brought the bird that held your wife's life"
„A tak som priniesol vtáka, ktorý vzal život tvojej manželke.“
The king had listened to the story his son told him.
Kráľ si vypočul príbeh, ktorý mu rozprával jeho syn.
The seven queens were brought back to the palace.
Sedem kráľovien bolo privedených späť do paláca.
And their eyes were miraculously restored.
A ich oči sa zázračne uzdravili.
The boy that was suckled by seven mothers was crowned.
Chlapec, ktorého dojčilo sedem matiek, bol korunovaný.
And he was recognized by the king as his rightful heir.
A kráľ ho uznal za svojho právoplatného dediča.
And they lived together happily.
A žili spolu šťastne.

The Story of Prince Sobur
Príbeh princa Sobura

Once upon a time there lived a merchant.
Kedysi dávno žil jeden obchodník.
This merchant had seven daughters.
Tento obchodník mal sedem dcér.
One day the merchant asked them a question.
Jedného dňa im obchodník položil otázku.
"From whose fortune do you live?"
„Z koho majetku žiješ?“
The eldest daughter answered first.
Najstaršia dcéra odpovedala prvá.
"Papa, I live from your fortune"
„Ocko, žijem z tvojho majetku“
The second daughter gave the same answer.
Druhá dcéra odpovedala rovnako.
The same answer was given by the third daughter.
Rovnakú odpoveď dala aj tretia dcéra.
His fourth daughter also lived from his fortune.
Jeho štvrtá dcéra tiež žila z jeho majetku.
His fifth daughter was no different.
Jeho piata dcéra nebola iná.
And his sixth daughter was like the rest.
A jeho šiesta dcéra bola ako všetky ostatné.
But his youngest daughter surprised him.
Jeho najmladšia dcéra ho však prekvapila.
She had a very different answer.
Mala veľmi odlišnú odpoveď.
"I live from my own fortune"
„Žijem z vlastného majetku“
He did not like this answer.
Táto odpoveď sa mu nepáčila.
Her answer made the merchant very angry.
Jej odpoveď obchodníka veľmi nahnevala.
"You are very ungrateful," he told her.
„Si veľmi nevďačná,“ povedal jej.

"See how well you do on your own"
„Uvidíme, ako sa vám darí osamote“
"I am kicking you out of my house"
„Vyhodím ťa z domu“
"You will not have a rupee in your pocket"
„Nebudeš mať vo vrecku ani rupiu“
He called his palanquins to come.
Zavolal svoje nosidlá, aby prišli.
And he ordered them to take the girl away.
A prikázal im, aby dievča odviedli.
"Leave her in the midst of a forest"
„Nechajte ju uprostred lesa“
The girl begged to be allowed one thing.
Dievča prosilo, aby jej dovolili jednu vec.
"Please let me take my work-box"
„Prosím, dovoľte mi vziať si pracovnú škatuľu.“
"In the box are my needles and threads"
„V krabici sú moje ihly a nite“
Her father allowed her to take her box.
Otec jej dovolil vziať si krabicu.
She got into the seat of the palanquins.
Sadla si na sedadlo v nosidlách.
And the bearers lifted her up.
A nosiči ju zdvihli.
And they put her onto their shoulders.
A vyložili si ju na plecia.
As the bearers ran they chanted.
Ako nosiči bežali, skandovali.
"Hoon! Hoon! Hoon! Hoon! Hoon!"
"Hoon! Hoon! Hoon! Hoon! Hoon!"
But they didn't get very far.
Ale ďaleko sa nedostali.
An old woman stood in their way.
V ceste im stála stará žena.
She came up to the carriage.
Prišla k kočiaru.
"Where are you taking my daughter?"

„Kam berieš moju dcéru?“
She was the maid of the child.
Bola slúžkou dieťaťa.
"We have been given orders by the merchant"
„Dostali sme rozkazy od obchodníka.“
"He told us to take her away"
„Povedal nám, aby sme ju odviezli“
"We will leave her in a forest"
„Necháme ju v lese“
"We are going to do his bidding"
„Budeme konať podľa jeho príkazov“
"I must go with her," said the old woman.
„Musím ísť s ňou,“ povedala starena.
But the bearers were not sure.
Ale nosiči si neboli istí.
Bearers run when they carry a sedan chair.
Nosiči bežia, keď nesú nosidlá.
"How will you be able to keep pace with us?"
„Ako s nami budete držať krok?“
The old woman was not deterred.
Stará žena sa nedala odradiť.
"It does not matter how I do it"
„Nezáleží na tom, ako to robím “
"I must go where my daughter goes"
„Musím ísť tam, kam chodí moja dcéra.“
The youngest daughter begged the bearers.
Najmladšia dcéra prosila nosičov.
"Please carry my mother with me"
„Prosím, vezmite so mnou moju mamu“
And the bearers gracefully agreed.
A nosiči s tým gráciou súhlasili.
They carried mother and child to the forest.
Odniesli matku s dieťaťom do lesa.
"Hoon! Hoon! Hoon! Hoon! Hoon!"
"Hoon! Hoon! Hoon! Hoon! Hoon!"
In the afternoon they reached a dense forest.
Popoludní dorazili do hustého lesa.

They went deeper and deeper into the forest.
Išli hlbšie a hlbšie do lesa.
Towards sunset they reached their goal.
K západu slnka dosiahli svoj cieľ.
They stopped at the foot of an old tree.
Zastavili sa na úpätí starého stromu.
They lowered the girl and the old woman.
Dievča a starú ženu spustili dole.
And they left them in the forest.
A nechali ich v lese.
Then they retraced their steps home.
Potom sa vrátili domov po svojich stopách.

The merchant's youngest daughter looked around.
Najmladšia dcéra obchodníka sa rozhliadla.
You would not have wanted to be in her shoes.
Nechceli by ste byť v jej koži.
Her situation was truly pitiable.
Jej situácia bola naozaj žalostná.
She was hardly fourteen years old.
Mala sotva štrnásť rokov.
She had grown up in luxury.
Vyrastala v luxuse.
But now there was no luxury for her.
Ale teraz pre ňu nebol žiadny luxus.
She was in the heart of a dark forest.
Bola uprostred tmavého lesa.
She had not a rupee in her pocket.
Nemala vo vrecku ani rupiu.
And she had nothing for protection.
A nemala nič na ochranu.
Nothing except an old, decrepit, woman.
Nič okrem starej, schátranej ženy.
Even the trees of the forest pitied her.
Dokonca aj stromy v lese ju ľutovali.
The young girl and old woman sat together.
Mladé dievča a stará žena sedeli spolu.

They were at the foot of an old tree.
Boli na úpätí starého stromu.
And together they cried over their situation.
A spolu plakali nad svojou situáciou.
I should say this all happened long ago.
Musím povedať, že sa to všetko stalo už dávno.
In these times the trees could talk.
V týchto časoch vedeli stromy rozprávať.
And the old tree spoke to the girl.
A starý strom prehovoril k dievčaťu.
"Unhappy women, I much pity you"
„Nešťastné ženy, veľmi je mi vás ľúto"
"There are wild beasts in this forest"
„V tomto lese sú divé zvieratá"
"Soon they will come out of their lairs"
„Čoskoro vyjdú zo svojich brlohov"
"They will roam about for prey"
„Budú sa potulovať za korisťou"
"And they are sure to devour you two"
„A určite vás dvoch zhltnú."
"But I can help you, if you want"
„Ale môžem ti pomôcť, ak chceš"
"I will make an opening for you"
„Urobím pre teba otvor"
"When you see the opening, go into it"
„Keď uvidíš otvor, vojdi doň"
"And then I will close the opening up"
„A potom uzavriem otvor"
"As long as you are in me you'll be safe"
„Pokiaľ si vo mne, budeš v bezpečí"
"This way the wild beasts can't touch you"
„Takto sa ťa divé zvieratá nemôžu dotknúť"
And then the tree split itself in two.
A potom sa strom rozštiepil na dve časti.
The two women went inside the tree.
Dve ženy vošli dovnútra stromu.
And the old tree resumed its natural shape.

A starý strom opäť nadobudol svoj prirodzený tvar.

The shade of night darkened the forest.
Tieň noci zatienil les.
Everything the tree had said was true.
Všetko, čo strom povedal, bola pravda.
The wild beasts came out of their lairs.
Divé zvieratá vyšli zo svojich brlohov.
The fierce tiger came out at night.
V noci vyšiel divoký tiger.
The wild bear left his lair.
Divoký medveď opustil svoj brloh.
The rhinoceros roamed the forest.
Nosorožec sa potuloval po lese.
The bushy bear was there that night.
V tú noc tam bol huňatý medveď.
The great elephant could be heard.
Bolo počuť veľkého slona.
And there was the horned buffalo.
A bol tam rohatý byvol.
They all growled as they circled the tree.
Všetci zavrčali, keď krúžili okolo stromu.
They had gotten the scent of human blood.
Zacítili pach ľudskej krvi.
They could hear the growls of the beasts.
Počuli vrčanie zvierat.
The beasts came dashing against the tree.
Zvery sa vrhli na strom.
They broke the old tree's branches.
Zlomili konáre starého stromu.
Their horns pierced the tree's trunk.
Ich rohy prerazili kmeň stromu.
They scratched its bark with their claws.
Pazúrmi mu škriabali kôru.
But all their efforts were in vain.
Ale všetko ich úsilie bolo márne.
The girl and woman were safe in the tree.

Dievča a žena boli v bezpečí na strome.
Towards dawn the wild beasts went away.
K úsvitu divé zvieratá odišli.
After sunrise the good tree spoke again.
Po východe slnka dobrý strom opäť prehovoril.
"The wild beasts have gone back"
„Divoké zvieratá sa vrátili"
"They are in their lairs again"
„Sú opäť vo svojich brlohoch"
"But they did their best to torment me"
„Ale urobili všetko pre to, aby ma trápili"
"The sun has risen up again"
„Slnko opäť vyšlo"
"So you can come out now"
„Takže teraz môžeš vyjsť"
The tree split itself into two again.
Strom sa opäť rozštiepil na dve časti.
The girl and the old woman came out.
Dievča a starena vyšli von.
They saw the extent of the damage.
Videli rozsah škôd.
The tree's branches had been broken off.
Konáre stromu boli odlomené.
The tree's trunk had been pierced.
Kmeň stromu bol prepichnutý.
The bark had been stripped off.
Kôra bola odlúpnutá.
"Good mother, we thank you"
„Dobrá mama, ďakujeme ti"
"You have been very kind to us"
„Boli ste k nám veľmi milí"
"You gave us shelter from the beasts"
„Dal si nám útočisko pred zvieratami"
"But it was at a great cost to yourself"
„Ale stálo vás to veľa."
"You have many wounds from the wilds beasts"
„Máš veľa rán od divých zvierat."

"You must be in great pain?"
„Musíš mať veľké bolesti?"
Close by there was a flowing river.
Neďaleko tiekla rieka.
The young girl went to the river bank.
Mladé dievča išlo na breh rieky.
At the bank of the river she found mud.
Na brehu rieky našla blato.
She covered the tree with the mud.
Pokryla strom blatom.
She especially covered the damaged parts.
Obzvlášť zakrývala poškodené časti.
The tree thanked her for the treatment.
Strom jej poďakoval za ošetrenie.
"My good girl, I thank you"
„Moje dobré dievča, ďakujem ti"
"I am greatly relieved of my pain"
„Veľmi sa mi uľavilo od bolesti"
"I am, however, more concerned for you"
„Mám však o teba väčšie obavy"
"You must be hungry"
„Musíš byť hladný"
"You have not eaten since yesterday"
„Nejedol si od včerajška"
"But what can I give you?"
„Ale čo ti môžem dať?"
"I have no fruit of my own"
„Nemám vlastné ovocie"
"But I do have some advice"
„Ale mám jednu radu"
"Give the old woman whatever money you have"
„Dajte starej žene všetky peniaze, ktoré máte"
"Let her go into the city"
„Nechajte ju ísť do mesta"
"In the city she can buy some food"
„V meste si môže kúpiť nejaké jedlo"
They explained their situation to the tree.

Vysvetlili stromu svoju situáciu.
"We have been sent out with no money"
„Poslali nás bez peňazí "
But she searched through her work-box anyway.
Ale aj tak prehľadala svoju pracovnú krabicu.
And in the box she found five cowries.
A v krabici našla päť kauri.
The tree continued to give its advice.
Strom ďalej dával svoje rady.
"Go with your cowries to the city"
„Choď so svojimi kauri do mesta"
"Use the cowries to buy some fried rice"
„Použite kauri na kúpu vyprážanej ryže"
So the old woman went to the city.
Tak sa stará žena vybrala do mesta.
Fortunately the city was not far away.
Našťastie mesto nebolo ďaleko.
She went to the first shopkeeper she found.
Išla k prvému obchodníkovi, ktorého našla.
"Please give me five cowries worth of rice"
„Prosím, dajte mi päť kaurií ryže"
The shopkeeper laughed at her.
Predavač sa jej zasmial.
"Where can rice be had for five cowries?"
„Kde sa dá zohnať ryža za päť kauri?"
"Be off, you old hag," he told her.
„Choď preč, ty stará ježibaba," povedal jej.
So she tried to barter at another shop.
Tak sa pokúsila o výmenný obchod v inom obchode.
This shopkeeper could see her distress.
Tento majiteľ obchodu videl jej rozrušenie.
And the shopkeeper took pity on her.
A obchodník sa nad ňou zľutoval.
She gave her a large quantity of rice.
Dala jej veľké množstvo ryže.
The old woman returned with the rice.
Stará žena sa vrátila s ryžou.

And the tree gave further instructions.
A strom dal ďalšie pokyny.
"Eat less than half of the rice"
„Zjedzte menej ako polovicu ryže"
"Go to the embankments of the river bank"
„Choďte na nábrežie rieky"
"Cast the remaining rice on the river bank"
„Zvyšnú ryžu vyhoďte na breh rieky"
They did not understand the sense of it.
Nerozumeli zmyslu toho.
"Why sow the riverbank with rice?"
„Prečo osiať breh rieky ryžou?"
But they did as they were advised.
Ale urobili, ako im bolo poradené.
And they threw their rice onto the ground.
A hodili ryžu na zem.

They spent the day lamenting their fate.
Strávili deň nariekaním nad svojím osudom.
Just as before the beasts came out at night.
Rovnako ako predtým, ako v noci vyšli zvieratá.
The tree housed them inside of its trunk again.
Strom ich opäť ukryl vo svojom kmeni.
Again they mutilated and tortured the tree.
Znova strom zmrzačili a mučili.
But that night something else happened.
Ale v tú noc sa stalo niečo iné.
The women only saw it the next day.
Ženy to videli až na druhý deň.
The rice had attracted hundreds of peacocks.
Ryža prilákala stovky pávov.
The peacocks competed for the rice.
Pávy súťažili o ryžu.
And their feathers fell on the floor.
A ich perie spadlo na zem.
The tree had known what would happen.
Strom vedel, čo sa stane.

And the tree advised them what to do next.

A strom im poradil, čo majú robiť ďalej.

"Go back to the bank of the river"

„Vráť sa na breh rieky"

"Go to where you cast the rice"

„Choď tam, kde si hodil ryžu"

"There you will see many feathers"

„Tam uvidíš veľa pierok"

"Collect all the feathers you can find"

„Zozbieraj všetky pierka, ktoré nájdeš"

"Use the feathers to make a beautiful fan"

„Použite perie na výrobu krásneho vejára"

"And take the feather-fan to the city"

„A vezmi si vejár z peria do mesta."

The two women did as they were advised.

Obe ženy urobili, ako im bolo poradené.

It was good the girl had taken her work-box.

Dobre, že si dievča vzalo svoju pracovnú škatuľu.

In her work-box was some string.

V jej pracovnej krabici bol nejaký špagát.

The tied the feathers together.

Zviazali perie k sebe.

And she had made a fan from the feathers.

A z pierok si vyrobila vejár.

She took the feather fan to the city.

Vzala si vejár z peria do mesta.

The son of the king happened to be there.

Náhodou sa tam ocitol kráľov syn.

He admired the feathers greatly.

Veľmi obdivoval perie.

He paid a large sum of money for the feathers.

Za perie zaplatil veľkú sumu peňazí.

Each morning a quantity of feathers was collected.

Každé ráno sa nazbieralo určité množstvo peria.

And each day a feather fan was made and sold.

A každý deň sa vyrobil a predal vejár z peria.

Within a short time the two women got rich.

V krátkom čase obe ženy zbohatli.
The tree then advised them to build a house.
Strom im potom poradil, aby si postavili dom.
"Employ men to burn bricks for you"
„Zamestnávajte mužov, aby vám pálili tehly"
"Get them to cut beams and rafters"
„Nechajte ich narezať trámy a krokvy"
"Make them plaster the walls with lime"
„Nechajte ich omietnuť steny vápnom"
In a few months a stately house was built.
O niekoľko mesiacov bol postavený honosný dom.
The tree was pleased for the women.
Strom sa potešil za ženy.
"You should add a garden to your house"
„Mali by ste si k domu pridať záhradu"
"And you want to be able to store water"
„A chcete byť schopní skladovať vodu"
"Dig a water tank in your garden"
„Vykopte si vo svojej záhrade nádrž na vodu"

The girl had not had much time.
Dievča nemalo veľa času.
So she didn't think of her family.
Takže nemyslela na svoju rodinu.
The merchant's luck had taken a turn.
Obchodníkovo šťastie sa obrátilo.
The goddess of wealth frowned upon him.
Bohyňa bohatstva sa naňho zamračila.
He was struck by a sudden misfortune.
Postihlo ho náhle nešťastie.
All at once he lost all of his money.
Zrazu prehral všetky svoje peniaze.
He was forced to sell his house.
Bol nútený predať svoj dom.
But he made a great loss on the property.
Ale na majetku utrpel veľkú stratu.
He and his family were left penniless.

On a jeho rodina zostali bez peňazí.
So they were forced to live elsewhere.
Boli teda nútení bývať inde.
They happened to move to a nearby village.
Náhodou sa presťahovali do neďalekej dediny.
The palace was not far from their new house.
Palác nebol ďaleko od ich nového domu.
But the merchant was not rich anymore.
Ale obchodník už nebol bohatý.
And he still had to support his family.
A stále musel živiť svoju rodinu.
He had been reduced to doing manual labor.
Bol nútený vykonávať manuálnu prácu.
He applied for the job at the palace.
Uchádzal sa o miesto v paláci.
He was going to dig the hole for the water.
Chcel vykopať jamu pre vodu.
His wife also offered to work with him.
Jeho manželka sa mu tiež ponúkla, že s ním bude
spolupracovať.
But they got there too late to work.
Ale prišli tam príliš neskoro na prácu.
The water tank had already been finished.
Vodná nádrž už bola dokončená.
And they did not know whose house it was.
A nevedeli, čí je to dom.
The merchant's daughter was looking out the window.
Obchodníkova dcéra sa pozerala z okna.
She happened to see her parents in the garden.
Náhodou uvidela svojich rodičov v záhrade.
She could see the rags they were wearing.
Videla handry, ktoré mali na sebe.
Her eyes filled with tears at the sight.
Pri tom pohľade sa jej oči zaplnili slzami.
She could not believe what she saw.
Nemohla uveriť vlastným očiam.
Her parents had come to her for work.

Jej rodičia prišli za ňou kvôli práci.
She immediately called her servants.
Okamžite zavolala svojich sluhov.
"Outside in the garden are my parents"
„Vonku v záhrade sú moji rodičia"
"Please offer them these fine clothes"
„Prosím, ponúknite im tieto pekné šaty."
"And ask them to come into the palace"
„A požiadajte ich, aby prišli do paláca."
Her servants did as they were told.
Jej sluhovia urobili, ako im bolo povedané.
But her parents were frightened beyond measure.
Ale jej rodičia boli nesmierne vystrašení.
They had seen that the tank was finished.
Videli, že tank je dokončený.
There used to be a strange tradition.
Kedysi existovala zvláštna tradícia.
In those days human sacrifices were offered.
V tých časoch sa prinášali ľudské obety.
One of those occasions was after digging a pool.
Jednou z takýchto príležitostí bolo po vykopaní bazéna.
You can imagine her parents' fear.
Viete si predstaviť strach jej rodičov.
They had come to dig the water tank.
Prišli vykopať vodnú nádrž.
But now servants were calling them.
Ale teraz ich volali sluhovia.
They thought they going to be sacrificed.
Mysleli si, že budú obetovaní.
"Throw away your rags" they said.
„Zahoďte svoje handry," povedali.
"Here, wear these fine clothes"
„Tu máš, obleč si tieto pekné šaty."
And their fears increased even more.
A ich strach sa ešte viac zvýšil.
But they did not have to fear for long.
Ale nemuseli sa dlho báť.

Their rich daughter came out to meet them.
Ich bohatá dcéra im vyšla v ústrety.
She hugged and kissed her parents.
Objala a pobozkala svojich rodičov.
And she told them everything that had happened.
A povedala im všetko, čo sa stalo.
The father felt that she had been right.
Otec mal pocit, že mala pravdu.
"You do live from your own fortune"
„Žiješ zo svojho vlastného majetku"
The daughter did not blame her father.
Dcéra neobviňovala svojho otca.
And she gave him a large fortune.
A dala mu veľký majetok.
With the money he moved back to the city.
S peniazmi sa presťahoval späť do mesta.
Soon he became a merchant again.
Čoskoro sa opäť stal obchodníkom.
And he went to distant countries for trade.
A odišiel obchodovať do vzdialených krajín.

One day he got ready for another business venture.
Jedného dňa sa chystal na ďalší obchodný podnik.
But that day something strange happened.
Ale v ten deň sa stalo niečo zvláštne.
The ship was ready to leave the port.
Loď bola pripravená opustiť prístav.
But for some reason the ship did not move.
Ale z nejakého dôvodu sa loď nepohla.
No one could explain what was happening.
Nikto nevedel vysvetliť, čo sa deje.
But the merchant had an idea.
Ale obchodník mal nápad.
"Perhaps my daughters would like presents"
„Možno by moje dcéry chceli darčeky"
"I need to ask them what they would like"
„Musím sa ich opýtať, čo by chceli"

He went to see his daughters.
Išiel navštíviť svoje dcéry.
He asked them what they would like.
Spýtal sa ich, čo by si priali.
And he promised to bring them presents.
A sľúbil im, že im prinesie darčeky.
But the ship would still not move.
Ale loď sa stále nepohla.
He had not asked all his daughters.
Nepožiadal všetky svoje dcéry.
His youngest daughter was not there.
Jeho najmladšia dcéra tam nebola.
She was living in a different city.
Bývala v inom meste.
So he ordered his servants go to her palace.
Preto prikázal svojim sluhom, aby išli do jej paláca.
The messenger came at the wrong time.
Posol prišiel v nesprávnom čase.
The young girl was engaged in devotions.
Mladé dievča sa venovalo pobožnostiam.
But the messenger asked her anyway.
Ale posol sa jej aj tak opýtal.
She just told him "sobur"
Len mu povedala „sobur“
The meaning of this was "wait"
Význam toho bol „čakať“
But the messenger didn't know this.
Ale posol to nevedel.
He thought she wanted something called "sobur"
Myslel si, že chce niečo s názvom „sobur“.
So he went back to the city of the merchant.
Vrátil sa teda do mesta obchodníka.
And he delivered the message he received.
A doručil správu, ktorú dostal.
"Your daughter wants something called 'sobur'"
„Vaša dcéra chce niečo s názvom ‚sobur‘“
This time the ship could move again.

Tentoraz sa loď mohla opäť pohnúť.
So the merchant started on his travels.
Obchodník sa teda vydal na svoju cestu.
He visited many ports on his journey.
Na svojej ceste navštívil mnoho prístavov.
And he made good profits from his trades.
A zo svojich obchodov dosiahol dobré zisky.
Finding the presents was not difficult.
Nájsť darčeky nebolo ťažké.
He found everything his oldest daughters wanted.
Našiel všetko, čo jeho najstaršie dcéry chceli.
But his youngest daughter's wish was difficult.
Ale želanie jeho najmladšej dcéry bolo ťažké.
He could not find the thing called "sobur"
Nemohol nájsť vec zvanú „sobur".
He asked at every port he came to.
Pýtal sa v každom prístave, do ktorého prišiel.
"Do you have something called 'sobur'?"
„Máte niečo, čo sa volá ‚sobur'?"
But the merchants all shook their heads.
Ale všetci obchodníci krútili hlavami.
"We've never heard of 'sobur'"
„Nikdy sme nepočuli o slove ‚sobur'"
His voyage had almost come to its end.
Jeho plavba sa takmer chýlila ku koncu.
He was soon going to head back home.
Čoskoro sa chystal vrátiť domov.
But he wanted "sobur" for his daughter.
Ale chcel pre svoju dcéru „sobur".
So he went calling through the streets.
Tak išiel volať po uliciach.
"Sobur, does anyone have sobur?!"
„Sobur, má niekto sobur?!"
The son of the King was in his castle.
Kráľov syn bol na svojom hrade.
He happened to be looking out the window.
Náhodou sa pozeral z okna.

And the calls attracted his attention.
A hovory pritiahli jeho pozornosť.
Because his name happened to be Sobur.
Pretože sa náhodou volal Sobur.
He came to the merchant to speak with him.
Prišiel k obchodníkovi, aby sa s ním porozprával.
"I have the Sobur that you want"
„Mám Sobur, ktorého chceš"
"Take this box, but be careful with it"
„Vezmi si túto krabicu, ale buď s ňou opatrný."
"In the box is a magical feather fan and mirror"
„V krabici je magický vejár z peria a zrkadlo."
"This is the Sobur your daughter wishes for"
„Toto je Sobur, po akom si tvoja dcéra želá."
The merchant thanked the prince for the box.
Obchodník poďakoval princovi za škatuľku.
And he returned back to his country.
A vrátil sa späť do svojej krajiny.

He gave the box to his daughter.
Dal krabicu svojej dcére.
But the daughter didn't think about it.
Ale dcéra o tom nepremýšľala.
She thought it was just a common box.
Myslela si, že je to len obyčajná krabica.
She had forgotten about the messenger.
Zabudla na posla.
But one day she decided to open the box.
Ale jedného dňa sa rozhodla krabicu otvoriť.
Inside the box she found a beautiful fan.
Vnútri krabice našla krásny vejár.
In the feather fan there was a beautiful mirror.
V perovom vejári bolo krásne zrkadlo.
She waved the feather fan to cool herself.
Zamávala vejárom z peria, aby sa ochladila.
And Prince Sobur appeared before her.
A pred ňou sa objavil princ Sobur.

"You called me, so here I am," he said.

„Volali ste ma, takže tu som," povedal.

"What is it you wish for?" he asked.

„Čo si želáš?" spýtal sa.

She was astonished at what she saw.

Bola ohromená tým, čo videla.

A handsome prince had suddenly appeared!

Zrazu sa objavil krásny princ!

"Who are you?" she asked the prince.

„Kto si?" spýtala sa princa.

"And how did you suddenly appear?"

„A ako si sa tu zrazu objavil?"

The prince explained what had happened.

Princ vysvetlil, čo sa stalo.

"Your father was looking for 'sobur'"

„Tvoj otec hľadal ,sobur'"

"I am prince Sobur," he explained.

„Som princ Sobur," vysvetlil.

"I gave your father a box"

„Dal som tvojmu otcovi krabicu"

"In this box there is a feather fan and mirror"

„V tejto krabici je vejár z peria a zrkadlo."

"When you shake the feather fan I will appear"

„Keď zatrasieš vejárom z peria, zjavím sa."

She asked the prince to stay as a guest.

Požiadala princa, aby zostal ako hosť.

And for two days the prince stayed with her.

A princ u nej zostal dva dni.

And she entertained him in her palace.

A pohostila ho vo svojom paláci.

During that time the two fell in love.

Počas toho obdobia sa tí dvaja do seba zamilovali.

They made their vows to each.

Zložili si sľuby.

And they became husband and wife.

A stali sa manželmi.

After this the prince returned to his father.

Potom sa princ vrátil k svojmu otcovi.
He told him that he had selected a wife.
Povedal mu, že si vybral manželku.
The day for the wedding was decided.
Deň svadby bol určený.
All the family was invited.
Celá rodina bola pozvaná.
And they had a beautiful wedding.
A mali krásnu svadbu.

But there was a death in the marriage bed.
Ale v manželskej posteli došlo k úmrtiu.
The six daughters of the merchant were envious.
Šesť dcér obchodníka závidelo.
They were jealous of their sister's success.
Žiarlili na úspech svojej sestry.
So they decided to destroy her happiness.
Tak sa rozhodli zničiť jej šťastie.
They broke several glass bottles.
Rozbili niekoľko sklenených fliaš.
And they ground the glass into fine powder.
A sklo rozomleli na jemný prášok.
Then they scattered the powder on the bed.
Potom rozsypali prášok po posteli.
The prince suspected no danger.
Princ netušil žiadne nebezpečenstvo.
He laid himself down in the bed.
Ľahol si do postele.
Soon he felt an acute pain.
Čoskoro pocítil ostrú bolesť.
All of his whole body ached.
Celé ho telo bolelo.
The powder had gone through his skin.
Prášok mu prenikol cez kožu.
The prince became restless through pain.
Princ sa stal nepokojným od bolesti.
And he started to kick and scream.

A začal kopať a kričať.
He was taken away to his own country.
Odviedli ho do jeho vlastnej krajiny.
The king and queen were very worried.
Kráľ a kráľovná si robili veľké starosti.
They consulted all the kingdom's physicians.
Konzultovali so všetkými lekármi kráľovstva.
But their efforts were in vain.
Ale ich úsilie bolo márne.
Day and night the young prince was screaming.
Mladý princ kričal vo dne v noci.
No one could ascertain the disease.
Nikto nevedel určiť príčinu choroby.
So they had no way of knowing the remedy.
Takže nemali ako poznať liek.
You can imagine the grief of his wife.
Viete si predstaviť smútok jeho manželky.
The marriage knot had only just been tied.
Manželský uzol bol práve uviazaný.
She thought a terrible disease had attacked him.
Myslela si, že ho postihla hrozná choroba.
Then he was carried hundreds of miles away.
Potom ho odniesli stovky kilometrov ďaleko.
She had never been to his country.
Nikdy predtým nebola v jeho krajine.
But she was determined to go there.
Ale bola odhodlaná tam ísť.
And she was determined to nurse him better.
A bola odhodlaná starať sa oňho lepšie.
She put on the garb of a Sannyasi.
Obliekla si rúcho sannjásínky.
And she carried a dagger in her hand.
A v ruke niesla dýku.
And then she set out on her journey.
A potom sa vydala na svoju cestu.

The princess was still relatively young.

Princezná bola ešte relatívne mladá.
She was unaccustomed to long journeys.
Nebola zvyknutá na dlhé cesty.
And she wasn't used to walking so far.
A nebola zvyknutá chodiť tak ďaleko.
She soon got weary of walking.
Chôdza ju čoskoro unavila.
So she sat under a tree to rest.
Tak si sadla pod strom, aby si oddýchla.
On the top of the tree there was a nest.
Na vrchole stromu bolo hniezdo.
It was the nest of two divine birds.
Bolo to hniezdo dvoch božských vtákov.
Bihangami and Bihangama lived here.
Žili tu Bihangami a Bihangama.
They were not in their nest at the time.
V tom čase neboli vo svojom hniezde.
But two of their chicks were in the nest.
Ale dve z ich mláďat boli v hniezde.
Suddenly the chicks gave a scream.
Zrazu kuriatka kričali.
This roused the half-drowsy princess.
To prebudilo napoly ospalú princeznú.
The little birds had seen huge serpent.
Malé vtáčiky videli obrovského hada.
The snake was about to climb the tree.
Had sa chystal vyliezť na strom.
This would have been the end of the birds.
To by bol koniec vtákov.
But the Sannyasi took out her dagger.
Ale sannjásínka vytiahla dýku.
And she cut the serpent in two.
A rozťala hada na dvoje.
Of course even this frightened the young birds.
Samozrejme, aj toto vystrašilo mladé vtáky.
And they flew from the nest screaming.
A s krikom vyleteli z hniezda.

Bihangama and Bihangami were on their way back.
Bihangama a Bihangami sa vracali späť.
They came sailing through the air.
Prileteli plachtiac vzduchom.
They thought they already knew what had happened.
Mysleli si, že už vedia, čo sa stalo.
"I don't expect to see our children"
„Neočakávam, že uvidím naše deti"
"The nest will be empty again"
„Hniezdo bude opäť prázdne"
"All our previous children were eaten"
„Všetky naše predchádzajúce deti boli zjedené"
"They were eaten by our great enemy the serpent"
„Zjedol ich náš veľký nepriateľ, had"
"They will have met the same fate"
„Postihne ich rovnaký osud"
"I do not hear the cries of my young ones"
„Nepočujem plač svojich detí"
The two birds got to their nest.
Dva vtáky sa dostali do svojho hniezda.
And as predicted, the nest was empty.
A ako sa predpokladalo, hniezdo bolo prázdne.
This seemed to confirm their suspicions.
Zdá sa, že to potvrdilo ich podozrenia.
But soon the young birds returned.
Ale čoskoro sa mladé vtáky vrátili.
The divine birds were pleasantly surprised.
Božské vtáky boli milo prekvapené.
The young birds told them what had happened.
Mladé vtáčatá im povedali, čo sa stalo.
"There was a young Sannyasi under the tree"
„Pod stromom bol mladý sannjásí."
"He destroyed the serpent"
„Zničil hada"
"He cut the snake in two with his dagger"
„Rozsekal hada na dve časti dýkou"
The parents went to foot of the tree.

Rodičia išli k úpätiu stromu.

Two halves of the snake were still there.

Dve polovice hada tam stále boli.

"The young Sannyasi has saved our offspring"

„Mladý sannjásí zachránil naše potomstvo"

"I wish we could do him some service in return"

„Kiežby sme mu mohli na oplátku preukázať nejakú službu"

The divine bird Bihangama replied.

Božský vták Bihangama odpovedal.

"We shall do our service to HER"

„Preukážeme jej službu"

"The Sannyasi under the tree is not a man"

„Sannjásí pod stromom nie je človek"

"The Sannyasi under the tree is a woman"

„Sannjásí pod stromom je žena"

"Last night she got married to Prince Sobur"

„Včera večer sa vydala za princa Sobura."

"Shortly after their marriage he was poisoned"

„Krátko po svadbe ho otrávili"

"His skin was pierced with small shards of glass"

„Jeho koža bola prepichnutá malými črepinami skla"

"His sisters-in-law envied his wife"

„Jeho švagriné závideli jeho manželke"

"Her sisters spread the powder over the bed"

„Jej sestry rozprestreli púder po posteli"

"He is still suffering from his pain"

„Stále trpí svojou bolesťou"

"But he is in his native land"

„Ale on je vo svojej rodnej krajine"

"And now he is at the point of death"

„A teraz je na pokraji smrti"

"Beneath the tree is his heroic bride"

„Pod stromom je jeho hrdinská nevesta"

"She is wearing the garb of a Sannyasi"

„Má na sebe odev sannjásínky."

"And she is going to nurse him"

„A ona ho bude dojčiť"

The Bihangami asked the Bihangama.
Bihangami požiadali Bihangama.
"Is there no cure for the prince?"
„Neexistuje pre princa žiadny liek?"
"Yes, there is a cure" replied the Bihangama.
„Áno, existuje liek," odpovedal Bihangama.
"There is hardened dung lying on the ground"
„Na zemi leží stvrdnutý trus"
"She must take this hardened dung"
„Musí zjesť tento stvrdnutý trus."
"Then she must reduce the dung to powder"
„Potom musí trus rozdrviť na prášok"
"And then she must bathe the prince"
„A potom musí okúpať princa."
"She must bathe him in seven jars of water"
„Musí ho okúpať v siedmich džbánoch vody"
"Then she must bathe him in seven jars of milk"
„Potom ho musí okúpať v siedmich džbánoch mlieka ."
"Then she must apply the powder to his body"
„Potom mu musí naniesť prášok na telo."
"After this Prince Sobur will get well"
„Potom sa princ Sobur uzdraví."
"I have no doubts about this remedy"
„O tomto lieku nemám žiadne pochybnosti"
The Bihangami saw a problem though.
Bihangami však videli problém.
"The princess is but a young girl"
„Princezná je len mladé dievča"
"She cannot walk such a distance"
„Nemôže prejsť takú vzdialenosť pešo"
"The journey would take her many days"
„Cesta by jej trvala mnoho dní"
"By that time the poor prince will have died"
„Dovtedy už úbohý princ zomrie."
"I can," replied the Bihangama.
„Môžem," odpovedal Bihangama.
"I will take the young lady on my back"

„Vezmem si mladú dámu na chrbát"
"I will fly her to Prince Sobur's city"
„Poletím s ňou do mesta princa Sobura."
"If she takes no presents, I will fly her back"
„Ak si neprinesie žiadne darčeky, poletím s ňou späť."
The merchant's daughter heard this conversation.
Obchodníkova dcéra počula tento rozhovor.
She begged the Bihangama to take her on his back.
Prosila Bihangamu, aby ju vzal na chrbát.
And of course the bird willingly consented.
A vták samozrejme ochotne súhlasil.
First she gathered some of the bird's dung.
Najprv nazbierala trochu vtáčieho trusu.
And then she reduced the dung to fine powder.
A potom trus rozdrvila na jemný prášok.
She was armed with this potent medicine.
Bola vyzbrojená týmto silným liekom.
And she got on the back of the kind bird.
A vysadla na chrbát toho milého vtáka.

The Bihangama flew as fast as lightning.
Bihangama letela rýchlosťou blesku.
They soon reached Prince Sobur's city.
Čoskoro dorazili do mesta princa Sobura.
The young Sannyasi went up to the palace.
Mladý sannjásí odišiel do paláca.
And she spoke to the guards at the gate.
A prehovorila so strážami pri bráne.
"Send word to the king that I have a medicine"
„Pošli kráľovi správu, že mám liek."
"This medicine will save the prince's life"
„Tento liek zachráni princovi život"
"Within hours I will have cured the prince"
„Do niekoľkých hodín vyliečim princa"
The king had tried all the best doctors.
Kráľ vyskúšal všetkých najlepších lekárov.
But no doctor had been able to cure his son.

Ale žiadny lekár nedokázal jeho syna vyliečiť.
So he didn't believe the Sannyasi's words.
Takže neveril slovám sannjásína.
But his councilors advised him otherwise.
Jeho radní mu však poradili inak.
The Sannyasi ordered for seven jars of water.
Sannjásí si objednal sedem džbánov vody.
And seven jars of milk were ordered.
A bolo objednaných sedem pohárov mlieka.
He poured a jar of water on the prince.
Vylial na princa džbán vody.
And he poured a jar of milk on the prince.
A nalial na princa džbán mlieka.
He had a feather from the divine bird.
Mal pierko od božského vtáka.
And he used the feather to apply the powder.
A pierkom naniesol púder.
All of the prince's body was covered.
Celé princovo telo bolo zakryté.
This was repeated another six times.
Toto sa zopakovalo ešte šesťkrát.
The last treatment did the magic.
Posledná liečba urobila zázraky.
The prince started to feel well again.
Princ sa opäť začal cítiť dobre.
The king was happier than words can describe.
Kráľ bol šťastnejší, než sa dá slovami opísať.
"Give the Sannyasi the finest treasures"
„Dajte sannjásínom tie najcennejšie poklady"
But the Sannyasi refused to take presents.
Ale sannjásí odmietli prijať dary.
"Let me have the ring on the prince's finger"
„Dajte mi prsteň na princovom prste"
The king and the prince were happy.
Kráľ a princ boli šťastní.
And they gave him what he wanted.
A dali mu, čo chcel.

The merchant's daughter hastened back.
Obchodníkova dcéra sa ponáhľala späť.
The Bihangama was waiting at the sea-shore.
Bihangama čakala na brehu mora.
They reached the tree of the divine birds.
Dostali sa k stromu božských vtákov.
The young bride walked back to her palace.
Mladá nevesta sa vrátila do svojho paláca.

The following day she shook the magical feather fan.
Nasledujúci deň potriasla magickým vejárom z peria.
Just as before, her husband appeared.
Rovnako ako predtým, objavil sa jej manžel.
Of course he was happy to see his wife.
Samozrejme, že sa tešil, že vidí svoju manželku.
But he was infinitely surprised.
Ale bol nekonečne prekvapený.
She had his ring on her finger.
Mala na prste jeho prsteň.
His own wife was his doctor.
Jeho vlastná manželka bola jeho lekárkou.
It was his wife that had cured him!
Bola to jeho žena, ktorá ho vyliečila!
The prince took his bride to his palace.
Princ si vzal nevestu do paláca.
He forgave his sisters-in-law.
Odpustil svojim švagriným.
They lived happily for many years.
Žili šťastne mnoho rokov.
And they were blessed with children.
A boli požehnaní deťmi.

The Origins of Opium
Pôvod ópia

Once upon on a time there lived a Rishi.
Kedysi dávno žil jeden Riši.
He lived on the banks of the holy Ganges.
Žil na brehoch posvätnej Gangy.
This Rishi was a very religious man.
Tento Riši bol veľmi nábožný muž.
He spent his days performing religious rites.
Svoje dni trávil vykonávaním náboženských obradov.
From sunrise to sunset he sat on the river bank.
Od východu do západu slnka sedel na brehu rieky.
For the whole time he sat engaged in devotion.
Celý čas sedel oddaný modlitbe.
At night he took shelter in his hut.
V noci sa ukryl vo svojej chatrči.
His hut was made from palm-leaves.
Jeho chatrč bola postavená z palmových listov.
The palms he had grown from saplings.
Palmy, ktoré vypestoval zo stromčekov.
There was no one around for miles.
Na kilometre okolo nikto nebol.
However, in the hut there was a mouse.
V chatrči však bola myš.
She lived from what the Rishi left for her.
Žila z toho, čo jej riši zanechal.
The Rishi was a kind-hearted man.
Riši bol dobrosrdečný muž.
He would not hurt any living thing.
Neublížil by žiadnej živej bytosti.
So our mouse never ran away from him.
Takže naša myška pred ním nikdy neutiekla.
In fact, our mouse went to him.
V skutočnosti k nemu išla naša myška.
She touched his feet when he was sitting.
Dotkla sa jeho nôh, keď sedel.

And she enjoyed playing with him.
A rada sa s ním hrala.
The Rishi also liked the little mouse.
Rišimu sa tiež páčila malá myška.
So he wanted to be kind to her.
Takže k nej chcel byť milý.
And he wanted someone to talk to.
A chcel sa s niekým porozprávať.
So he gave her the power of speech.
Dal jej teda moc reči.

One night the mouse stood up.
Jednej noci sa myš postavila.
She got onto her hind legs.
Postavila sa na zadné nohy.
And she stood in front of the Rishi.
A ona stála pred Rišim.
And she put her front paws together.
A dala predné labky k sebe.
"Holy Sage, you have been kind to me"
„Svätý mudrc, bol si ku mne láskavý"
"And you have given me human language"
„A dal si mi ľudskú reč"
"I hope it doesn't displease your reverence"
„Dúfam, že sa to Vašej ctihodnosti nepáči."
"But I have one more boon to ask"
„Ale mám ešte jednu požehnanie, ktoré by som chcel
požiadať"
The Rishi listened to his mouse.
Riši počúval svoju myš.
"What is it?" asked the Rishi.
„Čo je to?" spýtal sa Riši.
"Say what you want, little mouse"
„Povedz, čo chceš, malá myška."
The mouse answered the Rishi.
Myš odpovedala Rišimu.
"By day your reverence goes to the river"

„Cez deň sa tvoja úcta vzdáva rieke ."
"And there you practice your devotions"
„A tam praktizujete svoje pobožnosti"
"During this time a cat comes to the hut"
„Počas tejto doby príde k chatrči mačka."
"This cat has been trying to catch me"
„Táto mačka sa ma snažila chytiť"
"She still has some fear of your reverence"
„Stále má trochu strach z vašej úcty."
"Otherwise she would have eaten me long ago"
„Inak by ma už dávno zjedla"
"But I fear the cat will eat me someday"
„Ale bojím sa, že ma raz mačka zje."
"So I have one prayer to ask of you"
„Takže sa ťa chcem pomodliť o jednu vec."
"Please may I be changed into a cat!"
„Prosím, nech sa premením na mačku!"
"Then I would be a match for my foe"
„Potom by som bol rovnocenným súperom."
The Rishi understood the mouse's plight.
Riši chápal ťažkú situáciu myši.
He threw some holy water on the mouse.
Polial myš svätenou vodou.
And the mouse instantly turned into a cat.
A myš sa okamžite premenila na mačku.

She had lived as a cat for some days.
Niekoľko dní žila ako mačka.
One night she went to the Rishi again.
Jednej noci išla opäť k Rišimu.
And the Rishi spoke to his pet.
A Riši prehovoril so svojím domácim miláčikom.
"Well, little kitty, how are you!"
„No, mačička, ako sa máš!"
"How do you like your present life!"
„Ako sa ti páči tvoj súčasný život!"
The cat thought about what to say.

Mačka premýšľala, čo povedať.
But she didn't have to say anything.
Ale nemusela nič hovoriť.
The Rishi could tell by her expression.
Riši to vedel z jej výrazu.
"Why don't you like it?" asked the sage.
„Prečo sa ti to nepáči?" spýtal sa mudrc.
"Are you not as strong as the other cats!"
„Nie si taký silný ako ostatné mačky?"
"Yes, I am strong enough," answered the cat.
„Áno, som dosť silný," odpovedala mačka.
"Your reverence has made me a strong cat"
„Vaša úcta zo mňa urobila silnú mačku."
"As strong as any cat in the world"
„Silná ako ktorákoľvek iná mačka na svete"
"Now I do not fear cats anymore"
„Teraz sa už mačiek nebojím"
"But now I have got a new foe"
„Ale teraz mám nového nepriateľa"
"By day your reverence goes to the river"
„Cez deň sa tvoja úcta dostáva k rieke."
"During this time dogs come to the hut"
„Počas tohto obdobia prichádzajú k chatrči psy."
"These dogs have been barking at me"
„Tieto psy na mňa štekajú"
"And I have been frightened for my life"
„A bál som sa o svoj život"
"So I have one more prayer to ask of you"
„Takže sa ťa chcem ešte pomodliť."
"Please may I be changed into a dog!"
„Prosím, nech sa premením na psa!"
The Rishi understood the cat's plight.
Riši chápal ťažkú situáciu mačky.
He threw some holy water on the cat.
Polial mačku svätenou vodou.
And the cat instantly became a dog.
A z mačky sa okamžite stal pes.

She lived as a dog for some days.
Niekoľko dní žila ako pes.
But one night she spoke to the Rishi.
Ale jednej noci prehovorila s Rišim.
"I cannot thank your reverence enough"
„Nemôžem dostatočne poďakovať Vašej úcte"
"You have been most kind to me"
„Boli ste ku mne veľmi láskaví"
"I was but a poor mouse"
„Bol som len úbohá myš"
"You not only gave me speech"
„Nielenže si mi dal reč"
"But you also turned me into a cat"
„Ale tiež si ma premenil na mačku."
"And your kindness didn't end there"
„A tvoja láskavosť sa tým neskončila"
"Then you changed me into a dog"
„Potom si ma premenil na psa"
"As a dog, however, I suffer greatly"
„Ako pes však veľmi trpím"
"I do not get enough to eat"
„Nemám dosť jedla"
"My only food is what you leave me"
„Moje jediné jedlo je to, čo mi necháš"
"That was fine when I was a mouse"
„To bolo fajn, keď som bol myš ."
"But you have made me much larger"
„Ale ty si ma urobil oveľa väčším"
"And it is not enough to fill my mouth"
„A nestačí mi to naplniť ústa"
"OH your reverence, how I envy those monkeys"
„Ó, Vaša ctihodnosť, ako len závidím tým opiciam."
"They jump about from tree to tree"
„Skáču zo stromu na strom"
"They eat all sorts of delicious fruits!"
„Jedia všetky druhy lahodného ovocia!"

"Please may reverence not get angry"
„Prosím, nech sa úcta nehnevá"
"I pray to be changed into a monkey"
„Modlím sa, aby som sa premenil na opicu"
The sage was a very understanding man.
Mudrc bol veľmi chápavý muž.
His heart was filled with patience.
Jeho srdce bolo naplnené trpezlivosťou.
He was happy to grant his pet's wish.
S radosťou splnil želanie svojho domáceho miláčika.
He threw some holy water on the dog.
Polial psa svätenou vodou.
And the dog instantly became a monkey.
A pes sa okamžite premenil na opicu.

Our monkey was at first wild with joy.
Naša opica bola najprv od radosti divoká.
She leaped from one tree to another.
Skákala z jedného stromu na druhý.
She sucked every luscious fruit.
Cmúľala každé lahodné ovocie.
But her joy was short-lived again.
Ale jej radosť opäť netrvala dlho.
Summer had brought with it its drought.
Leto so sebou prinieslo sucho.
Monkeys find it hard to climb down.
Opice majú problém zliezť dole.
So she couldn't drink from the river.
Takže nemohla piť z rieky.
She saw how the wild boars lived.
Videla, ako žijú diviaky.
All day they splashed in the water.
Celý deň sa čľapkali vo vode.
She envied their life now.
Teraz im závidela ich život.
"Oh how happy those wild boars are!"
„Ach, aké sú tie diviaky šťastné!"

"All day their bodies are cooled"
„Celý deň sú ich telá chladené"
"All day they are refreshed by water"
„Celý deň ich osviežuje voda"
"How I wish I were a wild boar"
„Ako by som si prial byť diviakom"
That night she went to the Rishi.
V tú noc išla k Rišimu.
She recounted her troubles to him.
Porozprávala mu o svojich problémoch.
She told him all about the wild boars.
Povedala mu všetko o diviakoch.
"Oh how pleasant their lives must be"
„Ach, aký príjemný musí byť ich život"
And she begged to be changed again.
A prosila, aby ju znova prezliekli.
"I pray to be changed into a wild boar"
„Modlím sa, aby som sa premenil na diviaka"
The sage's kindness knew no bounds.
Mudrcova láskavosť nepoznala hraníc.
and he complied with his pet's request.
a vyhovel žiadosti svojho domáceho miláčika.
He threw some holy water on the monkey.
Polial opicu svätenou vodou.
And the monkey instantly became a wild boar.
A z opice sa okamžite stal diviak.

Our boar was now very content.
Náš kanec bol teraz veľmi spokojný.
She kept her body soaking wet.
Udržiavala si telo premočené.
Every day she went to the river.
Každý deň chodila k rieke.
She splashed about in her favorite element.
Špliechala sa vo svojom obľúbenom živle.
But life is not safe for wild boars.
Ale život nie je pre diviaky bezpečný.

One day the king was out hunting.
Jedného dňa bol kráľ na poľovačke.
He was riding on an adorned elephant.
Jazdil na ozdobenom slonovi.
Only by luck did our wild boar escape.
Len šťastnou náhodou sa nášmu diviakovi podarilo utiecť.
She thought a lot about her experience.
Veľa premýšľala o svojej skúsenosti.
She dwelt on the dangers of her life.
Zaoberala sa nebezpečenstvami, ktoré jej hrozili v živote.
And she envied the stately elephant.
A závidela majestátnemu slonovi.
The elephant was more fortunate than her.
Slon mal väčšie šťastie ako ona.
He got to carry the king on his back.
Musel niesť kráľa na chrbte.
Now she longed to be an elephant.
Teraz túžila byť slonicou.
And at night she besought the Rishi.
A v noci prosila Rišiho.

Our elephant was roaming the wilderness.
Náš slon sa potuloval po divočine.
On her adventures she saw the king.
Na svojich dobrodružstvách uvidela kráľa.
Our elephant went towards the king's suite.
Náš slon išiel smerom ku kráľovskému apartmánu.
She had every intention of being caught.
Mala v úmysle byť chytená.
The king saw the elephant from a distance.
Kráľ uvidel slona z diaľky.
He couldn't help but admire her beauty.
Nemohol si pomôcť a obdivoval jej krásu.
He gave his orders to his servants.
Dal svojim sluhom rozkazy.
"Catch and tame this elephant"
„Chyť a skroť tohto slona"

Our elephant was easily caught.
Nášho slona sme ľahko chytili.
She was taken into the royal stables.
Odviedli ju do kráľovských stajní.
And she was tamed without any trouble.
A bola skrotená bez akýchkoľvek problémov.

One day the queen had a wish.
Jedného dňa mala kráľovná želanie.
She wished to go to the holy Ganges.
Chcela ísť k svätej Gange.
She wished to bathe in the holy waters.
Chcela sa okúpať vo svätej vode.
The king wanted to accompany his wife.
Kráľ chcel sprevádzať svoju manželku.
So he made his orders to his servants.
Dal teda svojim sluhom rozkazy.
"Bring us the newly caught elephant"
„Prineste nám práve chyteného slona"
The king and queen mounted on her back.
Kráľ a kráľovná jej vysadli na chrbát.
Our elephant had gotten her wish.
Našej slonici sa splnilo želanie.
Well... she seemed to have gotten her wish.
No... zdalo sa, že sa jej želanie splnilo.
The king had mounted on her back.
Kráľ jej vysadol na chrbát.
But no, the elephant didn't get her wish.
Ale nie, slonici sa želanie nesplnilo.
She looked upon herself as a lordly beast.
Považovala sa za majestátnu beštiu.
She could not a woman riding on her back.
Nevedela, že žena jazdí na jej chrbte.
It wasn't enough that she was a queen.
Nestačilo jej, že bola kráľovnou.
She could not bear the idea of it.
Nedokázala zniesť tú predstavu.

She felt she had been degraded.
Mala pocit, že bola ponížená.
She jumped up as violently as elephants can.
Vyskočila tak prudko, ako to slony dokážu.
Both the king and queen fell to the ground.
Kráľ aj kráľovná padli na zem.
The king carefully picked up the queen.
Kráľ opatrne zdvihol kráľovnú.
He took the queen in his arms.
Vzal kráľovnú do náručia.
He asked her whether she had been hurt.
Spýtal sa jej, či sa jej niečo stalo.
He wiped off the dust from her clothes.
Zotrel jej prach z oblečenia.
And he tenderly kissed her a hundred times.
A nežne ju stokrát pobozkal.
Our elephant witnessed the king's caresses.
Náš slon bol svedkom kráľových pohladení.
And she scampered off to the woods.
A rozbehla sa do lesa.
She ran as fast as her legs could carry her.
Bežala tak rýchlo, ako ju nohy len mohli niesť.
As she ran, she thought within herself;
Ako bežala, premýšľala si v duchu;
"I have experienced many different lives"
„Zažil som veľa rôznych životov“
"And I have experienced different happiness"
„A zažil som iné šťastie“
"But those lives cannot be compared"
„Ale tie životy sa nedajú porovnávať“
"A queen is the happiest creature of all"
„Kráľovná je najšťastnejší tvor zo všetkých“
"Of what infinite regard is she the object of!"
„Akú nekonečnú úctu si zaslúži!“
"The king lifted her off the ground"
„Kráľ ju zdvihol zo zeme“
"And he carefully took her in his arms"

„A opatrne ju vzal do náručia"
"He made many tender inquiries to her"
„Kládol jej veľa nežných otázok"
"And he wiped off the dust from her clothes"
„A zotrel jej prach zo šiat ."
"And he kissed her a hundred times!"
„A pobozkal ju stokrát!"
"Oh, the happiness of being a queen!"
„Ach, to šťastie byť kráľovnou!"
"I must ask the Rishi to make me a queen!"
„Musím požiadať rišiho, aby ma urobil kráľovnou!"

The sun was just about to set.
Slnko sa práve chystalo zapadať.
Our elephant made it back to the hut.
Náš slon sa dostal späť do chatrče.
The Rishi had just finished his devotions.
Riši práve dokončil svoje pobožnosti.
She fell on the ground at his feet.
Spadla na zem k jeho nohám.
She was still the little mouse.
Stále bola tá malá myška.
And he was still the holy sage.
A stále bol svätým mudrcom.
"What's the news?" inquired the Rishi.
„Čo je nové?" spýtal sa Riši.
"Why have you left the king's palace!"
„Prečo si opustil kráľovský palác!"
Our elephant thought about her words.
Naša slonica sa zamyslela nad svojimi slovami.
"What shall I say to your reverence!"
„Čo mám povedať Vašej ctihodnosti!"
"You have been very kind to me"
„Boli ste ku mne veľmi milí"
"You have granted every wish of mine"
„Splnil si každé moje želanie"
"I was a mouse and you gave me speech"

„Bol som myš a ty si mi dal reč“
"But as a mouse my life was in danger"
„Ale ako myš bol môj život v nebezpečenstve“
"You saved me by turning me into a cat"
„Zachránil si ma tým, že si ma premenil na mačku.“
"But as a cat my life was no safer"
„Ale ako mačka nebol môj život o nič bezpečnejší.“
"And you helped me become a dog"
„A ty si mi pomohol stať sa psom“
"But as a dog I had not enough to eat"
„Ale ako pes som nemal dosť jedla“
"You provided for me again"
„Zase si sa o mňa postaral/a“
"And you turned my into a monkey"
„A ty si ma premenil na opicu“
"I had all I could wish to eat"
„Zjedol som všetko, čo som si mohol priať“
"But I had no way of cooling my body"
„Ale nemal som ako ochladiť svoje telo“
"You helped me with this too"
„Aj ty si mi s tým pomohol“
"And you turned me into a wild boar"
„A ty si ma premenil na diviaka“
"Wild boars have a comfortable life"
„Divoké svine majú pohodlný život“
"But they don't live without danger"
„Ale nežijú bez nebezpečenstva“
"And again you protected me"
„A znova si ma ochránil“
"And you turned me into an elephant"
„A ty si ma premenil na slona“
"Being an elephant has increased my bulk"
„To, že som slon, mi zväčšilo objem“
"But being an elephant has not increased my happiness"
„Ale to, že som slon, mi šťastie nezvýšilo.“
"I have one more boon to ask of you"
„Ešte o jednu vec ťa žiadam“

"It will be the last boon I ask for"
„Bude to posledné požehnanie, o ktoré budem žiadať"
"I see now who the happiest creature is"
„Teraz vidím, kto je najšťastnejší tvor."
"A queen is the happiest in the world"
„Kráľovná je najšťastnejšia na svete"
"Holy father, please make me a queen"
„Svätý Otče, prosím, urob ma kráľovnou"
"Silly child," answered the Rishi.
„Hlúpe dieťa," odpovedal Riši.
"How can I make you a queen!"
„Ako z teba môžem urobiť kráľovnú!"
"Where can I get a kingdom for you!"
„Kde pre teba zoženiem kráľovstvo!"
"Where would I find a royal husband!"
„Kde by som našla kráľovského manžela!"
But the Rishi was still patient.
Ale Riši bol stále trpezlivý.
"There is one thing I can do for you"
„Jedna vec, ktorú pre teba môžem urobiť"
"I can change you into a beautiful girl"
„Môžem ťa premeniť na krásne dievča"
"You will be as beautiful as a queen"
„Budeš krásna ako kráľovná"
"You will possess all the charms you need"
„Budeš mať všetky kúzla, ktoré potrebuješ"
"Your charms can captivate a prince's heart"
„Tvoje čaro dokáže uchvátiť srdce princa"
"But you must wait for what the gods decide"
„Ale musíš počkať, čo rozhodnú bohovia."
"They will grant you an interview"
„Povolia vám pohovor. "
"Tou will have your chance with a prince!"
„Budeš mať šancu s princom!"
Our elephant agreed to the change.
Náš slon so zmenou súhlasil.
The beast was transformed by the Rishi.

Beštiu premenil Riši.
And now she was a beautiful young lady.
A teraz z nej bola krásna mladá dáma.
The holy sage named her Postomani.
Svätý mudrc ju pomenoval Postomani.
Her name meant 'the poppy-seed lady'.
Jej meno znamenalo „dáma s makom".

Postomani lived in the Rishi's hut.
Postomani žil v rišiho chatrči.
She spent her time tending the flowers.
Trávila čas starostlivosťou o kvety.
And she watered the plants in the garden.
A polievala rastliny v záhrade.
One day she was sitting at the hut.
Jedného dňa sedela pri chate.
The Rishi was at the holy Ganges.
Riši bol pri posvätnej Gange.
A richly dressed man came towards the cottage.
K chate prišiel bohato oblečený muž.
She stood up to welcome the man.
Vstala, aby muža privítala.
And she asked the stranger who he was.
A spýtala sa cudzinca, kto to je.
"What have you come for?" she asked.
„Na čo si prišiel?" spýtala sa.
"I have been on a hunt"
„Bol som na poľovačke"
"But we chased the deer in vain"
„Ale jeleňa sme naháňali márne"
"Now I am thirsty from the heat"
„Teraz som smädný od horúčavy"
"I thought that a Rishi lives here"
„Myslel som si, že tu býva Riši."
"I had come to ask him for water"
„Prišiel som ho požiadať o vodu"
"But now I see you live here"

„Ale teraz vidím, že tu bývaš“
Postomani answered the stranger.
Postomani odpovedal cudzincovi.
"Look upon this hut as your own"
„Pozeraj sa na túto chatrč ako na svoju vlastnú“
"I am sorry, but we are poor"
„Je mi ľúto, ale sme chudobní“
"We cannot offer you any entertainment"
„Nemôžeme vám ponúknuť žiadnu zábavu“
"But let me make your visit comfortable"
„Ale dovoľte mi, aby som vám návštevu spríjemnil.“
"Because, I believe you are a king"
„Pretože verím, že si kráľ.“
"If I am not mistaken," she added.
„Ak sa nemýlim,“ dodala.
The stranger smiled in recognition.
Cudzinec sa usmial na znak spoznania.

Postomani then brought a pot of water.
Postomani potom priniesol hrniec s vodou.
She went to wash her royal guest's feet.
Išla umyť nohy svojmu kráľovskému hosťovi.
But the visitor did not let her do this.
Ale návštevník jej to nedovolil.
"Holy maid, do not touch my feet"
„Svätá panna, nedotýkaj sa mojich nôh“
"I am only a Kshatriya," he confessed.
„Som len kšatrija,“ priznal.
"And you are the daughter of a holy sage"
„A ty si dcérou svätého mudrca.“
"Noble sir;" Postomani begun to confess.
„Vážený pane,“ začal sa spovedať Postomani.
"I am not the daughter of the Rishi"
„Nie som dcérou Rišiho“
"And am I not a Brahmani girl either"
„A nie som ani ja brahmánske dievča?“
"There is no harm in me touching your feet"

„Nie je nič zlé na tom, ak sa dotknem tvojich nôh"
"Besides, you are my guest"
„Okrem toho, si môj hosť"
"And I am bound to wash your feet"
„A ja vám umyjem nohy"
"Forgive my impertinence," the king wished.
„Odpusťte mi moju drzosť," zaželal si kráľ.
"What caste do you belong to?" he asked.
„Do ktorej kasty patríš?" spýtal sa.
"I only know what the sage told me"
„Viem len to, čo mi povedal mudrc"
"I heard my parents were Kshatriyas"
„Počul som, že moji rodičia boli kšatrijovia"
The stranger wanted to know more.
Cudzinec chcel vedieť viac.
"May I ask whether your father was a king!"
„Smiem sa opýtať, či bol váš otec kráľ?"
"You have an uncommon beauty," he said.
„Máš neobyčajnú krásu," povedal.
"And you possess a stately demeanor"
„A máš majestátne vystupovanie"
"These qualities cannot be worked for"
„Tieto vlastnosti sa nedajú získať pracou"
"It shows that you were born a princess"
„To ukazuje, že si sa narodila ako princezná."
Postomani avoided answering the question.
Postomani sa odpovedi na otázku vyhol.
Instead she went inside the hut.
Namiesto toho vošla do chatrče.
She brought out a tray of delicious fruits.
Priniesla podnos plný lahodného ovocia.
And she set the fruits before the king.
A položila ovocie pred kráľa.
The king, however, did not touch the fruits.
Kráľ sa však ovocia nedotkol.
He waited until his question was answered.
Čakal, kým dostane odpoveď na svoju otázku.

"I only know what the holy sage says"
„Viem len to, čo hovorí svätý mudrc"
"He says that my father was a king"
„Hovorí, že môj otec bol kráľ"
"But he was overcome in a battle"
„Ale bol v boji premožený"
"So he, with my mother, fled into the woods"
„Tak on s mojou matkou utiekol do lesa."
"My poor father was eaten by a tiger"
„Môjho úbohého otca zjedol tiger"
"My mother closed her eyes as I opened mine"
„Moja mama zavrela oči, keď som ja otvoril tie svoje."
"There was a bee-hive on the tree"
„Na strome bol včelí úľ"
"I lay at the foot of that tree"
„Ležal som na úpätí toho stromu"
"Drops of honey fell into my mouth"
„Kvapky medu mi padli do úst"
"The honey maintained the spark inside me"
„Med vo mne udržiaval iskru"
"And then the kind Rishi found me"
„A potom ma našiel ten druh Rishiho"
"The holy sage brought me into his hut"
„Svätý mudrc ma priviedol do svojej chatrče"
"This is the simple story of this wretched girl"
„Toto je jednoduchý príbeh tohto úbohého dievčaťa"
"The girl who now stands before the king"
„Dievča, ktoré teraz stojí pred kráľom"
"Call not yourself wretched," replied the king.
„Nenazývaj sa úbohým," odpovedal kráľ.
"You are the most beautiful of women"
„Si najkrajšia zo žien"
"And you are the loveliest of women"
„A ty si najkrajšia zo žien"
"You would adorn the grandest palaces"
„Zdobil by si tie najveľkolepejšie paláce"

Postomani had gotten her interview.
Postomani dostala svoj rozhovor.
She fell in love with the king.
Zamilovala sa do kráľa.
And the king fell in love with her.
A kráľ sa do nej zamiloval.
The Rishi joined them in marriage.
Riši ich spojil v manželstve.
Postomani became the king's favourite queen.
Postomani sa stala kráľovou obľúbenou kráľovnou.
And the former queen was in disgrace.
A bývalá kráľovná bola v hanbe.
But Postomani's happiness was short-lived.
Postomaniho šťastie však netrvalo dlho.
One day as she was standing by a well.
Jedného dňa, keď stála pri studni.
She was overcome by a moment of giddiness.
Na chvíľu ju premohol závrat.
Fortune had her fall into the water.
Šťastie ju nechalo spadnúť do vody.
And she died in the water of the well.
A zomrela vo vode zo studne.
The Rishi then came to the king.
Riši potom prišiel ku kráľovi.
"O king, grieve not over the past"
„Ó, kráľu, nesmúť nad minulosťou"
"What is fixed by fate must come to pass"
„Čo osud určil, musí sa stať"
"The queen drowned in your well"
„Kráľovná sa utopila vo vašej studni"
"But she was not of royal blood"
„Ale ona nebola z kráľovskej krvi"
"She was born to a family of mice"
„Narodila sa do rodiny myší"
"Each evening she came to my hut"
„Každý večer prichádzala do mojej chatrče"
"And I gave her the power of speech"

„A dal som jej moc reči"
"With speech she could express her wishes"
„Rečou mohla vyjadriť svoje želania"
"I changed her according to her wishes"
„Zmenil som ju podľa jej želania"
"As a mouse she feared the cat"
„Ako myš sa bála mačky"
"And so I changed her into a cat"
„A tak som ju premenil na mačku"
"As a cat she feared the dogs"
„Ako mačka sa bála psov "
"And so I changed her into a dog"
„A tak som ju premenil na psa"
"As a dog she had not enough to eat"
„Ako pes nemala čo jesť"
"And so I changed her into a monkey"
„A tak som ju premenil na opicu"
"As a monkey she couldn't bear the heat"
„Ako opica nezniesla horúčavu"
"And so I changed her into a wild boar"
„A tak som ju premenil na diviaka."
"As a boar her life was not safe"
„Ako kanec jej život nebol bezpečný"
"And so I changed her into an elephant"
„A tak som ju premenil na slona"
"That was the elephant you caught"
„To bol slon, ktorého si chytil"
"But as an elephant she was not loved"
„Ale ako slonica nebola milovaná"
"And so I changed her one last time"
„A tak som ju naposledy zmenil"
"I changed her into a beautiful girl"
„Premenil som ju na krásne dievča"
"That is the girl that you married"
„To je dievča, ktoré si si vzal."
"And that is the girl that drowned"
„A to je to dievča, ktoré sa utopilo"

"Take into favor your former queen"
„Vezmite si priazeň svojej bývalej kráľovnej"
"And don't worry for my daughter"
„A nebojte sa o moju dcéru."
"I will make her name immortal"
„Urobím jej meno nesmrteľným"
"Let her body remain in the well"
„Nech jej telo zostane v studni"
"Fill the well up with earth"
„Naplň studňu zemou"
"In her flesh there is a seed"
„V jej tele je semeno"
"From her bones a tree will grow"
„Z jej kostí vyrastie strom"
"We will name this tree after her"
„Tento strom pomenujeme po nej"
"The tree shall be called 'Posto'"
„Strom sa bude volať ‚Posto'"
"This means 'the Poppy tree'"
„Toto znamená ‚makovník'"
"From this tree there will come a drug"
„Z tohto stromu vzíde droga"
"This drug will be called opium"
„Táto droga sa bude volať ópium"
"Opium will be a powerful drug"
„Ópium bude silná droga"
"People will consume opium in every epoch"
„Ľudia budú konzumovať ópium v každej epoche"
"Opium will either be swallowed or smoked"
„Ópium sa buď prehltne, alebo vyfajčí"
"And opium will be a wonderful narcotic"
„A ópium bude úžasným narkotikom"
"Opium will be used till the end of time"
„Ópium sa bude používať do konca vekov"
"You will recognize the opium smoker"
„Spoznáte fajčiara ópia"
"He will have many different qualities"

„Bude mať mnoho rôznych vlastností"

"One quality for each of the animals"

„Jedna vlastnosť pre každé zviera"

"The animals which Postomani had lived as"

„Zvieratá, ako ktoré žil Postomani"

"He will be mischievous, like a mouse"

„Bude zlomyseľný ako myš"

"He will be fond of milk, like a cat"

„Bude mať rád mlieko ako mačka."

"He will be quarrelsome, like a dog"

„Bude hádavý ako pes"

"He will be filthy, like a monkey"

„Bude špinavý ako opica"

"He will be savage, like a boar"

„Bude divoký ako kanec"

"He will be confident, like an elephant"

„Bude sebavedomý ako slon"

"And he will be high-tempered, like a queen"

„A bude mať prudkú povahu ako kráľovná."

Strike, but Listen First
Štrajkuj, ale najprv počúvaj

There was once a king who had three sons.
Bol raz jeden kráľ, ktorý mal troch synov.
His royal subjects came to him one day and said;
Jedného dňa k nemu prišli jeho kráľovskí poddaní a povedali:
"Oh incarnation of justice! hear our plea"
„Ó, stelesnenie spravodlivosti! Vypočuj našu prosbu"
"The kingdom is infested with thieves and robbers"
„Kráľovstvo je zamorené zlodejmi a lupičmi"
"Our property is not safe from their thievery"
„Náš majetok nie je v bezpečí pred ich krádežou"
"We pray your majesty to catch hold of these thieves"
„Modlíme sa k Vašej Veličenstvu, aby ste chytili týchto zlodejov."
"We beg you punish them to the full extent of the law"
„Žiadame vás, aby ste ich potrestali v plnej miere zákona."
The king said to his sons, "Oh, my sons, I am old"
Kráľ povedal svojim synom: „Ach, synovia moji, som starý."
"But you are all in the prime of manhood"
„Ale vy všetci ste v rozkvete mužnosti."
"How is it that my kingdom is full of thieves?"
„Ako je možné, že moje kráľovstvo je plné zlodejov?"
"I look to you to catch hold of these thieves"
„Dúfam, že chytíš týchto zlodejov."
The three princes then made up their minds.
Traja princovia sa potom rozhodli.
They were going to patrol the city every night.
Každú noc mali hliadkovať po meste.
They set up a watch out in the outskirts of the city.
Na okraji mesta postavili strážnu stanicu.
The early part of the night had arrived.
Prišla skorá časť noci.
So the eldest prince took on his duties.
Najstarší princ sa teda ujal svojich povinností.
He rode upon his horse through the whole city.

Prešiel na koni celým mestom.
But did not see a single thief anywhere he looked.
Ale kamkoľvek sa pozrel, nevidel ani jedného zlodeja.
He came back to the policing station.
Vrátil sa na policajnú stanicu.
The middle part of the night had arrived.
Prišla stredná časť noci.
So the second prince took on his duties.
Druhý princ sa teda ujal svojich povinností.
And he too rode through every part of the city.
A aj on prešiel každou časťou mesta.
But he did not see or hear of a single thief.
Ale nevidel ani nepočul o jedinom zlodejovi.
He came also back to the policing station.
Vrátil sa aj na policajnú stanicu.
The latter part of the night had arrived.
Prišla druhá časť noci.
So the youngest prince took on his duties.
Najmladší princ sa teda ujal svojich povinností.
He went near the gate of his father's palace.
Priblížil sa k bráne otcovho paláca.
There he saw a beautiful woman leaving the palace.
Tam uvidel krásnu ženu, ako vychádza z paláca.
The prince asked the woman, "who are you?"
Princ sa ženy spýtal: „Kto si?“
"Where are you going at this hour of the night?"
„Kam ideš o tejto nočnej hodine?“
The woman answered the young prince.
Žena odpovedala mladému princovi.
"I am Rajlakshmi, the guardian deity of this palace"
„Som Rajlakshmi, strážna božstvo tohto paláca.“
"The king will be killed this night"
„Kráľ bude dnes v noci zabitý“
"I am therefore not needed here"
„Preto tu nie som potrebný“
"And that is why I am going away"
„A preto odchádzam“

The prince did not know what to make of this message.
Princ nevedel, čo si má s touto správou myslieť.
After a moment's reflection he said to the goddess;
Po chvíli premýšľania povedal bohyni:
"But, suppose the king is not killed tonight"
„Ale čo keby kráľa dnes večer nezabili?"
"Have you any objection to return to the palace?"
„Máte nejaké námietky proti návratu do paláca?"
"I have no objection," replied the goddess.
„Nemám žiadne námietky," odpovedala bohyňa.
The prince then begged the goddess to go back.
Princ potom prosil bohyňu, aby sa vrátila.
And he promised to do his best to protect the king.
A sľúbil, že urobí všetko pre to, aby kráľa ochránil.
Then the goddess entered the palace again.
Potom bohyňa opäť vstúpila do paláca.
Within a moment she disappeared into the palace.
V okamihu zmizla v paláci.

The prince went straight into the palace too.
Princ tiež išiel rovno do paláca.
And he went into the bedroom of his royal father.
A vošiel do spálne svojho kráľovského otca.
There his father lay immersed in deep sleep.
Tam ležal jeho otec ponorený do hlbokého spánku.
The king had a second, younger wife.
Kráľ mal druhú, mladšiu manželku.
This woman was the stepmother of our prince.
Táto žena bola nevlastnou matkou nášho princa.
She was sleeping in another bed in the room.
Spala v inej posteli v izbe.
There was a light that was burning dimly.
Tam slabo svietilo svetlo.
But then the prince saw something that surprised him!
Ale potom princ uvidel niečo, čo ho prekvapilo!
A huge cobra going round and round the golden bedstead.
Obrovská kobra krúži dookola okolo zlatej postele.

The bedstead on which his father was sleeping.
Posteľ, na ktorej spal jeho otec.
The prince with his sword cut the serpent in two.
Princ mečom rozťal hada na dve časti.
But he was not satisfied with killing the cobra.
Ale neuspokojil sa so zabitím kobry.
So he cut the cobra up into a hundred pieces.
Tak rozrezal kobru na sto kusov.
And he put the pieces of the cobra inside a pan.
A kúsky kobry vložil do panvice.
But while cutting the cobra a misfortune happened.
Ale pri rezaní kobry sa stalo nešťastie.
A drop of blood fell on the breast of his stepmother.
Kvapka krvi padla na prsia jeho nevlastnej matky.
The prince was in great distress by what had happened.
Princ bol z toho, čo sa stalo, veľmi znepokojený.
"I have saved my father, but killed my stepmother"
„Zachránil som svojho otca, ale zabil som svoju nevlastnú matku“
How could he remove the drop of blood from her breast?
Ako mohol odstrániť kvapku krvi z jej prsníka?
He wrapped round his tongue a piece of cloth sevenfold.
Omotal si okolo jazyka kus látky sedemkrát.
And with the cloth he licked up the drop of blood.
A handričkou zlízal kvapku krvi.
But his stepmother's sleep was not so deep.
Ale spánok jeho nevlastnej matky nebol taký hlboký.
And in his attempt to save her he awoke her.
A vo svojom pokuse zachrániť ju zobudil.
When opening her eyes she saw it was her stepson.
Keď otvorila oči, uvidela, že je to jej nevlastný syn.
The young prince rushed out of the room.
Mladý princ sa vyrútil z miestnosti.
The queen, hated her stepson, the youngest prince.
Kráľovná nenávidela svojho nevlastného syna, najmladšieho princa.
And she had every intention to ruin his reputation.

A mala v úmysle zničiť mu reputáciu.
She called out to her husband, "My lord, my lord"
Zavolala na svojho manžela: „Môj pane, môj pane!"
"Are you awake? are you awake? Rouse yourself up"
„Si hore? Si hore? Prebuď sa"
"Here is a nice piece of news for you"
„Tu je pre vás dobrá správa"
The king on awaking inquired what the matter was.
Kráľ sa po prebudení spýtal, čo sa deje.
"What the matter is, my lord, let me tell you"
„Čo sa deje, môj pane, dovoľte mi povedať vám to."
"Your worthy son was just here in this room"
„Váš ctihodný syn bol práve tu v tejto miestnosti."
"The youngest prince, of whom you speak so highly"
„Najmladší princ, o ktorom tak chválite"
"I caught him in the act of touching my breast"
„Prichytila som ho, ako sa mi dotýka pŕs"
"I don't doubt he came with wicked intents"
„Nepochybujem, že prišiel so zlými úmyslami"
The king was horror-struck by what he heard.
Kráľa to, čo počul, zhrozilo.
The prince went back to where his brothers kept watch.
Princ sa vrátil tam, kde jeho bratia strážili.
But he told them nothing of what had happened.
Ale nepovedal im nič o tom, čo sa stalo.

Early in the morning the king called his eldest son.
Skoro ráno zavolal kráľ svojho najstaršieho syna.
"I entrust my life and my honor to men"
„Zverujem svoj život a svoju česť ľuďom"
"But what if one of these men prove faithless?
„Ale čo ak sa jeden z týchto mužov ukáže ako neverný?"
"How should such a man be punished?"
„Ako by mal byť takýto človek potrestaný?"
The eldest prince replied to his father, the king.
Najstarší princ odpovedal svojmu otcovi, kráľovi.
"Doubtless such a man's head should be cut off"

„Takému mužovi by nepochybne mala byť odťatá hlava“

"But first you should establish the facts"

„Ale najprv by ste si mali overiť fakty“

"You must see whether the man is really faithless"

„Musíš zistiť, či je ten muž naozaj neverný“

"What do you mean?" inquired the king.

„Čo tým myslíš?“ spýtal sa kráľ.

"Let your majesty be pleased to listen"

„Nech si Vaša Veličenstvo s radosťou vypočuje“

Once upon on a time there lived a goldsmith.

Kedysi dávno žil jeden zlatník.

This goldsmith had a son who had a wife.

Tento zlatník mal syna, ktorý mal manželku.

His wife had the rare faculty of understanding beasts.

Jeho žena mala vzácnu schopnosť rozumieť zvieratám.

But she never told anyone about her uncommon gift.

Ale o svojom nevšednom dare nikdy nikomu nepovedala.

Not even her husband knew she could understand animals.

Ani jej manžel nevedel, že rozumie zvieratám.

One night she was lying in bed beside her husband.

Jednej noci ležala v posteli vedľa svojho manžela.

From the river by their house she heard a jackal howl.

Z rieky pri ich dome začula zavýjanie šakala.

"There goes a carcass floating on the river"

„Po rieke pláva mŕtvola“

"There's a diamond ring on the dead man's finger"

„Na prste mŕtveho muža je diamantový prsteň“

"Will anyone take the ring and give me the corpse?"

„Vezme niekto prsteň a dá mi mŕtvolu?“

The woman understood the jackal's language.

Žena rozumela šakalovej reči.

She got up from bed and went to the river-side.

Vstala z postele a išla k rieke.

The husband had not been in deep sleep.

Manžel nespal hlboko.

So with his wife's movements he woke up too.

Takže s pohybmi svojej ženy sa zobudil aj on.

And he followed his wife to see where she went.
A nasledoval svoju ženu, aby videl, kam ide.
But he kept his distance, so that he could observe her.
Ale držal si odstup, aby ju mohol pozorovať.
The woman went into the water next to their house.
Žena vošla do vody vedľa ich domu.
She tugged the floating corpse towards the shore.
Ťahala plávajúcu mŕtvolu k brehu.
And she saw the diamond ring on the finger.
A uvidela na prste diamantový prsteň.
She was unable to loosen the ring with her hand.
Nedokázala si prsteň uvoľniť rukou.
Because the fingers of the dead body had swelled.
Pretože prsty mŕtveho tela opuchli.
So she bit off the finger with her teeth.
Tak si odhryzla prst zubami.
And she put the dead body upon land, for the jackal.
A mŕtve telo položila na zem pre šakala.
Then she returned to bed, where her husband already was.
Potom sa vrátila do postele, kde už ležal jej manžel.
The young goldsmith lay almost petrified with fear.
Mladý zlatník ležal takmer skamenený od strachu.
He was convinced he was lying next to a Rakshasi.
Bol presvedčený, že leží vedľa Rakšasiho.
He spent the rest of the night tossing in his bed.
Zvyšok noci strávil prevaľovaním sa v posteli.
And early in the morning spoke to his father.
A skoro ráno hovoril so svojím otcom.
"The woman thou hast given me is not a real woman"
„Žena, ktorú si mi dal, nie je skutočná žena"
"The woman thou hast given me to wife is a Rakshasi"
„Žena, ktorú si mi dal za manželku, je Rakšasí."
"Last night I was lying in bed with her"
„Včera večer som s ňou ležal v posteli"
"By the river I heard the howl of a jackal"
„Pri rieke som počul zavýjanie šakala"
"My wife too, heard the howl of the jackal"

„Aj moja žena počula zavýjanie šakala."
"Thinking I was asleep; she went towards the howl"
„Myslela si, že spím; išla smerom, odkiaľ vyl."
"I was surprised to see her go out of bed alone"
„Prekvapilo ma, že som ju videla vstať z postele sama."
"Suspecting some sort of evil, I followed her outside"
„S podozrením na nejaké zlo som ju nasledoval von."
"But she could not see that I had followed her"
„Ale nevidela, že som ju sledoval."
"What did she do, do you think? O horror of horrors!"
„Čo myslíš, čo urobila? Ó, hrôza z hrôz!"
"From the stream she dragged a dead body out"
„Z potoka vytiahla mŕtvolu"
"And what do you think she did with the dead body?"
„A čo si myslíš, že urobila s tou mŕtvolou?"
"She wasted no time devouring the dead man!"
„Nestrácala čas a zožrala mŕtveho muža!"
"All this I had the misfortune to see with my own eyes"
„Toto všetko som mal tú smolu vidieť na vlastné oči"
"While she feasted on the carcass I went back to bed"
„Kým sa hodovala na mŕtvole, išiel som späť do postele."
"In a few minutes she also returned to bed"
„O pár minút sa tiež vrátila do postele"
"She bolted the door shut, and lay beside me"
„Zavrela dvere na závoru a ľahla si vedľa mňa"
"Oh my father, how can I live with a Rakshasi?"
„Och, otec môj, ako môžem žiť s Rakšasi?"
"She will certainly kill me and eat me up one night"
„Určite ma raz v noci zabije a zje."
You can imagine the shock of the old goldsmith.
Viete si predstaviť šok starého zlatníka.
Both father and son agreed about what should be done.
Otec aj syn sa zhodli na tom, čo treba urobiť.
The woman should be taken deep into the forest.
Ženu treba odviesť hlboko do lesa.
And she should be left for wild beasts to devoured.
A mala by byť ponechaná na zožratie divej zveri.

Accordingly, the young goldsmith spoke to his wife.
Mladý zlatník sa teda porozprával so svojou ženou.
"My dear love," he said to his wife.
„Moja drahá," povedal svojej žene.
"You had better not cook much this morning"
„Radšej dnes ráno veľa nevarte."
"Boil a little rice and burn a brinjal"
„Uvarte trochu ryže a spáľte brinjal"
"Because today we are going to see your parents"
„Pretože dnes ideme navštíviť tvojich rodičov."
"Your mother and father are dying to see you"
„Tvoja mama a otec ťa už veľmi túžia vidieť"
The woman was full of joy at the unexpected news.
Žena bola plná radosti z nečakanej správy.
She loved returning to her father's house.
Rada sa vracala do otcovho domu.
And she finished the cooking in no time.
A varenie dokončila raz-dva.
The husband and wife snatched a hasty breakfast.
Manžel a manželka si narýchlo dali raňajky.
And soon after breakfast they started their journey.
A krátko po raňajkách sa vydali na cestu.
The way to her father's house was through dense jungle.
Cesta k otcovmu domu viedla hustou džungľou.
It was the perfect place to abandon his wife.
Bolo to ideálne miesto na to, aby opustil svoju manželku.
She was bound to be eaten up by wild beasts there.
Tam ju určite mali zožrať divé zvieratá.
But while they were walking the woman heard a snake.
Ale keď kráčali, žena začula hada.
"Oh passer-by, in yonder hole there is a frog"
„Ó, okoloidúci, v tej diere je žaba."
"How thankful I would be if you caught the frog"
„Aký by som bol vďačný, keby si chytil žabu."
"And the hole is full of gold and precious stones"
„A diera je plná zlata a drahých kameňov"
"Give me the frog, and take the treasure for yourself"

„Daj mi žabu a poklad si vezmi.“
The woman forthwith went to the frog's hole.
Žena okamžite išla k žabej nore.
And she began digging the hole with a stick.
A začala kopať jamu palicou.
The young goldsmith was now quaking with fear.
Mladý zlatník sa teraz triasol od strachu.
He thought his Rakshasi-wife was about to kill him.
Myslel si, že ho jeho manželka-rakšasí chystá zabiť.
And then his wife called for him to help her.
A potom ho jeho žena zavolala, aby jej pomohol.
"Take all this gold and these precious stones"
„Vezmite si všetko toto zlato a tieto drahé kamene“
The goldsmith did not understand her request.
Zlatník jej žiadosti nerozumel.
Timidly he went to where she had dug the hole.
Placho išiel k miestu, kde vykopala jamu.
But he was infinitely surprised by what he saw.
Ale to, čo videl, ho nekonečne prekvapilo.
The hole was full of gold and precious stones.
Diera bola plná zlata a drahých kameňov.
"How did you know there was a treasure here?"
„Ako si vedel, že sa tu nachádza poklad?“
And finally his wife told him of her gift.
A nakoniec mu jeho žena povedala o svojom dare.
"I can understand all the beasts in the forest"
„Chápem všetky zvieratá v lese.“
"Just over there, there is a snake coiled up"
„Hneď tam je stočený had.“
"She had told me there was a treasure here"
„Povedala mi, že tu je poklad.“
The husband now felt very blessed with his wife.
Manžel sa teraz cítil veľmi požehnaný so svojou manželkou.
"My love, it has gotten very late today"
„Láska moja, dnes je už veľmi neskoro“
"I don't think we will reach your father's house"
„Myslím, že sa nedostaneme k domu tvojho otca.“

"Nightfall will catch us before we get there"
„Zotmenie nás zastihne skôr, ako sa tam dostaneme"
"If we stay we might be devoured by wild beasts"
„Ak zostaneme, mohli by nás zožrať divé zvieratá"
"I propose therefore that we both return home"
„Navrhujem preto, aby sme sa obaja vrátili domov."
You can imagine the wife's disappointment.
Viete si predstaviť sklamanie manželky.
But she agreed with her husband's assessment.
Súhlasila však s hodnotením svojho manžela.
It took them a long time to reach home.
Trvalo im dlho, kým sa dostali domov.
They were laden with a large quantity of gold.
Boli naložení veľkým množstvom zlata.
And they were carrying many precious stones.
A niesli veľa drahých kameňov.
But eventually the got close to their home.
Ale nakoniec sa priblížili k svojmu domu.
"My dear, go by the back door," said the goldsmith.
„Drahý môj, choď zadnými dverami," povedal zlatník.
"I will go by the front door and see my father"
„Pôjdem hlavným vchodom a uvidím otca."
"And I will show him all this treasure"
„A ukážem mu všetky tieto poklady"
So she entered the house by the back door.
Vošla teda do domu zadnými dverami.
But the old goldsmith had reason to be there too.
Ale aj starý zlatník mal dôvod tam byť.
He had gone there to collect a hammer.
Išiel tam vyzdvihnúť kladivo.
The old goldsmith saw his Rakshasi daughter-in-law.
Starý zlatník uvidel svoju rakšássku nevestu.
He concluded she had swallowed up his son.
Dospel k záveru, že prehltla jeho syna.
And he therefore struck her with the hammer.
A preto ju udrel kladivom.
The blow immediately killed his daughter-in-law.

Úder okamžite zabil jeho nevestu.
At that moment the son came into the house.
V tej chvíli vošiel do domu syn.
But it was too late for him to explain.
Ale na to, aby to vysvetlil, bolo už neskoro.
And so the eldest prince's story concluded.
A tak sa príbeh najstaršieho princa skončil.
"You might have to cut a man's head off"
„Možno budeš musieť niekomu odseknúť hlavu"
"But first you should establish the facts"
„Ale najprv by ste si mali overiť fakty"
"You must see whether the man is really faithless"
„Musíš zistiť, či je ten muž naozaj neverný"

The king then called his second son to him.
Kráľ si potom zavolal svojho druhého syna.
"I entrust my life and my honor to men"
„Zverujem svoj život a svoju česť ľuďom "
"But what if one of these men prove faithless?
„Ale čo ak sa jeden z týchto mužov ukáže ako neverný?"
"How should such a man be punished?"
„Ako by mal byť takýto človek potrestaný?"
The second prince replied to his father, the king.
Druhý princ odpovedal svojmu otcovi, kráľovi.
"Doubtless such a man's head should be cut off"
„Takému mužovi by nepochybne mala byť odťatá hlava"
"But first you should establish the facts"
„Ale najprv by ste si mali overiť fakty"
"What do you mean?" inquired the king.
„Čo tým myslíš?" spýtal sa kráľ.
"Let your majesty be pleased to listen"
„Nech si Vaša Veličenstvo s radosťou vypočuje"
Once upon a time there reigned a king.
Kedysi dávno vládol jeden kráľ.
This king was very fond of going out hunting.
Tento kráľ veľmi rád chodil na poľovačky.
One day his horse took him into a dense forest.

Jedného dňa ho jeho kôň zaviedol do hustého lesa.
He went far from his followers, deep into the woods.
Odišiel ďaleko od svojich nasledovníkov, hlboko do lesa.
He rode on and on through the endless, quiet forest.
Jazdil ďalej a ďalej cez nekonečný, tichý les.
He saw neither villages nor towns, only trees.
Nevidel ani dediny, ani mestá, len stromy.
On the long, lonely journey he became very thirsty.
Počas dlhej, osamelej cesty pocítil veľký smäd.
He could see no pond, nor lake, nor stream.
Nevidel žiadne jazierko, ani jazero, ani potok.
But then he saw something dripping from a tree.
Ale potom uvidel niečo kvapkať zo stromu.
He concluded it was rainwater resting in a cavity.
Dospel k záveru, že ide o dažďovú vodu, ktorá sa hromadí v dutine.
He stood on horseback beneath the tree, cup in hand.
Stál na koni pod stromom s pohárom v ruke.
He caught the drops slowly dripping into the small cup.
Zachytil kvapky pomaly stekajúce do malého pohára.
The water, however, was not rain from the sky.
Voda však nebola dážď z neba.
A huge cobra sat on top of the tall tree.
Na vrchole vysokého stromu sedela obrovská kobra.
The snake had struck the tree in rage with its sharp fangs.
Had v zúrivosti udrel do stromu svojimi ostrými tesákmi.
The snake's poison came out and fell downward in heavy drops.
Hadí jed vytiekol a padal dole v ťažkých kvapkách.
The king thought the falling liquid was simple rainwater.
Kráľ si myslel, že padajúca tekutina je obyčajná dažďová voda.
The horse sensed the danger and tried to warn him.
Kôň vycítil nebezpečenstvo a snažil sa ho varovať.
The cup was nearly filled with the deadly snake-poison.
Pohár bol takmer naplnený smrteľným hadím jedom.
The king raised the cup and prepared to drink.
Kráľ zdvihol pohár a pripravil sa na pitie.

But the horse moved wildly, with the king on its back.
Ale kôň sa divoko pohol a na chrbte mu sedel kráľ.
The cup fell from his hand, and the poison spilled.
Pohár mu vypadol z ruky a jed sa vylial.
The king became angry and struck the horse's neck.
Kráľ sa nahneval a udrel koňa po krku.
The blow from the sword immediately killed his horse.
Úder meča okamžite zabil jeho koňa.
And so the second prince's story concluded.
A tak sa príbeh druhého princa skončil.
"You might have to cut a man's head off"
„Možno budeš musieť niekomu odseknúť hlavu"
"But first you should establish the facts"
„Ale najprv by ste si mali overiť fakty"
"You must see whether the man is really faithless"
„Musíš zistiť, či je ten muž naozaj neverný"

The king then called to him his third youngest son.
Kráľ si potom zavolal svojho tretieho najmladšieho syna.
"I entrust my life and my honor to men"
„Zverujem svoj život a svoju česť ľuďom"
"But what if one of these men prove faithless?
„Ale čo ak sa jeden z týchto mužov ukáže ako neverný?"
"How should such a man be punished?"
„Ako by mal byť takýto človek potrestaný?"
"Doubtless such a man's head should be cut off"
„Takému mužovi by nepochybne mala byť odťatá hlava"
"But first you should establish the facts"
„Ale najprv by ste si mali overiť fakty"
"What do you mean?" inquired the king.
„Čo tým myslíš?" spýtal sa kráľ.
"Let your majesty be pleased to listen"
„Nech si Vaša Veličenstvo s radosťou vypočuje"
Once long ago there reigned a wise and noble king.
Kedysi dávno vládol múdry a ušľachtilý kráľ.
In his palace he kept a bird of Suka species.
Vo svojom paláci choval vtáka druhu Suka.

One day the bird went out flying into the fields.
Jedného dňa vták odletel do polí.
There he saw his father and mother calling from above.
Tam uvidel otca a matku, ako ho volajú zhora.
They asked him to come visit them in their nest.
Požiadali ho, aby ich prišiel navštíviť do ich hniezda.
The nest was far away in a distant hidden land.
Hniezdo bolo ďaleko v vzdialenej skrytej krajine.
The Suka said, "I'll come if I get king's leave"
Suka povedal: „Prídem, ak dostanem kráľovo povolenie."
"I'll speak to the king today and return tomorrow"
„Dnes sa porozprávam s kráľom a zajtra sa vrátim."
"Please wait at this same spot in the morning"
„Prosím, počkajte ráno na tomto istom mieste."
That very day, Suka spoke with the gentle, kind king.
V ten istý deň sa Suka rozprávala s jemným a láskavým
kráľom.
The king gave permission for the bird to leave.
Kráľ dal vtákovi povolenie odletieť.
Although he was sad to part with his bird.
Hoci sa so svojím vtákom rozlúčil so smútkom.
The next morning, Suka met his parents again.
Nasledujúce ráno sa Suka opäť stretol so svojimi rodičmi.
He flew with them to their nest on a tall tree.
Letel s nimi do ich hniezda na vysokom strome.
The three birds lived together happily in peaceful joy.
Tri vtáky žili spolu šťastne v pokoji a radosti.
They stayed like this for a fortnight of lovely days.
Takto zostali dva týždne krásnych dní.
But even those quiet and pleasant days had to end.
Ale aj tie pokojné a príjemné dni museli skončiť.
Suka said, "Beloved parents, the king gave me two weeks"
Suka povedal: „Milovaní rodičia, kráľ mi dal dva týždne."
"That time is now over, so I must return tomorrow"
„Ten čas sa už skončil, takže sa musím zajtra vrátiť."
His father and mother agreed and blessed his decision.
Jeho otec a matka súhlasili a požehnali jeho rozhodnutie.

They told him to carry a gift for the king.
Povedali mu, aby priniesol dar pre kráľa.
After some talk, they chose some fruit as a gift.
Po krátkom rozhovore si vybrali ovocie ako darček.
The fruit had grown from the Immortality Tree.
Ovocie vyrástlo zo Stromu nesmrteľnosti.
Early the next morning, Suka went to the tree.
Skoro ráno nasledujúceho dňa išla Suka k stromu.
And he plucked a magical glowing fruit.
A odtrhol si magické žiariace ovocie.
He held the fruit gently in his beak, full of care.
Jemne držal ovocie v zobáku, plný starostlivosti.
The fruit was heavy and slowed his swift flying pace.
Ovocie bolo ťažké a spomalilo jeho rýchly let.
He could not reach the city before night arrived.
Nemohol sa dostať do mesta skôr, ako prišla noc.
Suka stopped to rest in a tree along the way.
Suka sa cestou zastavil na strome, aby si oddýchol.
He feared the fruit might drop while he slept.
Bál sa, že ovocie mu počas spánku spadne.
If he kept the fruit in his beak, it could fall.
Ak by si ovocie držal v zobáku, mohlo by spadnúť.
But he saw a hole in the trunk of the tree.
Ale uvidel dieru v kmeni stromu.
He placed the fruit safely inside the dark tree.
Ovocie bezpečne uložil do tmavého stromu.
But inside the hole, there lived a poisonous black snake.
Ale vo vnútri diery žil jedovatý čierny had.
In the night, the snake bit the fruit with venom.
V noci had uhryzol do ovocia jedom.
And the fruit became smeared with deadly poison.
A ovocie sa potrelo smrteľným jedom.
At dawn Suka took the fruit back in his beak.
Za úsvitu Suka vzal ovocie späť do zobáka.
He flew again on his journey to the king's palace.
Znova odletel na svoju cestu do kráľovského paláca.
As he reached the palace the king was sitting with ministers.

Keď prišiel do paláca, kráľ sedel s ministrami.
The king was overjoyed to see Suka return once more.
Kráľ mal obrovskú radosť, keď videl Suku opäť sa vrátiť.
He greatly admired the beautiful, shining fruit gift.
Veľmi obdivoval krásny, žiariaci ovocný darček.
The fruit was lovely to look at and admire.
Ovocie bolo krásne na pohľad a obdiv.
It was the finest fruit found across the earth.
Bolo to najkrajšie ovocie, aké sa našlo na celej zemi.
And anyone who ate the fruit was granted immortality.
A každý, kto zjedol ovocie, získal nesmrteľnosť.
The king was about to eat the beautiful fruit.
Kráľ sa chystal zjesť to krásne ovocie.
But his ministers warned him the fruit might be poisoned"
Jeho ministri ho však varovali, že ovocie by mohlo byť
otrávené."
"It would be better to test the fruit before you eat it"
„Bolo by lepšie ochutnať ovocie predtým, ako ho zjete."
He threw the fruit to a crow sitting on the wall.
Hodil ovocie vrane sediacej na múre.
The crow ate from the fruit, and dropped dead instantly.
Vrana zjedla z ovocia a okamžite zomrela.
The king, thinking Suka tried to kill him, grew furious.
Kráľ, ktorý si myslel, že sa ho Suka pokúsil zabiť, sa rozzúril.
He seized the bird and killed him with his bare hands.
Chytil vtáka a zabil ho holými rukami.
He ordered the seed to be planted outside the city.
Prikázal, aby semeno zasiali za mestom.
The seed became a tree with the same glowing fruit.
Zo semienka sa stal strom s rovnakým žiarivým ovocím.
The king feared the fruit would bring more death.
Kráľ sa obával, že ovocie prinesie viac smrti.
So he had the tree fenced off and guarded.
Takže strom oplotil a strážil.

There lived in that city an old, poor Brahman man.
V tom meste žil starý, chudobný brahman.

He and his wife survived only on the town's charity.
On a jeho manželka prežili len z mestskej charity.
One day the Brahman mourned his long, miserable, life.
Jedného dňa Brahman smútil nad svojím dlhým a biednym životom.
He said, "Instead of begging, I will eat poison fruit."
Povedal: „Namiesto žobrania budem jesť jedovaté ovocie."
"I'll end my life beneath that deadly tree in silence."
„Svoj život skončím v tichosti pod tým smrteľným stromom."
That very night, he rose quietly and left his home.
Ešte v tú noc potichu vstal a odišiel z domu.
His wife suspected and followed behind in silence.
Jeho žena mala podozrenie a mlčky ho nasledovala.
She had decided to die too, alongside her sad husband.
Rozhodla sa tiež zomrieť, po boku svojho smutného manžela.
She loved him deeply and didn't wish to stay behind.
Hlboko ho milovala a nechcela zostať pozadu.
The palace guard was asleep that night, unaware of visitors.
Palácová stráž v tú noc spala a nevedela o návštevníkoch.
The Brahman reached the garden and plucked a hanging fruit.
Brahman dosiahol záhradu a odtrhol visiace ovocie.
He looked at it once and ate the entire fruit.
Pozrel sa na to raz a zjedol celé ovocie.
His wife cried, "If you die, my life becomes nothing"
Jeho žena kričala: „Ak zomrieš, môj život sa stane ničím."
"I will also eat and die here with you now"
„Aj ja tu s tebou teraz budem jesť a zomrieť"
So saying she plucked a fruit and ate it.
Keď to povedala, odtrhla si ovocie a zjedla ho.
They thought the poison would act slowly through the night.
Mysleli si, že jed bude pôsobiť pomaly počas noci.
So they both went home and quietly lay down in bed.
Tak obaja išli domov a potichu si ľahli do postele.
They believed they would never again rise from sleep.
Verili, že sa už nikdy neprebudia zo spánku.

To their surprise, they woke up feeling full of life.
Na ich prekvapenie sa zobudili plní života.
Not only were they alive, but they were young again.
Nielenže boli nažive, ale boli opäť mladí.
And they were strong and had new found energy.
A boli silní a mali novú energiu.
Neighbors hardly recognized them, so changed they looked.
Susedia ich sotva spoznali, takí zmenení vyzerali.
The old Brahman was now handsome and full of youth.
Starý Brahman bol teraz pekný a plný mladosti.
His grey hair vanished, and had colour again.
Jeho sivé vlasy zmizli a opäť mali farbu.
His wrinkled cheeks turned smooth, and his skin shone.
Jeho vráskavé líca sa vyhladili a jeho pokožka sa leskla.
And as for his wife, she became extremely beautiful.
A čo sa týka jeho manželky, tá sa stala mimoriadne krásnou.
She looked as beautiful as any lady of the kingdom.
Vyzerala rovnako krásne ako ktorákoľvek dáma v kráľovstve.
The king heard of their miraculous transformation.
Kráľ počul o ich zázračnej premene.
He asked his guards to send the Brahman to him.
Požiadal svojich strážcov, aby mu poslali Brahmana.
And he asked the Brahman the source of his youth.
A opýtal sa Brahmana na zdroj svojej mladosti.
The Brahman told the king every detail of the story.
Brahman porozprával kráľovi každý detail príbehu.
The king then wept for his poor, loyal pet bird.
Kráľ potom plakal za svojím úbohým, verným vtáčikom.
He deeply regretted killing his faithful bird.
Hlboko ľutoval, že zabil svojho verného vtáka.
And he wished he had known the bird's loyalty.
A prial si, aby poznal vtáčiu vernosť.
And so the second prince's story concluded.
A tak sa príbeh druhého princa skončil.
"You might have to cut a man's head off"
„Možno budeš musieť niekomu odseknúť hlavu"
"But first you should establish the facts"

„Ale najprv by ste si mali overiť fakty"
"You must see whether the man is really faithless"
„Musíš zistiť, či je ten muž naozaj neverný"
"I know Your Majesty suspects me of evil last night"
„Viem, že Vaše Veličenstvo ma včera v noci podozrieva zo zla."
"Please allow me to explain myself before punishing me"
„Dovoľte mi, prosím, vysvetliť sa, než ma potrestáte."
"While making rounds I saw a woman leave the palace"
„Keď som obchádzal palác, videl som ženu vychádzať."
"I stopped her, and she said her name was Rajlakshmi"
„Zastavil som ju a ona povedala, že sa volá Rajlakshmi."
"She claimed to be the guardian deity of the palace"
„Tvrdila, že je strážnou božskou paláca"
"She said she was leaving because death was near"
„Povedala, že odchádza, pretože smrť sa blíži."
"The king," she said, "would be killed later that night"
„Kráľ," povedala, „bude zabitý neskôr v tú noc"
"I begged her to go back into the palace"
„Prosil som ju, aby sa vrátila do paláca"
"And I promised to do my best to protect you."
„A sľúbil som, že urobím všetko pre to, aby som ťa ochránil."
"I ran quickly into Your Majesty's chamber without delay."
„Bez meškania som rýchlo vbehol do komnaty Vášho Veličenstva."
"There I saw a cobra circling your golden bedstead."
„Tam som videl kobru krúžiť okolo tvojej zlatej postele."
"I fought the snake and killed it with my blade."
„Bojoval som s hadom a zabil som ho svojou čepeľou."
"I chopped the body into many exactly one hundred pieces."
„Telo som rozsekal na presne sto kusov."
"I placed those pieces inside the pan for proof."
„Tie kúsky som vložil do panvice ako dôkaz."
"But something occurred as I was cutting up the snake."
„ Ale niečo sa stalo, keď som krájal hada."
"A drop of blood fell onto the breast of your wife."
„Kvapka krvi padla na prsia tvojej manželky."

"I feared I had saved my father, but killed my stepmother."

„Bál som sa, že som zachránil otca, ale zabil som svoju nevlastnú matku.“

"I wrapped my tongue tightly with cloth seven times."

„Sedemkrát som si pevne omotal jazyk látkou.“

"Then I licked up the drop of venomous blood."

„Potom som zlízal kvapku jedovatej krvi.“

"While I was licking the blood, my stepmother awoke."

„Kým som lízal krv, moja nevlastná matka sa zobudila.“

"She saw me and opened her eyes with confusion."

„Uvidela ma a zmätene otvorila oči.“

"This is the truth of what I did last night."

„Toto je pravda o tom, čo som urobil včera večer.“

"If Your Majesty commands, then cut off my head now."

„Ak Vaše Veličenstvo rozkáže, tak mi teraz odrežte hlavu.“

The king, full of love and joy, embraced his son.

Kráľ, plný lásky a radosti, objal svojho syna.

From that moment, he loved him more than ever before.

Od tej chvíle ho miloval viac ako kedykoľvek predtým.